Madelaine Harder

Santa auf Bewährung

Eine New Adult - Small Town - Haters to Lovers Romance zur Weihnachtszeit

Impressum

Ähnlichkeiten mit lebenden Personen rein zufällig.

ISBN:
Cover: Madelaine Harder
Korrektorat und Lektorat: Manuela Hagemann
Buchsatz: Madelaine Harder
Druck: Amazon kdp

Madelaine Harder
c/o WirFinden.Es
Naß und Halle GbR
Kirchstraße 19
65817 Eppstein

Instagram: @madelaine.harder.autorin
Email:madelaine.harder.autorin@gmail.com

Ho, Ho, Ho, für alle (un)anständigen Menschen da draußen – macht es euch warm in dieser kalten Zeit und bedenkt, dass all das, was ihr wirklich braucht, bereits in euch steckt.

Prolog

Unerwünschte Post

Blaue Umschläge sind nie gut, wenn es nicht gerade ellenlange Briefe von Grandma Trudi sind, die ihrerseits voller Vorwürfe und bissiger Kommentare stecken.

Erster Dezember

Gabriel

Fuck. Ich habe es ihm ja gesagt. Will er auf mich hören? Natürlich nicht. Muss er die Scheiße ausbaden? Aber sicherlich. Gabriel, ich hab da was, das du unbedingt sehen musst!« Bens hohe Stimme durchdringt zwitschernd die angenehme Stille, in der ich mich gerade suhlen wollte. Entnervt stöhne ich auf und verdrehe die Augen.

»Wenn es schon wieder dein Schwanz ist, dann muss ich dir mitteilen, dass ich ihn schon die anderen dreißig Male, wo ich ihn *aus Versehen* gesehen habe, nicht unbedingt gebraucht hätte!«

Ein affektiertes Kichern antwortet mir, dann nähern sich Schritte. Habe ich einen verdammten Witz gemacht?!

Böse starre ich auf die Wohnzimmertür, die sich keinen Augenblick später öffnet und Ben offenbart. Seine warme, herzliche Art flutet sofort die kühle Atmosphäre des Raumes und ich hasse alles daran.

Ben ist der Typ Mann, der seine Homosexualität nicht einmal verbergen könnte, wenn er es wollte. Und er will nicht, ganz offensichtlich, was auch vollkommen in Ordnung ist. Nur manchmal möchte ich ihn für seinen offenen, fast schon anstandslos zu nennenden Umgang mit meiner Wenigkeit ein kleines bisschen schütteln. Oder viel schütteln. Bis alles wieder an seinem geordneten Platz liegt, in seinem Oberstübchen.

Sein nicht tolerierbares Verhalten liegt weniger daran, dass er schwul ist, als vielmehr an der Tatsache, dass ihm menschliche Grenzen fremd sind. So etwas wie Schamgefühl scheint er nicht zu kennen, ebenso wenig wie den Ausdruck ‚Privatsphäre'. Erst gestern ist er einfach auf die Toilette gegangen, während ich noch am Duschen war. Noch dazu wollte er nebenher mit mir *sprechen.*

Warum zur zugefrorenen Hölle hat er auch keine Schlüssel für die persönlichsten Zimmer?!

»Du ungezogener Bursche, du denkst ja nur an das Eine«, echauffiert sich Ben mit einem

Wimpernklimpern. Dann wird sein glattes, auf männliche Art gut aussehendes, Gesicht ernst, die Stimmlage tief. »Ich kann dich beruhigen, um meinen Schwanz geht es hier nicht. Ich schätze nur, du wirst dir gleich wünschen, dass es doch um meine südlichen Gefilde gegangen wäre, wenn du das hier liest.«

Er tritt an das Sofa heran und überreicht mir mit einer perfekt gepflegten, manikürten Hand einen Brief, den er aus einem blauen Umschlag gezogen und offenkundig gelesen hat.

Ich nehme zuerst den Umschlag und lese die Anschrift. Blaue Umschläge sind nie gut, wenn es nicht gerade ellenlange Briefe von Grandma Trudi sind, die ihrerseits voller Vorwürfe und bissiger Kommentare stecken. Also vielleicht sind blaue Umschläge niemals, nirgendwo auf der Welt ein gutes Zeichen.

Meine Augenbrauen wandern nach oben, ich hole tief Luft und bemühe mich, nicht allzu böse drein zu schauen. Ich merke allerdings, wie mein rechtes Auge zu zucken beginnt, wie immer, wenn ich wütend werde.

»Da steht Gabriel Winters. Bist du Gabriel Winters?«

Ben verdreht die Augen.

»Heilige Scheiße, zum Glück bin ich das nicht. Nichts für ungut, mein Alter, aber nicht einmal du möchtest in deiner Haut stecken.«

Ich übergehe den unhöflichen Einwand und atme noch einmal tief durch.

»Wenn du nicht Gabriel Winters bist, dieser Brief aber an Gabriel adressiert ist, warum ist er dann schon offen? Ich habe ihn nicht gelesen, das lässt nur wenige Rückschlüsse zu, findest du nicht auch?«

Bens entnervtes Seufzen nötigt mir ein Zähne Aufeinanderbeißen ab.

»Komm runter, Gabe. Du wohnst bei mir, du bist mein bester Freund, benutzt mein Klo, ich wasche deine Wäsche und wir kochen zusammen **und** du hast gesagt, du möchtest von der ganzen Sache nichts mehr wissen. Als guter Freund achte ich darauf, dass dir nichts zu nahe kommt, was die ganze Situation erneut eskalieren lässt.«

Er legt den Kopf schräg und mustert mich mit unangenehm stechendem Blick. Mit gerunzelten Augenbrauen rutsche ich unruhig hin und her.

»Denn wir wissen ja aus den vergangenen Monaten zu gut, was passiert, wenn du die Situation eskalieren lässt, nicht wahr? Verzeih den Einbruch in deine Privatsphäre, ich versuche dich lediglich zu schützen. Vor ihr – und vor dir selbst.« Er hebt einen Mundwinkel. »Und ein bisschen möchte ich auch mich schützen, immerhin ist das meine Wohnung. Tsunami ‚Gabe‘ darf seine Spur der Verwüstung gern woanders ziehen.«

Ich schürze die Lippen, bewege sie nachdenklich hin und her. Er hat recht, ich will es ihm aber nicht unter die Nase reiben, er ist selbstgefällig genug, verdammte Scheiße.

»Privatsphäre, hm? Wusste nicht einmal, dass ein Mensch, der morgens nur mit Bademantel bekleidet die Zeitung von draußen reinholt, ohne den beschissenen Mantel zu **schließen,** etwas von Privatsphäre versteht.«

Ein feines Lächeln breitet sich auf Bens Lippen aus.

»Ach, wüte du nur, sabbre und geifre, ich weiß, dass Gabes, die bellen, nicht beißen. Zudem weiß ich aus gut unterrichteter Quelle, dass mein strahlender Anblick das Highlight des düsteren Dahinvegetierens so mancher unserer Nachbarn darstellt. «

Mit verengten Augen wende ich mich schnaubend von ihm ab. Einbildung ist auch eine Bildung.

Ich verdanke ihm viel, diesem irren Kauz, und ich hoffe, er weiß das. Ich bin nicht scharf darauf, mein Seelenleben vor diesem bunten Vogel offen zu legen. Zumindest nicht *noch mehr.* Ben weiß, dass ich nach der Trennung von Melanie niemanden hatte, an den ich mich sonst hätte wenden können.

Und dass er meine erste Wahl gewesen wäre, selbst wenn ich hundert andere Möglichkeiten gehabt hätte.

Scheiße, ich hoffe zutiefst, er weiß das. Denn auf dem Silbertablett präsentieren werde ich ihm meine Gefühle sicherlich nicht.

»Also, was haben wir hier«, widme ich mich schließlich brummelnd dem blauen Umschlag. Er kommt vom Gericht. Fuck. Das bedeutet für gewöhnlich nichts Gutes. Ich wäre gern etwas optimistischer, doch das liegt nicht in meiner Natur.

Zudem hat mich Ben schon gespoilert, dass dies keine gute Nachricht sein wird.

Seufzend nehme ich den Brief und lese ihn, mein Blick tanzt über das Papier. Es ist still im Raum, Ben steht schweigend, abwartend hinter mir, nur das Rascheln von Seiten ist zu hören. Und meine knirschenden Zähne.

Ich lasse meine Hände sinken, starre an die Wand. Blut rauscht in meinen Ohren, ich bemerke in meinem sich verengenden Sichtfeld, dass meine Nasenflügel beben.

Ich bin so **wütend.**

»Verdammter Mist. Das können die unmöglich ernst meinen!«, presse ich schließlich hervor.

Ben kommt um das Sofa herum und lässt sich neben mich fallen, sein Morgenmantel ist Gott sei Dank geschlossen.

»Bruder, so gern ich Entwarnung geben würde, ich befürchte, die Gerichte belieben selten zu scherzen. Aber immerhin ... es hätte schlimmer kommen können, meinst du nicht auch? So wütend, wie Melanie war ... da ist das hier vielleicht doch ein geringes Opfer.«

Meine Fäuste ballen sich, während ich ihn anstiere.

»Dein Ernst? Es ist nicht so schlimm, vier verdammte Wochen Sozialstunden abzuleisten?

Es ist nicht so schlimm, den beschissenen Weihnachtsmann zu spielen?! Ich **HASSE** Weihnachten! Ich **HASSE** Kinder! Nenne mir ein einziges Szenario, welches noch schlimmer ist!«

Er schnalzt mit der Zunge, mustert mich vom wütenden Kopf bis zum zornigen Fuß.

»Knast, Gabe. Der Knast wäre schlimmer. Sieh dich an, du bist zu hübsch fürs Gefängnis.«

Gern würde ich ihm da widersprechen, doch ich befürchte, dass er im Recht ist.

Aufstöhnend lasse ich mich zurückfallen, rutsche an dem glatten Leder nach unten.

Verdammte Scheiße.

Ausgerechnet der verdammte Santa muss es sein. Diese verfluchte Hexe von einer Ex.

Leuchtende Kinderaugen

Ich bin ein Zahnrädchen in einer großen Maschinerie, habe meinen festen Platz, einen kleinen, aber wichtigen Part, Menschen, die von mir abhängig sind, die ich nicht enttäuschen kann, möchte.

Zweiter Dezember

Brandy

Mein Blick schweift über das kühle, graue Gebäude und unwillkürlich dringt aus meiner Kehle ein zutiefst unglücklicher Seufzer. Allein der Anblick der schmucklosen Fassade, der absolut nicht einladend wirkenden Erscheinung des Hauses, macht mich traurig, lässt mich erschaudern. Als würde etwas an diesem alten Gemäuer dem Betrachter jeden Lebenswillen aussaugen.

Und das will etwas heißen, werde ich sonst für meine nahezu übersprudelnde Positivität belächelt. Doch dieser Ort scheint alle Freude aufzusaugen und in Nichtigkeit zu verwandeln.

Eine Schande, fürwahr, ein Schandfleck in der sonst so gepflegten, bunten kleinen Stadt. Ob ich erneut im Stadtrat mit meinem Anliegen vorsprechen kann? Rasch rechne ich im Kopf nach, komme zu dem Schluss, dass seit meinem letzten Antrag schon drei Wochen vergangen sind und ich sie gewiss erneut damit nerven kann. Ich werde ihnen so lange damit in den Ohren liegen, bis sie meiner Forderung nachgeben, schon allein, um mich nicht mehr sehen zu müssen.

Und vielleicht kann mir Wyatt dabei helfen. Wyatt ist Anwalt, sein Name besitzt einiges an Gewicht in dieser kleinen Stadt. Nicht, dass er sich persönlich sonst um derartige Belange schert, doch auch ihn kann ich mit Sicherheit überzeugen. Oder nerven. Nerven kann ich gut, ausgezeichnet sogar.

Bestimmt ramme ich meine in Fäustlingen steckenden Hände tiefer in die Taschen meines dicken Wintermantels und gehe auf die drei Stufen zu, die grau in grau hinauf zur ebenso trostlos wirkenden Tür führen.

Herrgott, zumindest die *müssen* wir nun endlich streichen. So bekommt ja jedes Kind Angst, welches über die Schwelle treten muss.

Ich schüttle kurz den Kopf und trete mit einem leisen Seufzer ein, versuche meine unerschütterliche gute Laune wieder zu finden.

Und kaum habe ich den Flur betreten, weicht die schwarze Wand aus düsteren Gedanken in meinem Kopf glückseliger, bunter Freude in tausenden Farben. Denn ich habe noch nicht einmal meinen Mantel richtig ausgezogen, da kommt bereits Lisa ums Eck gefegt. Ihre grünen Augen beginnen zu leuchten, als sie mich entdeckt.

»Branny! Du da!«, strahlt die Dreijährige und wirft sich mir mit einem glucksenden Lachen entgegen. Ich kann den Mantel gerade noch zu Boden fallen lassen und meine Arme ausbreiten, schon liegt das rothaarige Mädchen darin, drückt sich fest an mich.

»Hi mein Schatz«, raune ich in ihr Ohr, presse meine Nase fest in ihren Schopf, atme den süßen, sauberen Kinderduft ein. Das Herz wird mir eng, das Luftholen fällt mit einem Mal schwer. Meine Lippen beben und ich muss mich zusammenreißen, um nicht dutzende Tränen über meine Wangen kullern zu lassen.

Ich kenne diese Schwere in mir bereits, ergeht es mir jeden Tag aufs Neue so, wenn ich über die Schwelle des Waisenhauses trete und die Kinder mich mit einer Überschwänglichkeit begrüßen, als drehe sich ihr gesamtes Leben nur um mich. Als wäre ich die Sonne in ihrem kleinen Universum.

Und in gewisser Weise ist dies auch der Fall. In gewisser Weise sind sie alle meine Eigenen, obwohl biologisch gesehen keines der zarten Wesen hier zu mir gehört.

Ich streiche über Lisas weiche Locken, lächle zittrig, als ihre Ärmchen sich noch fester um meinen Hals schlingen, aus Furcht, ich könne gleich wieder gehen.

Es fällt jeden verdammten Tag schwerer, nach den viel zu wenigen Stunden meinen Mantel zu greifen, den Kindern zu winken und allein nach Hause zu gehen. Oft entdecke ich beim Umdrehen draußen im Vorgarten unzählige an die Scheiben gedrückte Näslein, traurige Augen, Hände, die mir ‚Auf Wiedersehen' winken.

Ich lege einen Arm um Lisas Hüfte und erhebe mich vorsichtig, trage das kleine Klammeräffchen durch den Flur zurück in das Zimmer, in welchem die Kleinsten zu dieser Stunde für gewöhnlich spielen. Die Tür ist nur angelehnt. Als ich sie vorsichtig aufstoße heften sich acht Augenpaare an mich.

Einen Moment lang ist es völlig still, dann durchdringt ein aufgeregtes Quasseln und Quietschen die Stille, als alle Kinder aufspringen und sich an meine Beine heften, mich beinahe zu Fall bringen in ihrer ungestümen Freude.

»Herrgott. Als ob sie dich drei Jahre lang nicht gesehen hätten«, schnaubt Lauren, die Wärterin dieses kleinen heimeligen Gefängnisses. Ich sehe ihr den nur halb böse gemeinten Kommentar nach trotz schlechter Bezahlung nutzt sie ihre gesamte Lebenszeit dafür, den Kindern das Leben hier möglichst angenehm zu gestalten. Ein Knochenjob angesichts der Tatsache, dass es neben mir lediglich zwei weitere Frauen gibt, die regelmäßig etwas mit den Kleinen unternehmen.

Oder den Großen.

Denn neben den neun Zwergen zwischen zwei

und vier gibt es noch fünf Kinder zwischen sechs und zwölf. Und drei, die noch kein Jahr alt sind, jedoch um diese Uhrzeit in einem gesonderten Raum von Lydia versorgt und zum Mittagschlaf hingelegt werden.

Ich lächle Lauren begütigend an und streichle mit meiner freien Hand über die weichen Schöpfe der Minis um mich herum. Glänzende Augen strahlen pure Freude aus. Mein Herz droht zu brechen.

Sie sollten nicht hier sein. Keines von ihnen. Sie alle verdienen ein Zuhause voll Liebe und Wärme, einen Ort, an welchem sie nicht um Aufmerksamkeit kämpfen müssen.

Doch der Weg der Adoption ist lang und beschwerlich, und für jedes Kind, welches das Waisenhaus verlässt, rücken zwei neue nach, die als Findelkinder an der Babyklappe abgegeben werden.

Man sollte meinen, in einem so kleinen Ort wie Twinning Oaks bleibt keine Schwangerschaft unerkannt und man weiß, welches Baby zu welcher Mutter gehört. Man sollte meinen, jede junge Frau hat ein stabiles Umfeld, welches eine Schwangerschaft, und sei sie noch so ungeplant, auffängt.

Doch dem scheint nicht so zu sein, die herzigen Gesichter um mich herum bestätigen diese traurige Tatsache.

Dafür bin ich hier.

Womöglich habe ich deshalb keine Kinder –

um für die Kinder, die keine Mutter haben, da zu sein, ihnen einen bestmöglichen Start ins Leben zu ermöglichen.

Natürlich habe ich über Adoption nachgedacht, überlegt, auch Wyatt davon zu überzeugen ... doch wie könnte ich eines von ihnen aussuchen, es über die anderen stellen? Wie nur könnte ich eines von ihnen mitnehmen und die anderen zurücklassen?

Nein.

Lieber investiere ich all meine freie Zeit, all meine Kraft, um dem gesamten Kollektiv eine schöne Zeit zu ermöglichen.

Lauren scheinen ähnliche Gedanken durch den Kopf zu gehen, denn sie mustert mich mit eindringlichem Blick, hat die schmalen Arme vor der Brust verschränkt.

»Du hast doch den kompletten Dezember Urlaub genommen, dir das Jahr über alle Tage aufgespart um sie nun am Stück nehmen zu können. Wolltest du nicht, ich weiß auch nicht, in den Urlaub fahren, mit Wyatt zusammen? Etwas tun, was normale Menschen, normale Eheleute eben so tun? Dinge, die man von einer kinderlosen Frau Ende zwanzig eben erwarten würde?«

Ohne es zu wissen bohrt sie einen dürren Finger in meine schwärende Wunde, ich schlucke gegen den Kloß, der in meiner Kehle wächst, kämpfe gegen die düstere Traurigkeit an, die in mir aufsteigen, mein gesamtes Denken, Fühlen, dominieren will.

Statt in Tränen auszubrechen, wie ich es gerne würde, lächle ich stoisch, verberge meinen Schmerz hinter meiner Maske. Darin bin ich ausgezeichnet. Nicht freiwillig, nein.

Gezwungenermaßen, weil Fehler wenig Toleranz in einer funktionierenden Gesellschaft haben. Ich bin ein Zahnrädchen in einer großen Maschinerie, habe meinen festen Platz, einen kleinen, aber wichtigen Part, Menschen, die von mir abhängig sind, die ich nicht enttäuschen kann, möchte.

Also lächle ich.

»Ich bin doch im Urlaub, Lauren. Das hier, dafür habe ich doch überhaupt erst freigenommen. Um dich zu entlasten, um den Kids eine schöne Weihnachtszeit zu bescheren. Und um die Sanierung der Fassade voranzutreiben, es ist ein Unding, dass ausgerechnet das Waisenhaus aussieht, wie das letzte Gruselhaus auf der rechten Seite.«

Ich weiß, dass sie nach diesem Köder schnappen wird wie ein hungriger Fisch, ihre neugierige Nase aus meinen Angelegenheiten zurückziehen wird.

»Ach, hast du die Hoffnung daran immer noch nicht aufgegeben? Ich weiß ja nicht ... Wir brauchen vermutlich ein Wunder, damit sich dort endlich was tut, oder eine gewaltige Spende, um es selber durchzuziehen.«

Ich zucke leicht mit den Achseln. »Es ist bald

Weihnachten. Wann wäre denn eine bessere Zeit für Wunder, als jetzt?«

Noch ehe ich ausgeredet habe, wächst eine Idee in meinem Kopf heran. Ich merke nicht, dass ich Lauren anstarre, erst als sie die Stirn runzelt und die Nase krauszieht.

»Hast du einen Schlaganfall oder so?«

Ich komme zu mir, schüttle langsam den Kopf.

»Besser. Ich habe eine Idee. Ist nicht ab morgen diese Aktion in der Mall, mit einem Lebkuchenhaus, Elfen, Weihnachtsmann, dem ganzen Drum und Dran? Bei dem sich Kinder etwas wünschen können?«

Lauren kratzt sich am Kinn. »Doch, ich meine, dass als Startdatum für das ganze Brimborium der dritte Dezember im Newsletter gestanden hätte. Worauf willst du hinaus? Denkst du, Santa hat ein wenig Leim und Farbe in seinem Sack?«

Ich verdrehe die Augen, setze die strampelnde Lisa vorsichtig zurück auf den Boden.

»Natürlich nicht. Aber ich habe da etwas im Sinn ...«

Hölle auf Erden

Ich bin bisher kein gläubiger Mensch gewesen, Gott weiß, dass ich ihn mehr als einmal pro Tag verfluche. Aber dies wäre ein ausgezeichneter Moment, um mir seine Gnade zu beweisen.

Dritter Dezember

Gabriel

Ich starre seit etwa zehn Minuten auf den roten Samtstoff zwischen meinen Fäusten, während mein Gehirn versucht zu realisieren, dass ich **wirklich** hier bin, wie tief ich in dieser gewaltigen Scheiße sitze.

»Arbeitsantritt ist um zehn Uhr morgens, Sie haben Anspruch auf eine Stunde Pause, die Mall schließt um acht Uhr abends. So lange werden Sie tätig sein, sechs Tage die Woche, Ihr letzter Arbeitstag ist der Vierundzwanzigste, der Tag vor Weihnachten.

Mein Blick schnellt endlich nach oben, nimmt den dürren Brillenträger hinter seinem verflucht großen Schreibtisch ins Visier, ich merke, wie es in mir brodelt.

Mount Gabriel gedenkt auszubrechen.

Meine Backenzähne knirschen unwillig unter dem harten Druck meines Kiefers, ich gebe alles, wirklich **alles,** um nicht jegliche Contenance fahren zu lassen, und dieses kleine Würstchen anzubrüllen.

»Das sind ja traumhafte Arbeitsbedingungen«, presse ich unsanft hervor. Herrgott, würde man mir Kohle zwischen die Zahnleisten schieben, man bekäme angesichts des gewaltigen Drucks einen lupenreinen Diamanten zurück.

Ein Gedanke schwebt durch mein zornigrot umnebeltes Gehirn, bevor ich auch nur den Mund öffnen kann blinzelt Brillenmann hektisch und schiebt sich sein Nasenfahrrad mit dem Mittelfinger weiter nach oben, bis es beinahe in seinen buschigen Augenbrauen zu verschwinden droht.

»Alkohol ist strengstens untersagt, das verdient eigentlich keine extra Erwähnung, immerhin arbeiten Sie mit Kindern.«

Ich stöhne auf, meine Fäuste vergraben sich tiefer in dem schrecklich weichen Stoff, spannen ihn bis zum Zerreißen.

»Ist das ein Witz? Scheiße, ihr gönnt einem absolut keinen Spaß, was? Ich **hasse** Weihnachten. Und ich **hasse** Kinder, verdammt noch mal, wie genau stellt ihr euch das vor? Soll ich sie zu Tode ängstigen? Wobei mir **dieser** Gedanke dann doch wieder ausgesprochen gut gefällt ...«

Abrupt erhebt sich Brillenschlange und

stemmt die dürren Arme auf den Tisch.

»Das, Mr. Winters, ist mitnichten mein Problem, sondern Ihres. Sollten Sie sich auch nur einen winzigen Fauxpas erlauben, stehen Sie schneller wieder vor Gericht, als Sie ‚Ho Ho Ho' sagen können. Ich habe nicht um einen miesepetrigen, störrischen Wichser gebeten, ich muss ebenso wie Sie nehmen, was ich bekomme.«

Fast habe ich ein wenig Achtung vor ihm zurückgewonnen. Betont böse funkelt er mich an, sein Adamsapfel hüpft unruhig in seinem schmalen Hals. Ob es ihm wohl schwer fällt, seinen Mann zu stehen? Er macht nicht den Eindruck, als ob er sich oft für seine Wünsche einsetzt. Andererseits muss er ein gewisses Durchsetzungsvermögen aufweisen, sonst wäre er wohl nicht in dieser Position.

Oder jemand hasst ihn.

»Was haben Sie ausgefressen, dass Sie nun ausgerechnet mich an der Backe haben?« Ich lehne mich in meinem Stuhl zurück, mustere ihn aus verengten Augen.

Er seufzt, der Ärger fällt von ihm ab wie eine zu groß gewordene Haut. Langsam sackt er in sich zusammen, zurück auf seinen Stuhl.

»Wenn ich das wüsste ... ich wurde um einen Gefallen gebeten. Doch wenn ich mir *das hier* so anschaue, hätte ich wirklich ablehnen sollen. Damit habe ich mir ja was aufgebrummt ...« Er seufzt erneut, dann weist er auf die Tür.

»Wie dem auch sei – es ist zwanzig nach zehn.

Sie sind spät dran, Winters. Umkleide ist gegenüber, ich händige Ihnen ein unterschriebenes Formular für Ihren Sachbearbeiter vom Gericht aus, wenn Ihre Schicht vorbei ist. So wird das jeden Tag ablaufen, Bestätigung erst nach der Arbeit, versteht sich sicherlich von selbst. Die Verspätung lasse ich ausnahmsweise unerwähnt.«

Ich spüre meine Nasenflügel zucken.

»Hören Sie, *Sie* labern mich doch seit geraumer Zeit voll!«

Brillenschlange weigert sich, mich anzusehen, in Seelenruhe blättert er in einem Stapel Papier auf seinem Schreibtisch, schiebt die Brille nach oben.

»Mit Verlaub, Winters, Sie sind zu spät erschienen und zeigen sich wenig kooperativ. Das ‚Gelaber' diente lediglich Ihrer Unterweisung. Wenn Sie unter einer solch enorm zeitversetzten Auffassungsgabe leiden, ist dies mitnichten mein Problem. Dann müssen Sie das nächste Mal einfach früher hier aufschlagen.«

Nun sieht er doch wieder auf, mustert mich abfällig von Kopf bis Fuß, beugt sich mir entgegen. Ich höre das Blut ärgerlich in meinen Ohren rauschen, mein Puls nimmt Fahrt auf.

»Auch wenn es mein größter Wunsch wäre, Sie frühestens am Abend vor Weihnachten wieder sprechen zu müssen, das hier ist nun einmal kein Wunschkonzert. Und nun – an die

Arbeit. Es sind nun fünfundzwanzig Minuten. Wollen Sie ernsthaft eine halbe Stunde anstreben?«

Ich erhebe mich ruckartig, das Kostüm fällt zu Boden. Der Schreibtisch erzittert unter meinen Fäusten, die ich gewaltsam auf das minderwertigen Holz donnere.

»Nun hör mir mal genau zu ...« – »Nein, Mr. Winters, Sie hören **mir** zu und verpissen sich nun aus meinem Büro. Es kostet mich einen einzigen Anruf. Reizen Sie mich nicht.«

Betont gelassen setzt er sich wieder auf seinen Stuhl. Sein Schneid nötigt mir ein wenig Respekt ab. Ich kaue noch einen Moment auf meiner wütenden Erwiderung, dann nicke ich knapp und wirble auf dem Absatz herum.

»Vergessen Sie ihr Arbeitsmaterial nicht, Mr. Winter«, ruft er mich mit beinahe gelangweiltem Ton zurück, sein Blick eilt über die Zeilen des obersten Papiers, welches vor ihm liegt. Ganz so, als lasse ihn meine bebende Wut kalt.

Scheiße, eine solche Toleranzschwelle hätte ich auch zu gern ...

Du solltest ein Anti-Aggressionstraining absolvieren, dein Zorn macht mich ganz krank! höre ich mit einem Mal Melanies nasale Stimme in meinem Kopf, während ich mich mit rotem Kopf nach meinem roten Kostüm bücke.

»Ich bin nicht aggressiv, verdammter Mist, ich bin nur die Idioten um mich herum leid!«, knurre ich aufgebracht.

»Haben Sie etwas gesagt, Mr. Winter?«

Ich würge schwer an den Gefühlen in meiner Kehle, ehe ich mich überwinden kann, Brillenschlange einen fast freundlichen Blick zuzuwerfen.

»Mitnichten, Sir. Ich gehe nun.«

Die Tür scheppert hinter mir ins Schloss. Ich zwinge mich tief durchzuatmen, ehe ich die Tür zum Mitarbeiterraum aufstoße, in welchem ich mich umziehen muss.

Vor mich hin fluchend suche ich mir einen freien Spind, knalle meine Sachen auf die davorstehende Bank und beginne mir das karierte Hemd und die Jeans auszuziehen. Der Samtstoff des verfickten Kostüms ist schwer und mit absoluter Sicherheit nicht atmungsaktiv, je weniger Stoff zwischen dieser fasrigen Sauna und meiner Haut liegt, desto besser.

Ich stopfe gerade meine Klamotten mit fahrigen Händen in den Spind, als die Tür aufgeht.

»Hi! Oh, sorry, ich habe nichts gesehen ... oh hallo. Ich schätze, ich muss doch genauer hinsehen ...«

Herr, schenke mir Nerven.

Langsam drehe ich mich um, lediglich mit T-Shirt und Boxershorts bekleidet.

Vor mir steht eine junge Blondine in einem knappen, einem wirklich *sehr* knappen Elfenkostüm. Sie kaut energisch auf einem Kaugummi herum, tippt sich mit einem langen, manikürten Nagel gegen das Kinn.

»Na, Hallöchen. Du musst Santa sein. Ich bin deine Elfe. Und nach acht Uhr abends bin ich Candy und durstig.«

Ich starre sie an. Der Tag ist bereits jetzt sowas von gelaufen und meine Schicht hat noch gar nicht begonnen.

Sie zwirbelt eine Strähne ihres platinblonden, zu zwei seitlichen Zöpfen gebundenen Haares um den Zeigefinger, kaut penetrant weiter, lässt gar eine Kaugummiblase zwischen ihren pink geschminkten, aufgeplusterten Lippen platzen.

Wie alt ist das Gör, zwölf?

»Wo ich herkomme gilt es als unhöflich, sich nicht vorzustellen, weißt du? Du bist kein sonderlich artiger Santa.«

»Oh, hast du eine Ahnung«, brumme ich, wende mich ab. »Und woher genau kommst du, aus Barbielon? Zisch ab, Elfie, ich bin Santa und nicht interessiert, weder vor, noch nach acht Uhr.«

Sie kichert mädchenhaft, das Geräusch fährt mir ätzend über das Rückgrat, wie Fingernägel auf einer frisch gewischten Tafel, widerwärtig. Ich schüttle mich.

»Oh, du bist witzig, Santa! Mach weiter so und ich habe ein besonders großes Geschenk für dich!« Sie klatscht mir auf den Hintern, als ich gerade in das Kostüm schlüpfen will und ist aus der Tür, ehe ich mich umgedreht habe.

Mein Mund steht weit offen, meine Kinnlade

kann ich mit Sicherheit irgendwo vom Boden aufsammeln. Mir schwirren so sehr die Ohren, dass ich nicht einmal sagen kann, ob ich wütend bin.

Ob Melanie sich bewusst ist, wie sehr ich darum kämpfen werde, die nächsten drei Wochen irgendwie zu überleben? Sitzt sie in unserem, nun ihrem neuen Haus, streichelt ihre fünfte Katze und kichert hämisch bei dem Gedanken, ihrem so aggressiven Exmann auf diese Art und Weise einen Dezember zu bescheren, der ihn an seine Grenzen bringen wird?

Verdammte Hexe. Ich hätte es wissen sollen, als ich das erste Mal in ihre tückischen grünen Augen gesehen habe. Grüne Augen, rotes Haar, wenn das keine Warnung auf zwei Beinen ist. Und ich Idiot war darauf hereingefallen wie der erste Mensch der Welt.

Nun ist er wieder da, mein Ärger, mit dem Unterschied, dass er dieses Mal ausschließlich mir selbst und meiner eigenen Kurzsichtigkeit gilt. Vielleicht sollte ich Brillenschlange bitten, mir sein Nasenfahrrad auszuleihen, bis ich besseren Durchblick habe.

Mit verkniffener Miene ziehe ich das beschissene Kostüm an, verstaue meine Habseligkeiten und verlasse den Raum. Am Ende des traurigen kleinen Flurs wartet die Tür, hinter welcher sich meine wahrgewordene Hölle befindet.

Ich bin bisher kein gläubiger Mensch gewesen,

Gott weiß, dass ich ihn mehr als einmal pro Tag verfluche. Aber dies wäre ein ausgezeichneter Moment, um mir seine Gnade zu beweisen.

Ob ein kleiner Herzinfarkt zu viel verlangt wäre? Oder ein Feuer? Ein Feuer wäre gut, nur ein ganz kleines.

Ich stehe an der Tür, starre auf die Klinke, abwartend.

Nichts geschieht.

Natürlich nicht.

Ich sehe zur Decke hinauf, ziehe die Augenbrauen zusammen.

»Danke für nichts, du Arsch.«

Dann richte ich meinen falschen Bart und meine verdammte Zipfelmütze und betrete die hell erleuchtete, ohrenbetäubend laute Hölle.

Aus dem Lautsprecher über mir dröhnt ‚Do they know it's Christmas' und ich möchte mich spontan übergeben.

Erste Eindrücke

Nur ein einziges Mal wäre ich gern wieder in diesem Alter, in welchem alles voller Wunder erscheint, in dem an großartige Dinge glauben noch möglich ist, bevor einen die Realität des zuweilen grausamen Lebens einholt.

Vierter Dezember

Brandy

Im Radio läuft ‚Driving home for Christmas'. Ich drehe ein klein wenig lauter, da dies eines meiner liebsten Lieder in der besinnlichen Zeit darstellt, summe leise mit. Eine zarte Stimme durchbricht meinen schiefen Singsang.

»Wohin gehen?«

Große grüne Augen starren durch die Scheibe nach draußen in den grauen Tag, nehmen wissbegierig alles in sich auf, was sie erblicken können.

Ich stehe mit meinem kleinen roten Auto an der Ampel und warte, bis diese auf grün schaltet, also gestatte ich mir einen Blick auf die Rückbank in Lisas entzückendes Gesicht.

»Wir gehen in die Mall, mein Kleines. Du

darfst dir beim Weihnachtsmann etwas wünschen«, erkläre ich ihr mit sanfter Stimme. Ihr Blick löst sich von der Scheibe, nimmt mich gefangen mit ihrer kindlichen Unschuld, ihrer Neugierde.

»Warum?«

Die Ampel schaltet um, ich wende mich nach vorn und gebe Gas.

»Weil wir ein Wunder brauchen, Liebes. Darum habe ich einen Plan. Und ich brauche deine Hilfe dafür.«

»Warum?«

Ich grinse in mich hinein. Seit etwa zwei Wochen befindet sich Lisa in einer wahrhaft hartnäckigen ‚Warum'-Phase und bringt mich mit ihren ständigen Fragen des Öfteren in Verlegenheit.

»Weil du ein zuckersüßer Schatz bist, dem die Leute nur schwer etwas ausschlagen können. Und weil bald Weihnachten ist. Da sind die Leute meist noch hilfsbereiter und rührseliger als das restliche Jahr über. Wir können ein paar offene Herzen gut gebrauchen ...«

»Warum?«

Ihre großen Augen betrachten mich über den Rückspiegel, ungeniert steckt ihr linker Zeigefinger in ihrer Nase.

»Nimm den Finger da raus und wage es nicht, ihn abzuschlecken«, drohe ich mit betont lustiger Stimme, sodass sie kichern muss und ihre Frage vergessen ist.

Ihr Finger landet dennoch für den Bruchteil einer Sekunde in ihrem Mund, was mir ein kleines Augenverdrehen entlockt. Doch ich sage nichts dazu.

Wir sind ohnehin da. Ich biege auf den großen Parkplatz ein und nehme einen Eltern-Kind-Parkplatz nahe des Eingangs ins Visier.

Twinning Oaks ist eine verhältnismäßig kleine Stadt und doch ist die Mall immer gut besucht von Menschen aller Alters- und Sozialklassen. Und zur Weihnachtszeit sowieso, wollen sich doch alle früh genug für die Feiertage eindecken, obwohl es erst Anfang Dezember ist. Man sollte meinen, der Mensch lernt dazu, ist im Jahr darauf klüger und handelt anders – tut er aber nicht,.

Ich schmunzle in mich hinein, bin ich selber doch der beste Beweis dafür. Grundsätzlich bin ich nämlich die, die man an Heiligabend und Silvester noch mit zerzausten Haaren und verwirrtem Blick im Supermarkt trifft, weil sie etwas vergessen hat.

Jedes Jahr aufs Neue. Und auch dieses Jahr wird es nicht anders sein, ich höre bereits Wyatts halblautes Schmunzeln, wenn er mir viel Glück beim Durchschlagen wünscht.

Ich bleibe noch einen Moment im Wagen sitzen. Lisa ist damit beschäftigt, den bunten Lichtern zu folgen, die sich in dicken Ketten um das gesamte Einkaufszentrum wickeln, sowie die funkelnden Weihnachtsbäume in Augenschein zu nehmen, die von einem marktschreierischen Verkäufer direkt vor dem Eingang angeboten werden.

Meine Gedanken schweifen ab. Ich sehe Wyatts Lächeln vor mir, schlucke. Einst hat sein Lächeln für mich so gestrahlt, wie es diese Lichter grade tun – nun ist es eher ein schwacher Abklatsch dessen. Ich spüre seine Blicke auf mir, wenn wir beide zuhause sind und ich koche, putze, oder ihm von der Arbeit erzähle. Am stechensten bohren sich seine Augen in meinen Rücken, wenn ich von den Kids aus dem Heim erzähle.

Ich verstehe ihn.

Etwas hat sich geändert. Und wir beide sind zu feige, um es anzusprechen. Wir beide weigern uns aus Furcht der Erste zu sein, der ein Loch in unsere so perfekte Blase sticht.

Denn wenn die Luft aus dieser Blase weicht sind wir gezwungen uns einzugestehen, dass wir nicht das perfekte Pärchen sind, für welches wir uns seit zwei Jahren, seit dem Tag unserer Hochzeit halten.

Wir sind nicht mehr das starke Traumpaar, welches allen Widrigkeiten trotzt.

Wir sind Brandy und Wyatt Maddox, das ganz normale Paar von nebenan, dass stumm seine Dämonen bekämpft und in einer bestimmten Sache seinen Endgegner gefunden hat.

Und da wir nicht länger blind aufeinander vertrauen können laufen wir Gefahr, an diesem

Endgegner zu scheitern, zu verlieren, zu zerbrechen. Doch noch will sich keiner von uns diese Tatsache eingestehen.

Weder er, noch ich.

Vor allem nicht ich.

Dabei bin ich Schuld ... weil ich nicht perfekt bin, im Gegensatz zu ihm. Dabei haben wir es bis vor ein Jahr nicht gewusst ...

»Will raus!«, beschwert sich da eine helle Stimme vom Rücksitz und ich zucke zusammen. Ich sehe rasch in den Rückspiegel und wische mir mit bestimmten Bewegungen zwei Tränen von den Wangen.

Wann habe ich zu weinen begonnen? Ich weiß es nicht, es tut auch nichts zu Sache. Hier ist kein Platz für Trauer. Hier geht es einzig und allein um Lisa, um die Kinder.

Ich schnalle mich ab, steige aus. Neben dem Wagen atme ich tief durch, ehe ich mit einem strahlenden Lächeln die hintere Tür aufreiße und das glücklich glucksende Kind rasch aus seinem Sitz befreie.

Ich ergreife die kleine Hand, die sich mir entgegenstreckt und langsam laufen wir das kurze Stück Richtung Eingang.

Grüne Augen werden immer größer, voller Ehrfurcht und mit offenem Mund betrachtet Lisa die blinkenden Lichter.

»Oh, so schön!«, jauchzt sie. Mein Herz, eben noch von allzu menschlicher Trauer umwölkt und taub, möchte brechen angesichts ihrer so offenkundigen, geradezu göttlichen Freude über Kleinigkeiten.

Liebevoll gleitet mein Blick über das Kleinkind an meiner Hand. Nur ein einziges Mal wäre ich gern wieder in diesem Alter, in welchem alles voller Wunder erscheint, in dem an großartige Dinge glauben noch möglich ist, bevor einen die Realität des zuweilen grausamen Lebens einholt ... Nur einmal noch möchte ich glauben, dass ein Wunsch an den Weihnachtsmann gerichtet Wirklichkeit werden kann.

Doch ich bin erwachsen, weiß es besser.

Beinahe wütend über mich selbst schüttle ich den Kopf, umschlinge Lisas Hand fester. Es geht nicht um mich, verdammt. Wie komme ich dazu, ausgerechnet heute so schlecht gelaunt zu sein? Es muss an diesem hektischen Ort liegen, alle eilen mit geschäftigen Mienen an uns vorbei, wir sind die Einzigen, die sich vom Zauber der Dekoration ablenken lassen.

Wir kommen nur langsam vorwärts, aber das ist okay, wir haben Zeit. Ich sondiere den Aufbau in der Mitte des Einkaufszentrums, dann gehe ich auf die Knie, beuge mich zu Lisa.

»Sieh mal, das bunte Häuschen dort drüben, mit den riesigen Zuckerstangen und der vielen Watte! Wollen wir uns das genauer anschauen?«

Lisa stimmt mir zu und gemeinsam schlendern wir in Richtung Lebkuchenhaus.

Den Weihnachtsmann selbst konnte ich noch

nicht entdecken, zwei Elfen schwirren jedoch schon tüchtig umher und eine kleine Schlange mit fünf Eltern-Kind Gespannen wartet mehr oder minder geduldig, zu Santa vorgelassen zu werden.

Wir reihen uns ein.

Erstaunlich schnell sind wir an der Reihe, völlig in Gedanken habe ich gar nicht darauf geachtet, bin abgelenkt vom Glimmer und Schein der unwirklichen Weihnachtswunderwelt um uns herum.

Schüchtern bleibt Lisa stehen, starrt auf den großen Mann, der in einem opulenten roten Kostüm mit wallendem weißen Bart auf einem goldenen Thron sitzt und zu uns rüber starrt.

»Komm Kleines, wir sind an der Reihe. Ich gehe mit dir, einverstanden? Und wenn du auf seinem Schoss sitzt, und er dich nach deinem Wunsch fragt, dann sagst du Renovierung, in Ordnung?«, ermutige ich sie.

Langsam setzt sie sich in Bewegung. Ich fokussiere mich gänzlich auf sie, lotse sie vorwärts, dann höre ich ein ungeniertes, nicht ansatzweise verstecktes, deutlich genervtes Stöhnen.

Ich sehe auf.

Unter gerunzelten dunklen Augenbrauen starren tiefblaue Augen Lisa an.

»Herrgott, wird das heute noch was?«, fährt die tiefe Stimme von Santa uns an.

Ich kneife die Augen ein wenig zusammen,

halte jedoch an mich – er sitzt seit Stunden da, ich will nachsichtig sein.

»Wir kommen. Sie ist nur etwas vorsichtig, es ist ihr erster Besuch beim Weihnachtsmann«, erläutere ich mit einem Lächeln.

Santa mustert mich kurz, verdreht die Augen.

»Und wenn sie weiter so trödelt auch ihr letzter, dann geht der Santa nämlich vor Altersschwäche ein. Hop, her jetzt, ich habe nicht den ganzen Tag Zeit.«

Es fällt mir schon schwerer, nachsichtig zu sein, mein Lächeln verrutscht etwas.

Lisa ist wenig erpicht, sich bei dem Mann auf den Schoß zu setzen und ich verstehe es mit einem Mal. Ich würde mich auch ungern auf die Knie eines fremden, noch dazu derart unhöflichen Mannes setzen, der noch dazu einen so deutlich falschen Bart trägt und definitiv nicht so alt ist, wie es sein künstliches Äußeres weismachen will.

Er wirkt beinahe ... ulkig.

Ich beuge mich zu Lisa hinunter und rede ihr ermutigend ins Ohr.

»Wollen wir es ganz schnell hinter uns bringen und dir dann ein Eis kaufen?«

Natürlich ist es kalt draußen, wenn es auch noch nicht geschneit hat, aber Eis ist ein seltener Leckerbissen, mit welchem man so ziemlich jedes Kind jeden Alters ködern kann.

Lisa nickt zustimmend, zieht mich vorwärts und bleibt dicht vor Santa stehen.

»Schoß sitzi nein«, sagt sie bestimmt.

»Na Gott sei Dank. Und, was wünscht sich die Göre?«

Ich starre ihn an.

Er starrt Lisa an, grimmig.

Lisa sagt »Henofiung.«

Er starrt mich an,

Mein Mund steht offen.

»Bist du der Dolmetscher? Was zur Hölle war das denn für ein Wort?«, pampt er mich an.

»Renovierung. Sie will eine Renovierung«, gebe ich tonlos, wie vom Blitz getroffen von mir. Was fällt ihm ein, so mit einem kleinen Kind zu reden?!

»Bist du bescheuert? Sehe ich aus, wie ein beschissener Handwerker, habe ich Farbtöpfe in meinem Sack? Hier ist ne Puppe für das Gör und nun schieb ab!«

Mir wird unsanft eine Verpackung in die Hand gedrückt, dann werde ich von großen, behandschuhten Händen rüde beiseite gewinkt. Immer noch innerlich erstarrt mache ich zwei Schritte zur Seite, bekomme mit, wie das nächste Kind, ein Junge von ungefähr zehn Jahren, schüchtern seinen Wunsch hervorstößt und mit einem kleinen elektrischen Auto abgespeist wird.

Langsam gehe ich weg, ein tanzendes, springendes Kind an meiner Hand.

»Puppi habi!«, säuselt Lisa und zieht an meinem Ärmel. Ich gebe ihr die Verpackung, sie jauchzt.

Na wenigstens einer von uns hatte gerade mehr oder minder Spaß.

Was für eine Laus ist denn dem über die Leber gelaufen? Ich drehe mich um, starre Santa an. In mir brodelt es, langsam, aber gewiss.

Es braucht viel, um mich wütend zu machen, doch er, dieser unverschämte Kerl, hat es beinahe geschafft.

Meine Gedanken überschlagen sich. Auch ich arbeite in meinem Brotjob mit anderen Menschen, auch ich habe dann und wann einen schlechten Tag, doch diese Laune an meinen Mitmenschen auszulassen käme nie in Frage.

Vor allem nicht an Kindern.

Nachdenklich kaue ich auf meiner Lippe und zucke dann mit den Schultern. Es gibt eine simple Lösung für meine heutige Sprachlosigkeit.

Laut Plan ist morgen Ellie an der Reihe. Ellie ist zwölf und nicht auf den Mund gefallen. Im Gegenteil redet sie oft derart altklug und bestimmt daher, dass auch mir die Worte fehlen.

Sollte morgen der gleiche Kerl Dienst haben und wieder derart unverschämt werden, wird ihm mehr als einmal über den Mund gefahren werden, so viel ist sicher.

Contenance am Arsch

Nach dem hundertsten Mal nimmst du die Aussage als Tatsache, hinterfragst nicht mehr, beginnst, deinem neuen Naturell entsprechend zu handeln.

Fünfter Dezember

Gabriel

Es ist Samstag.

Wie erstarrt beobachte ich den Sekundenzeiger auf seinem Weg ein weiteres Mal das Zifferblatt zu umrunden.

Samstag, fünfter Dezember, acht Uhr zwanzig.

Früher, als ich noch einen richtigen Job hatte, war dies ein Ausspruch, der von glückseliger Freude erfüllt war. Ausschlafen, ein gutes Frühstück, sich für ein Nickerchen wieder auf dem Sofa räkeln, keine Verpflichtungen ...

Jetzt allerdings markiert dieser Tag offensichtlich einen neu erreichten Kreis der inneren Hölle. Ähnlich Dantes Inferno wird es brenzliger, je näher ich dem Kern des Ganzen komme.

Samstag, das bedeutet, die meisten Menschen

haben Wochenende, mit Ausnahme der armen Teufel, die um mich herumschwirren und bemüht sind, die meuternden Massen zufriedenzustellen.

Samstag bedeutet, dass Eltern heute scharenweise mit ihrer Brut in der Mall auflaufen und sich beim beschissenen Weihnachtsmann etwas wünschen.

Früher war mir das vollkommen egal.

Heute allerdings bin **ich** dieser beschissene Santa und sitze mir den Arsch auf dem Präsentierteller platt, während sich eine nicht enden wollende Kaskade an kleinen und großen Menschen vor mir ergießt, von mir ihre Wünsche erfüllt haben wollen.

Verfluchte Melanie, verfluchter Anwalt, dreimal verfluchte Sozialstunden, bis zum Himmel verficktes Weihnachten.

Hilflos, innerlich tot, starre ich auf die lange Schlange vor mir und wünsche mir mit einem Mal, ich hätte Brillenschlanges Weisung ignoriert und mir vor der Arbeit ein oder zwei Bier gegönnt.

Oder Schnaps. Herrgott, wenn ich mir das hier anschaue, dann lieber Schnaps.

Ein Kind tritt vor, zieht seine Mutter hinter sich her. Es brabbelt. Ich starre es an. Ist das ein Junge oder ein Mädchen? Es ist so dick eingepackt, ich kann es schwer erkennen. Gebe ich ihm ein Auto oder eine Puppe?

Ich starre die Mutter an. Ziehe ungeniert die Nase hoch.

»Was ist das? Ist das ein Junge?«

Der Blondine bleibt der Mund offen stehen. »Wie bitte, ich habe mich wohl verhört?«

Ich verdrehe die Augen, wünsche mir, dass das Lebkuchenhaus hinter mir zusammenbricht und mich unter den Trümmern begräbt.

»Schenke ich der kleinen Plage ein Auto oder eine Puppe?!«, wiederhole ich mit sanfter Stimme meine Frage.

Da die Mutter nun gänzlich irritiert scheint, wende ich mich seufzend dem Kind zu, das mich mit großen Augen mustert.

»Du! Auto oder Puppe? Sag schon!«

»Ähm ... ein Auto bitte.« Die Stimme ist hell, selbst für einen Jungen vor dem Stimmbruch. Aber wenn das Mädchen ein Auto will, soll es eins haben. Ich bin ja kein Unmensch, sondern der Weihnachtsmann.

»Bitte, danke, wegtreten. Der Nächste!«

Ich schiele unauffällig auf die Uhr, ignoriere das süßliche Gemurmel des nächsten Gespannes vor mir.

Es ist elf.

Es ist erst elf?! Wie kann es erst elf sein, wenn ich bereits zehn Stunden hier in meinen eigenen Säften brate?!

Ich verschenke Puppen und Autos. Autos und

Puppen. Gebe mein wahrlich Bestes, nicht die Fassung zu verlieren.

Es ist erst der fünfte. Bedeutet, diese Farce hier wird sich noch neunzehn Tage ziehen.

Mein Gesicht wird unter dem Bart noch länger. Das ertrage ich nicht, das überlebe ich nicht. Warum kann es in meiner Familie keine Herzkrankheiten geben? Irgendwas Schnelles, Plötzliches, das mich aus den Schuhen kippen lässt und mich hiervon erlöst?

»Hörst du mir überhaupt zu?« reißt mich eine laute Stimme aus meinem Selbstmitleid.

Vor mir steht ein junges Mädchen. Ihre blauen Augen stehen in einem starken Kontrast zu ihrer ebenmäßigen dunklen Haut. Ihre langen schwarzen Haare sind zu feinen Zöpfen geflochten.

Und sie hat die Arme vor der Brust verschränkt, legt fragend den Kopf schräg.

»Natürlich höre ich zu, warum sollte ich hier sonst rumsitzen, aus Jux und Tollerei?«, maule ich zurück und versuche mich zu konzentrieren. »Du wolltest eine Puppe haben, hier bitte, zisch ab.«

Die blauen Augen werden einen Ticken eisiger.

»Nein, du Idiot, ich sagte, ich will eine Renovierung. Deine Puppe kannst du dir sonst wohin stecken.«

Eine Renovierung?! Das kommt mir entfernt vertraut vor. Mein Blick fährt zu der Frau neben dem Kind.

Es ist die gleiche Mutter, wie am Nachmittag zuvor. Ist sie mit dem selben Kind erneut gekommen? Nein, an dieses Kind hätte ich mich mit Sicherheit erinnert, selbst mit meiner mangelnden Konzentration.

Außerdem scheinen die beiden auf den ersten Blick nicht viel gemein zu haben – außer, dass beide weiblichen Geschlechts sind und mir unfassbar auf die Nerven gehen. Ich deute mit dem Kinn auf die Frau.

»Ach, du schon wieder. Heute ein entzückendes Kind, welches eine verständliche Sprache beherrscht, was? Ein Fortschritt.«

Die Frau will aufbegehren, ihre grauen Augen blitzen unwirsch auf. Wer zur Hölle hat denn graue Augen?! Ich schneide ihr das Wort ab, sehe das Mädchen an.

»Ich hab es deiner Mom gestern schon einmal gesagt, nochmal langsam zum Mitschreiben. Kannst du schon schreiben? Alternativ kann ich es tanzen. Also, ich habe keine Nägel, keinen Hammer, keine Säge in meinem verdammten Sack. Und selbst wenn würde ich sie euch nicht aushändigen. Was soll der Quatsch überhaupt?! Hier ist deine Puppe, jetzt schieb ab.«

»Du bist ein ganz schön dummes Arschloch, weißt du das? Pass auf, wie du mit mir redest, sonst hast du den Bart gleich woanders hängen«, erdreistet sich das Mädchen.

Ich ziehe die Augenbraue nach oben und

suche den Blick der Mutter. Wütend mustern die grauen Augen mich, es blitzt darin.

»Weniger shoppen, mehr Zeit auf die Erziehung verwenden, dann erspart man sich selbst und auch seinem Umfeld ein solch aufmüpfiges Verhalten«, erleuchte ich das Dunkel der zierlichen Brünette.

Feine Augenbrauen ziehen sich zusammen, bemüht beherrscht rückt sie ihre dicke Wollmütze zurecht. Jetzt sitzt sie noch schiefer auf ihrem Kopf.

»Nun, eben diesen Tipp hätte jemand Ihrer Mutter geben müssen, ich fürchte, nun ist es zu spät.« Sie reckt ihr Kinn. Ich will eben etwas erwidern, da fährt sie fort. »Ich bringe Ellie bei, nicht zu lügen. Und da Sie sich wie ein Schuft verhalten, kann ich sie schlecht dafür rügen, diese Tatsache laut auszusprechen.«

Ich starre sie an. Mein Herzschlag dröhnt in meinem Kopf. Irgendwas an dieser Frau reizt mich unheimlich, nicht auf die gute Art. Sie macht mich wütend, sehr wütend, obwohl sie nichts sonderlich Falsches gesagt hat.

»Das hier ist leider eine Mall und kein Krankenhaus. Zum nächsten Psychodoc ist es aber nicht weit, falls du dich dort ein bisschen über den bösen Santa ausheulen willst«, gebe ich zurück und wende mich der Schlange zu.

»Der Nächste!«

Graue Augen streifen mich mit mildem Mitleid statt dem erwarteten Zorn.

»Sie sollten an Ihrer Eloquenz arbeiten, wenn Sie einen solchen Job ausüben. Sie scheinen etwas gereizt. Ich kann Ihnen einen guten Therapeuten empfehlen, falls Sie sich über die bösen Kinder ausheulen wollen«, gibt sie mit einem ekelhaft süßen Lächeln zurück und legt ihre Hand auf die Schulter des Mädchens.

»Lass uns gehen, Ellie. Wir sollten dem Weihnachtsmann ein Päckchen Contenance kaufen gehen, meinst du nicht auch?«

Eisblaue Augen mustern mich von der Zipfelmütze bis zu den riesigen Stiefeln.

»Nur ein Päckchen? Ich denke, die hier nötigen Gebinde verkaufen sie nicht.«

Stumpf stiere ich ihr nach, als sie davon gehen.

»Contenance am Arsch!«, kann ich mir nicht verkneifen, ihnen hinterher zu brüllen.

»Der Nächste!«, schreie ich dann, um die leichte Wut in meinem Bauch zu verbalisieren und fühle mich direkt besser. Was man von dem kleinen Jungen vor mir nicht gerade sagen kann.

Ängstlich starrt er mich an. Ich verdrehe die Augen.

»Windeln habe ich keine, also verkneif es dir und pinkle dich nicht ein. Auto? Auto. Abflug. Der Nächste!«

Läuft doch wie am Schnürchen.

Endlich, drei Jahre später, ist es acht Uhr und ich stehe ächzend auf. Die Lichter der Geschäfte um mich herum schalten auf Nachtbeleuchtung und erlösen mich somit endlich von dem blinkenden Wahnsinn, der Lautsprecher über mir, der soeben ‚Rocking around the christmas tree‘ angestimmt hat, verstummt abrupt.

Welch eine Erleichterung.

Mein Rücken schmerzt an Stellen, die ich davor nicht einmal kannte. Die eine Stunde Mittagspause hilft absolut nicht dabei, diese Tage zu überstehen. Einzig der Gedanke an morgen, an Sonntag, lässt mich bei klarem Verstand bleiben.

»Na, Santa, wie steht es, Lust auf ein Bier, oder zwei oder drei? Ich habe noch ein Sixpack bei mir zuhause – wenn du mir deins zeigst zeig ich dir meins!«

Ich stöhne laut auf.

»Candy, ich meine das nicht böse, aber verpiss dich! Ich will meine Ruhe haben!«

Die Elfe kichert nur fröhlich, als sei sie zu dämlich, den Sinn meiner Worte zu verstehen.

»Du bist echt witzig, Mensch. Hab dich nicht so, ein Bierchen tut dir gut. Ich kann dir helfen, dich zu entspannen!«

Ich ziehe mir den Bart mitsamt Mütze vom Kopf.

»Was mich in diesem Moment **wirklich** entspannen würde ist vermutlich nicht legal. Also bitte, um deinetwillen, schieb ab.«

Sie verdreht mit einem breiten Lächeln die Augen.

»Ich knacke dich schon noch, du harte Nuss. Bis Weihnachten sind noch ein paar Tage.« Und dann lässt sie ihre Kaugummiblase platzen.

Wie kann diese Frau stundenlang Kaugummi kauen, ohne eine Kiefersperre zu bekommen? Wortlos wende ich mich ab, ziehe mich um und verschwinde, nicht ohne mir meinen dummen Wisch bei Brillenschlange unterzeichnen zu lassen.

Ich glaube, er heißt Marcus. Ändert nichts an der Tatsache, dass ich ihn absolut nicht leiden kann.

Ich schließe die Tür auf und trete sie hinter mir mit dem rechten Fuß zu. Die milchige Glasscheibe erzittert. Ich gebe ihr noch zwei Wochen mit mir, dann ist sie durch und ich schulde Ben eine Neue.

Zum ersten Mal an diesem Tag ist mein Kopf vollständig leer, ganz so, als hätte die Türschwelle sämtliche Gedanken gelöscht, mich in glückseliger Stille zurückgelassen. Ich atme tief durch, spüre, wie sich ein Lächeln auf meinen Lippen ausbreitet.

Wann habe ich das letzte Mal gelächelt? Zu meiner Schande weiß ich es nicht mehr. Früher, da habe ich viel gelächelt. Viel gelacht. War ein wahrer Witzbold, mit dem man gern befreundet war.

Doch das war vor Melanie.

Vor der Person, die mir tagtäglich einimpfte, dass ich eine Gefahr für mich selber wäre, gemein und wütend, gar aggressiv. Und dennoch bin ich bei ihr geblieben, über Jahre hinweg. Schlussendlich habe ich sie gar geheiratet, die verdammte Hexe, trotz ihrer ewigen Vorbehalte, trotz der Tatsache, dass sie mich in eine Form gießen wollte, die mir nicht entsprach.

Der Teufel allein weiß, wie sie es geschafft hat, mich derart abhängig von sich zu machen, fast hörig.

Mein Universum schien sich nur um sie zu drehen, sie war der Fixstern meines Kosmos‘, mein Segen und mein Fluch zugleich.

Und ich habe ihr geglaubt, als sie sagte, ich hätte ein Problem.

Ein Aggressionsproblem.

Bis heute bin ich mir nicht sicher, wie sie diesen Keim in mein Hirn gepflanzt hat, doch er ist zu einem mächtigen Baum herangewachsen, überschattet mit seinen gewaltigen Zweigen alles, auf das ich stolz bin.

Vermutlich bin ich nicht viel reifer als ein Kind, dem oft genug gesagt wurde, dass es böse sei. Nach dem hundertsten Mal nimmst du die Aussage als Tatsache, hinterfragst nicht mehr, beginnst, deinem neuen Naturell entsprechend zu handeln.

Ich kann mich jedenfalls nicht erinnern, schon vor Melanie andauernd zornig, gereizt, frei von jeder Geduld gewesen zu sein. Nun allerdings sind all diese Wesenszüge derart in mir verankert, dass ich ohne sie kaum atmen kann.

Wer bin ich?

Ich schlucke, reibe mir über die müden Augen. Auf jeden Fall bin ich zu nüchtern für diese Gedanken.

In der Wolke meines düsteren Selbstmitleides gefangen öffne ich die Tür der Küche und erstarre, als Geräusche an meine Ohren dringen, welche vorhin im Rauschen meiner Überlegungen untergegangen sind.

Das Bild, welches meine Augen in mein Gehirn brennen, bestätigt das Gehörte.

»Scheiße, Ben, ich **esse** auf dieser Anrichte!«

Ich bin mir nicht sicher, ob es wirklich der richtige Zeitpunkt ist, dies anzumerken, immerhin ist Ben schwer damit beschäftigt, eben jene Anrichte mit seinem Schweiß zu beflecken, während er einem blonden Jüngling erlaubt, **ihn** zu beflecken.

Weit aufgerissene Augen starren mich an, schlanke Hände krallen sich in Bens Hüften, als dessen Lover mich wahrnimmt.

»Scheiße man, verpiss dich, das ist ein ungünstiger Moment!«, gibt Ben mit erstickter Stimme von sich. »Ich will nicht unhöflich sein, schön, dass du gekommen bist, wenn du jetzt gehst und die Tür hinter dir schließt werde ich versuchen, das Gleiche zu tun!«

»Was, die Türe schließen?«, erkundigt sich der Blondschopf irritiert.

Ben verdreht die Augen. »Nein, kommen! Mach weiter jetzt!«

»Man, in deiner Haut will ich nicht stecken«, brumme ich und wende mich zum Gehen.

»Musst du auch nicht, das macht er ja. Und jetzt **raus**!«

Scheiße. Ich brauche endlich eine eigene Wohnung.

Der Wert eines Menschen

Ohne es zu wissen hat er seine gesamte Hand in meine Wunde gestochen, hat mich an meine Unzulänglichkeit, meine Unvollkommenheit erinnert, mir bewusst gemacht, wie wenig ich doch wert bin.

Sechster Dezember

Brandy

Ich liege im Bett und starre an die Decke. Wyatt neben mir ist ebenfalls wach, stellt sich aber weiterhin schlafend. Ich erkenne es daran, dass sein lautes Schnarchen nicht weiter die Stille durchdringt.

Früher haben wir solche Morgen anders eingeleitet, als schweigend im Bett nebeneinander hinzuvegetieren. Früher war alles anders. Früher waren **wir** anders.

Und keiner von uns will es sich eingestehen. Keiner von uns wagt den ersten Schritt in ein klärendes Gespräch zu gehen, keiner von uns will sich hinterher den Schuh anziehen, das Ganze ins Rollen gebracht zu haben.

Ich verstehe das. Verstehe ihn.

Und verstehe es doch nicht. Denn eigentlich

lieben wir uns doch. Haben es zumindest einmal. Hat sich das alles geändert, durch eine nicht änderbare Tatsache, die keiner von uns beiden hat kommen sehen?

Ich schlucke. Atme tief ein, halte die Luft in meinen Lungen, zähle bis dreißig, versuche, all die schlechten Gedanken in meinen Atem zu legen, als ich ihn schließlich aus meinen Lungen entweichen lasse. Dann schlage ich die Decke zurück und setze mich auf.

»Möchtest du einen Kaffee?«

Ich sehe ihn nicht an bei dieser Frage und ich bin mir darüber bewusst, dass auch er einen Blick in meine Richtung vermeidet. Er ist kein Morgenmensch, braucht eine gewisse Anlaufzeit um wach zu werden, seine Maske aufzusetzen, möchte mich nicht direkt nach dem Aufstehen mit seiner brüsken Art verschrecken.

Das ist ein Zeichen von Liebe, oder? Oder rede ich mir dies nur ein, um das alles für mich erträglicher zu machen?

»Sehr gerne. Wollen wir brunchen gehen oder soll ich Frühstück machen?«

Ich schwinge die Beine von der Matratze, gebe meinen Füßen einen Moment, um sich an die Kälte der blanken Dielen zu gewöhnen.

»Wenn es dir recht ist, können wir sehr gerne hier zuhause frühstücken. Ich möchte nachher zu den Kids und davor gern etwas Zeit mit dir verbringen, hier zuhause.«

Sein Seufzen ist verhalten, dennoch nicht

überhörbar.

»Du gehst ins Waisenhaus? Es ist Sonntag, Brandy. Kannst du nicht einen einzigen normalen Tag mehr mit mir verbringen?«

Ich drehe mich zu ihm um, lege den Kopf schräg. »Du könntest mich begleiten, Wyatt. Das Angebot unterbreite ich dir immer wieder aufs Neue. Das Haus, die Kinder, das **ist** für mich normal, so selbstverständlich wie atmen. Es wäre schön, wenn ich diese Zeit auch mit dir teilen könnte. Die Kids würden sich sicherlich freuen, gerade den Jungs mangelt es an männlichen Vorbildern.«

»Nein«, unterbricht er mich rüde. Dann wird ihm bewusst, dass seine Fassade noch nicht wie gewohnt an Ort und Stelle sitzt, seiner morgendlichen Muffigkeit geschuldet. Er räuspert sich und versucht es erneut, dieses Mal ist seine Stimme gedämpft, liebevoll. Er versucht es zumindest, doch ich erkenne die Unterschiede zu früher.

»Danke, aber nein, danke, Brandy. Das ist dein Ding. Ich möchte mich nicht mit Kindern umgeben, die nicht die meinen sind. Möchte nicht Zuneigung aufbauen, die zu keinem sinnvollen Ziel führen wird. Das verstehst du doch sicher, oder Liebling?«

Natürlich verstehe ich das. Ohne es zu wollen beginne ich zu zittern. Rasch, ehe es ihm auffällt, schlinge ich meine Arme um meinen Oberkörper, lächle bemüht freundlich.

»Aber selbstverständlich, Schatz. Dann lass uns gemeinsam frühstücken und heute Abend koche ich etwas Leckeres für uns beide. Dann können wir dennoch etwas Zeit miteinander verbringen.«

Er nickt. Ich nicke. Die Sache ist abgemacht.

Ich wende ihm den Rücken zu, verlasse mit erhobenem Haupt das Schlafzimmer, überlasse ihn seinen Gedanken und flüchte mich in die Untiefen der meinen.

Ohne es zu wissen hat er seine gesamte Hand in meine Wunde gelegt, hat mich an meine Unzulänglichkeit, meine Unvollkommenheit erinnert, mir bewusst gemacht, wie wenig ich doch wert bin.

Der Kloß in meiner Kehle droht mich zu ersticken, ich haste durch das Wohnzimmer und verschanze mich in der kleinen Gästetoilette, schließe die Tür lautlos, ehe ich über dem Waschbecken in mich zusammensinke. Mit zittrigen Händen drehe ich den Wasserhahn voll auf in der Hoffnung, dass die rauschende Flüssigkeit mein gedämpftes Schluchzen ausreichend übertüncht.

Meine Tränen mischen sich mit dem abfließenden Wasser, werden zu Nichtigkeiten angesichts der Massen, in denen sie verschwinden.

Ich bin wie diese Tränen, drohe unterzugehen, zu versinken in meinem Meer aus Unzulänglichkeit. Immer wenn ich annehme, diese vergrabenen Gefühle meiner Kindheit hinter mir gelassen zu haben, sprudeln sie einer Quelle gleich nach oben, bahnen sich unaufhaltsam einen Weg in mein Bewusstsein.

Die Stimme meiner Mutter erklingt hässlich schnarrend in meinem Kopf, ganz so, als stünde sie direkt hinter mir.

Du bist zu nichts nutze, Brandy, bist genauso wertlos wie dein Vater.

Nein.

Nein!

Nein!

Zuerst leise, dann immer lauter sage ich das Wort in meinem Kopf, recke das Kinn, starre mein Spiegelbild entschlossen an.

Nein, ich bin ein wertvoller Mensch. Ich bin gut, so wie ich bin, daran ändert auch meine Unvollkommenheit nichts. Ohne sie wäre ich nicht auf die Idee gekommen, die erfüllende Arbeit im Waisenhaus anzutreten. Eine Arbeit, die mir mehr Seelenfrieden schenkt, als irgendetwas zuvor in meinem gesamten Leben.

Ich lächle mein tapferes Spiegelbild an, erlaube mir, stolz auf mich zu sein, auf die Entwicklung, die ich in den letzten Jahren vollzogen habe.

Fort von dem traurigen Mädchen, welches sich für unnütz und wertlos hält, das mehr als einmal überlegt hat, sein Leben zu beenden, hin zu einer Frau, auf welche ich mehr als stolz bin.

Dann wische ich mir die Tränen aus dem

Gesicht, nicke mir zu, spritze mir kaltes Wasser auf die erröteten Wangen.

Ich bin genug.

Mit diesem Mantra im Kopf verlasse ich das Badezimmer und trete in die Küche. Noch ehe ich drei Schritte in den Raum hinein gemacht habe, wird mir eine dampfende Tasse herrlich duftenden Kaffees unter die Nase gehalten.

Mit einem entschuldigenden Lächeln steht Wyatt da, mit nichts als seiner Boxershorts und einem bestechend ehrlichen Blick bekleidet.

»Ich war wohl schneller mit dem Kaffee. Entschuldige meine gedankenlosen Worte, das muss schwer für dich sein. Es fällt mir nicht immer leicht, mich in dich hineinzuversetzen, aber ich arbeite daran, ehrlich. Ich möchte, dass du glücklich bist, dem Ganzen zum Trotz.«

Damit habe ich nicht gerechnet, mit dieser entwaffnenden Ehrlichkeit, seiner ernst gemeinten Entschuldigung.

Ich schlucke schwer, dieses Mal an meiner Rührung, dann nicke ich knapp, schenke ihm ein leichtes Lächeln.

»Danke. Ich weiß deine Worte sehr zu schätzen.«

Er erwidert mein Lächeln, dann dreht er sich zurück an den Herd, auf welchem das Öl in der gusseisernen Pfanne schon beinahe zu verdampfen begonnen hat, und gießt die vorbereitete Eimasse hinein. Es zischt und blubbert, dann durchzieht ein köstlicher Duft die kleine Küche.

Ich nippe an meinem Kaffee und beobachte ihn beim Kochen.

Und in meinem Kopf ploppt dieses Wort auf, das kleine, unscheinbare Wort mit der gewaltigen Wirkung, welches ich bereits aus meinem Wortschatz streichen wollte.

Vielleicht.

Lauren sieht etwas zerzaust aus, als ich drei Stunden später die Tür hinter mir schließe und ihr Loona abnehme, die leise weinend an ihrem Hals hängt.

»Gott sei Dank bist du hier, Brandy«, stöhnt Lauren auf, wischt sich mit dem Handrücken über die Stirn. Schweißperlen stehen ihr auch auf der Nase, zeugen von einem harten Morgen.

»Meredith hat sich für heute abgemeldet und lässt mich damit ganz schön hängen. Die kleine Ellie hat schon Müsli für die großen Kids gemacht, sie schauen gerade fern. Die ganz Kleinen sind auch versorgt, aber hier brennt es gewaltig.«

Ich schalte sofort in den organisatorischen Modus, versuche mir einen Überblick über die Lage zu verschaffen. Lisa spielt gemeinsam mit einem kleinen blonden Engel namens Leroy mit ihrer neuen Puppe, die anderen Kinder scheinen gefühlt wild durcheinander zu kugeln, Drei streiten sich weinend um ein Buch, zwei weitere boxen sich, Mickey und Svenja sitzen kichernd in einer Pfütze aus Milch.

Ich nicke, schürze die Lippen.

»In Ordnung. Legen wir los.«

Gemeinsam ist das Chaos in wenigen Minuten auf ein erträgliches Maß reduziert, die Lautstärke gedämpft, die Sauerei beseitigt und die größten Streitereien geschlichtet.

Erleichtert seufzt Lauren, sieht mich dankbar an.

»Dich schickt der Himmel, Brandy. Ehrlich. Ich weiß oft nicht, was ich ohne dich täte. Wir haben einfach zu wenig Personal. Offenbar will momentan niemand mit Kindern arbeiten, ich verstehe es nicht. Die Stadtverwaltung ist unfassbar langsam, mein Antrag auf eine zusätzliche Betreuung liegt dort bereits seit Wochen und niemand gibt mir Rückmeldung ...«

Ihre Stimme wird leiser und ich sehe Tränen in ihren Augen schimmern. Auch mir wird es eng ums Herz und ich überlege fieberhaft, wie ich noch weitere Zeit abzwacken kann, um ihr mehr unter die Arme zu greifen. Zwar habe ich schon beinahe keine Freizeit mehr, doch womöglich kann ich meine eigene Arbeitszeit kürzen nach meinem Urlaub ...

Ich arbeite im Büro einer kleinen Firma, ein sterbenslangweiliger Job, doch ich mag meine Kollegen und das familiäre Klima, welches dort herrscht. Es ist ein Mittel zum Zweck, bezahlt meine Rechnungen, ermöglicht eine Krankenversicherung, Dinge, die nicht selbstverständlich sind.

Ob Wyatt begeistert von der Idee wäre? Vermutlich nicht. Ihm ist immerhin bereits jetzt unwohl angesichts der immer höheren Stundenzahl, welche ich hier bei den Kindern verbringe.

Mich selbst auf die Stelle bewerben und offiziell als Betreuung für die Kids arbeiten ist aufgrund meiner fehlenden Qualifikationen leider nicht möglich. Ein Hoch auf die Bürokratie …

Ich schließe mich Laurens Seufzen an.

»Verdammt beschissene Aussichten momentan. Trotz Weihnachten.«

Die wachen, dunkelbraunen Augen eines Jungen von sechs Jahren legen sich auf mich.

»Du musst zwei Dollar in die Fluchdose stecken, Brandy.«

Ich schlage mir die Hand vor den Mund und erröte leicht. Das ist das erste Mal, dass ich vor den Kids geflucht habe.

»Verzeih Tom, du hast selbstverständlich recht.«

Lauren grinst in sich hinein. »Du hast mit deiner Aussage allerdings ebenso recht. Wir brauchen ein Wunder. Apropos Wunder, wie steht es an der Weihnachtsmann-Front?«

Schlagartig taucht vor meinem inneren Auge das Bild von ausdruckslosen dunkelblauen

Augen in Verbindung mit einem unflätigen, unangebrachten Mund auf und ich runzle die Stirn.

»Ich arbeite daran. Der Typ, den sie dieses Jahr als Santa engagiert haben, ist allerdings das Letzte. Da würde jeder Penner von der Straßenecke den Job besser machen.«

Toms Blick fällt erneut auf mich und ich sehe es in seinem kleinen Oberstübchen arbeiten, während er sich fragt, ob Penner wohl ein Schimpfwort ist, welches einen Dollar Spende in die Fluchdose nach sich ziehen sollte.

Grinsend angle ich mein Portemonnaie aus meiner Handtasche und reiche ihm einen Zehndollarschein.

»Hier, nimm den. Das reicht vielleicht bis heute Abend. Heute ist ein anstrengender Tag.«

Tom nimmt das Geld und lächelt verschmitzt. »Du bist schon in Ordnung Brandy, weißt du das?«

Auch Lauren lächelt.

»Damit hat er recht. Du bist ein unfassbar wertvoller Mensch. Ich hoffe, das ist dir bewusst.«

Ihre Worte rühren mich zutiefst und ich muss gegen die aufsteigenden Tränen ankämpfen.

Ich bin wertvoll. Ich bin genug.

Gegenseitige Abneigung

Weihnachten ist ein Krampf in meinem Arsch, den ich trotz ausgiebiger Massagen einfach nicht weg bekomme.

Siebter Dezember

Gabriel

Die entspannende Wirkung des vergangenen Sonntags ist bereits wieder verflogen, sowie ich Montagmorgen die Augen öffne und feststelle, dass ich mich gleich wieder in meine persönliche Hölle begeben muss.

Der Weg in die Mall ist ein einziger Fiebertraum, ich bin vollkommen neben mir, als ich in das frisch gewaschene Kostüm steige und mich wie durch dichten Nebel hindurch auf den Weg zu meinem Arbeitsplatz mache.

Es ist fünf vor acht, die Mall öffnet in wenigen Minuten und schon jetzt grenzt meine Lustlosigkeit an abgrundtiefe Verzweiflung.

Der eine Tag ohne Kinder, ohne Geschrei, ohne Candy, verdammte Axt, scheint Jahre entfernt, die Verspannung in meinem oberen Rücken kriecht bereits wieder in meine Muskeln, mittlerweile altbekannte, wenn auch verhasste Bekannte.

Seufzend stehe ich vor dem großen Lebkuchenhaus, welches von gewaltigen Wattebergen umgeben ist, die wohl Schnee simulieren sollen. Mannshohe Zuckerstangen aus Plastik runden das widerwärtige Bild ab und inmitten der ganzen Szenerie, direkt vor der Eingangstür zum Häuschen, steht mein persönliches Folterinstrument, der goldene Thron.

Von hier aus sieht er recht bequem aus mit seinem roten Polster, das farblich so perfekt zu meinem Kostüm passt, dass ich darauf wohl unsichtbar werden würde, wenn der weiße Rauschebart nicht wäre, der die untere Hälfte meines Gesichtes bedeckt. Doch ich weiß bereits, dass wenige Minuten darauf meinen Hintern jenseits von Gut und Böse befördern werden.

Bereits jetzt juckt und scheuert das beschissene Kostüm auf meiner Haut. Ich bekomme noch Ausschlag davon, von dieser ganzen Sache.

Allergisch auf Weihnachten, jawohl, das bin ich.

Die große Uhr zu meiner Rechten schlägt acht Mal, die Schleusen öffnen sich und als hätte man einen Vorhang aus Schweigen ruckartig beiseite gezogen, fluten Kindergeschrei und laute Stimmen die Halle.

Scheiße, bitte nicht.

Ich bin nicht bereit.

Doch um fair zu bleiben war ich das wohl von

Anfang an nicht.

Candy winkt wie eine Irre mit ihrer weiß behandschuhten Hand und deutet auf meinen Sitz.

»Komm schon Santa, beweg deinen knackigen Hintern hier her.«

Ich verdrehe meine Augen und wünsche mir erneut einen Herzinfarkt. Natürlich bleibt mein Wunsch unerhört, immerhin bin **ich** der Weihnachtsmann und lediglich beauftragt, die Wünsche der anderen zu erfüllen.

Was ich gerne hätte, interessiert keinen.

Kaum habe ich meinen Hintern auf dem überraschend harten Polster platziert, kommt bereits das erste Kind auf mich zugestürmt und lächelt mich atemlos an.

Angewidert verziehe ich das Gesicht – sind das Brotreste zwischen den Drähten der Zahnspange?

»Herrgott, ist es zu viel verlangt, sich die Zähne zu putzen, bevor man sich etwas bei Santa wünscht?!«, stoße ich hervor und weiche so weit zurück, wie es mir die goldene Lehne in meinem Rücken erlaubt.

Das Kind reißt die Augen auf, schließt dafür aber den Mund, läuft rot an. Ich nicke, halbwegs dankbar.

»Geht doch. Ein Auto? Eine Puppe? Scheiße, du bekommst beides, wenn du dich nur wieder schnell verdünnisierst.«

Ich werfe ihm beide Päckchen hin und beobachte zufrieden, wie das ungepflegte Balg sich mit hängendem Kopf trollt.

Ein unzufriedenes Zischen von links lässt mich zu Candy schauen. Sie schüttelt den Kopf und sieht mich missbilligend an.

»Das war selbst für deine Verhältnisse echt fies.« Damit wendet sie sich von mir ab, geht an den weißen Zaun, welcher die Szenerie vom restlichen Trubel der zentralen Haupthalle trennt.

Kurz bin ich irritiert, dann zucke ich mit den Schultern. Sofern sie nun endlich ihre lächerlichen Avancen mir gegenüber aufgibt, soll mir ihre Missbilligung recht sein. Mir liegt nichts an ihrem Zuspruch, rein gar nichts.

»Ich werde nicht fürs Nettsein bezahlt, Püppchen. Genau genommen werde ich gar nicht bezahlt. Da werde ich doch wohl noch ehrlich sein dürfen«, murmle ich vor mich hin, seufze entnervt auf, als das nächste Kind vor mich tritt.

Oh, auch dir werde ich das strahlende Lächeln innerhalb von Sekunden aus dem Gesicht wischen, warte nur ab.

Nach einigen Stunden sehen alle Kinder vollkommen gleich aus. Ich erkenne keine Einzelheiten mehr, unterscheide nur noch zwischen großer Nervensäge für die begleitenden

Eltern und kleiner Nervensäge für die Kids.

Es bereitet mir eine nahezu diabolische Freude, die Kleinen lächelnd an mich herantreten zu sehen und dieses Lächeln mit wenigen Worten verschwinden zu lassen. Nach und nach mache ich gar einen Wettbewerb mit mir selbst – wie viele Wörter braucht es, um einen fassungslos offenen Mund zu erzeugen?

Ob ich es bis zum Ende des Tages schaffe, eine kleine Plage zum Weinen zu bringen?

Es ist vier Uhr nachmittags, also nur noch vier Stunden, bis ich meine Höllenzeit für heute abgesessen habe. Auch wenn es mir maßlos schwer fällt, versuche ich das Ganze positiv zu sehen – das Meiste für heute ist geschafft. Dann kann ich den falschen Glanz, die trügerisch hellen Lichter, die geheuchelte Freude und scheiße, auch die ewig vor sich hin trudelnden Weihnachtslieder endlich, endlich hinter mir lassen.

Weihnachten ist ein Krampf in meinem Arsch, den ich trotz ausgiebiger Massagen einfach nicht weg bekomme. Mir ist es absolut schleierhaft, wie manche Menschen das ganze Jahr auf diese Woche hinfiebern können. Gibt es gegen derartige Sinnesstörungen keine Medikamente?

Ich werde aus meinen Gedanken gerissen, als eine kleine Nervensäge vor mich tritt. Die dazu gehörende große Störung hält sich ein wenig im Hintergrund.

»Sieh an, wenn du nicht danach aussiehst, als

ob du heute leer ausgehst«, zwitschere ich mit meinem süßesten Lächeln, noch bevor der Junge etwas sagen kann.

Doch zu meiner Verblüffung bleibt die Erschütterung im Gesicht des Kleinen aus, vielmehr starrt er mich stoisch an, verschränkt die Arme über seinem unförmigen, etwas zu großen Anorak.

»Was für ein Zufall – siehst du doch aus, als passt dein Gesicht hervorragend zu meiner Faust. Möchtest du dein Geschenk jetzt oder bleibst du lieber in freudiger Erwartung?«

Nun ist es an mir, meinen Gegenüber fassungslos anzustarren. Hat der kleine Mistkerl gerade mein Spiel umgedreht?!

Es dauert einen Moment um die Sprache wiederzufinden, dann kneife ich die Augen zusammen. Ich spüre meinen Bart gegen meine Brust zittern, als ich zu einer Antwort ansetze.

»Na offenbar habe ich doch etwas für dich in meinem Repertoire, du respektloser Pimpf. Für Manieren scheint es etwas spät, aber ich habe deutschstämmige Freunde. Die könnten dir ihren Knecht Ruprecht vorbei schicken, der sorgt mit einer Tracht Prügel sicherlich für ein wenig Achtung Älteren gegenüber.«

Anstatt eingeschüchtert zu erbleichen, besitzt der Kleine die Frechheit breit zu grinsen.

»Du schickst gar nichts, du alter Furz. Dein Kostüm ist lächerlich und ich habe keine Angst vor verbitterten alten Knackern.«

Wie alt ist der Knabe, sechzehn?!

Ich weiß nicht recht, was meine Wut mehr triggert, die Unverschämtheit, dass er mich für alt hält, obwohl ich mich in den besten Jahren befinde, oder aber, dass er nicht die Spur von Angst oder zumindest Respekt zeigt.

»Jetzt hör mir mal genau zu ...«, knurre ich, spüre, wie das Blut langsam heiß hochkocht, sich in jeder meiner Zellen erhitzt.

»Nein, du hörst mir zu, du Arschgeige. Du wirst mich jetzt lieb und brav nach meinem Wunsch fragen, wie es dein verdammter Job ist. Dann wirst du meinen Wunsch notieren und ihn brav ausrichten, denn deine Autos und Puppen kannst du dir dahin stecken, wo keine Sonne hinkommt.«

Mir bleibt die Spucke weg. Ich blinzle, einmal, zweimal. Mein Sichtfeld beginnt rot zu flimmern.

»Ich wünsche mir eine Renovierung. Kannst du dir das merken oder soll ich es dir aufschreiben?«

Meine Lippen beben, mein glühender Blick zuckt zu der Begleitperson des kleinen Scheißers, die sich nun langsam auf mich zubewegt.

Es ist **SIE.**

Wer auch sonst.

»An Carl beißt man sich die Zähne aus, versuchen Sie es gar nicht erst. Sie werden nun auf den Jungen hören und seinen Wunsch brav weitertragen, ich weiß, dass Sie auffällige Wünsche weiterleiten dürfen. Und wenn Sie noch einmal mit einem meiner Kinder so reden, dann werde ich höchstpersönlich dafür Sorge tragen, dass Sie hier hochkant rausfliegen.«

Ihre sanfte Stimme ist leise, was allerdings nicht die Schärfe aus ihren Worten nimmt. Ihre grauen Augen sind hart wie Stein, der Zug um ihre Lippen ebenso. Arg viel mehr ist von ihrem Gesicht nicht zu erkennen, da der Kragen ihres Mantels hochgeschlagen ist und die dicke Wollmütze so weit runtergezogen, dass sie sowohl vierzehn als auch vierzig sein kann.

Ich lasse mich zurückfallen, versuche den Zwang zu bekämpfen, diese impertinente Person anzuschreien, ihr gehörig die Meinung zu geigen, all meinen Frust, meine Wut hinauszulassen.

So ungern ich es mir eingestehen will, ich brauche diesen verdammten Job, wenn ich nicht wieder vor Gericht auf Melanie treffen will. Und eher friert die Hölle zu, als dass ich mich noch einmal wieder mit meiner Ex in einem Raum aufhalte.

Mit hart aufeinandergebissenen Kiefern nicke ich knapp.

Sie lächelt strahlend und deutet mit schiefem Kopf auf Carl, die respektlose Mistkröte.

»Und nun seien Sie ein braver Santa und geben dem Jungen sein Auto, er hat sich schon so darauf gefreut.«

Langsam, ohne sie aus den Augen zu lassen, greife ich nach dem gewünschten Päckchen.

»Wie viele Kinder hast du eigentlich?!«,

kommt es aus meinem Mund, ehe ich darüber nachdenken kann. Denn eigentlich will ich kein einziges verdammtes Wort an diese seltsame, impertinente Frau verschwenden.

Ihre grauen Augen blitzen und sie hebt den Kopf ein wenig schiefer, grinst mit einem Mal so irre, dass ich mich kurz erschrecke.

»Dutzende. Wir sehen uns also morgen.«

Ihr kleiner, großmäuliger Begleiter reißt mir das Päckchen aus der Hand und dreht sich grußlos weg, schreitet davon, ohne mich eines weiteren Blickes zu würdigen.

Sie dagegen zögert einen Moment, dann tritt sie auf mich zu.

»Ich kann dich nicht ausstehen. Du bist ein Arsch.«

Ich ziehe die Augenbrauen zusammen, mein Kiefer verhärtet sich automatisch, während ich sie mit finsterer Miene anstarre.

»Das kann ich nur voll und ganz zurückgeben. Selten jemanden getroffen, den ich so verabscheue.«

Sie verzieht die Lippen zu einem freudlosen Schmunzeln. »Und das, obwohl du dich jeden Tag im Spiegel siehst? Das nenne ich mal eine verzerrte Wahrnehmung.«

Dann wendet sie sich in einer beinahe dramatisch zu nennenden Drehung ab und wirft ihren langen Schal über die Schulter, ehe sie davon stolziert.

Ich stiere ihr nach, hoffe, dass sich mein Blick

unangenehm in ihren Rücken bohrt und sie dort abends eine gewaltige Verspannung bekommt.

Dummes Weibsbild.

Dummes Weihnachten.

Dumme Kinder, die ungeduldig quengelnd vor mir stehen und dumme Geschenke wollen. Ich hasse alles daran.

Erkenntnisse

Vielleicht würde ein winziger Schritt von mir reichen, die Wand einzureißen, sie in winzige Einzelteile zerbersten zu lassen. Doch ich kann es nicht.

Achter Dezember

Brandy

Energisch, beinahe wütend, fahre ich mir mit der Bürste durch mein schweres Haar. Das ständige Mütze-tragen in Verbindung mit dem festen Wollstoff meines Mantels ist nicht gut für meine eigenwillige Kopfbehaarung.

Der Winter hat gerade erst richtig begonnen und schon neigt der Ansatz andauernd zum übermäßigen Nachfetten, wohingegen meine Spitzen trocken sind und sich nach und nach zu spalten beginnen.

Ganz gemäß dem Motto ‚Alles hat ein Ende, nur mein Haar hat fünf'.

Ich seufze.

Am Winter gibt es nicht viel Liebenswertes, selbst an einem so südstaatlich gelegenen Örtchen wie Twinning Oaks. Dauernd ist es kalt und nass, ich kann nur wenig mit den Kids nach draußen gehen zum Spielen, im Büro ist es dank der vielen feuchten Jacken stets muffig und die ständig trübe Atmosphäre triggert meine aufkeimende Winterdepression.

Der einzige Lichtblick ist Weihnachten und dessen bunte, strahlende Lichter, die Liebe, die in der Luft liegt, das Wesen der Menschen, denen ich begegne, das selten im Jahr freigiebiger und liebevoller ist, als zur Weihnachtszeit.

So war es bereits bei meiner eigenen Mutter. Mochte sie auch das gesamte Jahr über ein gnadenloser Drache sein, zur Weihnachtszeit wurde sie zu einem nahezu zahm zu nennenden Kätzchen, das sich nicht einmal gegen Kuscheleinheiten und Spieleinlagen wehrte.

Die schönsten Kindheitserinnerungen, die ich mein Eigen nannte, spielten sich ausschließlich zu jener geradezu magischen Zeit ab.

Danach und davor war mein Leben unter ihrer Fuchtel nur schwer erträglich. Manches Mal schlingen sich diese tiefsitzenden Narben noch immer wie eisige Fesseln aus wütender Ohnmacht um mein Herz und drohen es zu zerfetzen.

Ich schlucke energisch, räuspere mich, versuche den Kloß in meiner Kehle zu verbannen, für ihn ist hier kein Platz. Nicht jetzt.

Meine Bürste sinkt zurück in die Schublade, ich starre mein Spiegelbild an, versuche mir mit einem Lächeln die gute Laune zurückzubringen.

Mein Gegenüber verzieht die schön geschwungenen Lippen, die Mundwinkel heben sich in Richtung der anthrazitfarbenen Augen unter dichten, schwarzen Wimpern.

Ja. So ist es definitiv besser.

Selten jemanden getroffen, den ich so sehr verabscheue.

Und dahin ist das Lächeln, als sich die gestrigen Worte dieses unverschämten Mannes erneut wie kleine Messer in meinen Kopf bohren. Meine Lippen kneifen sich zusammen, so fest, dass die Haut darum zu schmerzen beginnt.

Ich wende mich ab, knalle die Schublade mit meinen Haarpflegeprodukten zu und verlasse mit einem wütenden Gebrumme auf meinen Lippen das Badezimmer in Richtung Bett.

Wyatt ist noch bei der Arbeit. Dienstags kommt er immer sehr spät aus dem Büro oftmals ein von mir geflissentlich ausgenutzter Fakt, um selbst später als ausgemacht von den Kids nach Hause zu kommen, ohne mir von ihm einen missbilligenden Blick einzuhandeln.

Gerade heute allerdings verabscheue ich diese Tatsache, da ich mich zu gern bei ihm über diesen unmöglichen Kerl in Santas Gewändern beschwert hätte. Es ist wahrlich ein Segen, dass ich heute auf meinen Ausflug in die Mall verzichtet habe. Die Hausarbeit hat meine gesamte Muse gefordert und auch die Kinder waren schlicht und ergreifend anstrengend gewesen – vielleicht ist der Vollmond schuld daran.

Ich binde mir die Haare zu einem Zopf zusammen und schlage die Bettdecke zurück, dabei fällt mein Blick auf den Wecker auf meinem Nachttisch. Es ist bereits nach zehn Uhr. Das ist selbst für Wyatts Verhältnisse sehr spät.

Einen Moment später liegt mein Handy in meiner Hand, ich starre nachdenklich auf das leere Display, ehe ich kurzentschlossen seine Nummer wähle.

Es klingelt, einmal, zweimal, sechsmal. Niemand nimmt ab, nur die Mailbox.

Ihm wird doch nichts zugestoßen sein?

Ich hasse die irrationalen Ängste, die von Zeit zu Zeit meinen Kopf stürmen und dort nichts als destruktives Chaos hinterlassen.

Ich kann mich ihrer aber auch nicht erwehren, liegen sie doch dem Fakt geschuldet, dass auch meine Mutter eines Abends nicht erreichbar war und wir erst am darauffolgenden Mittag erfuhren, dass sie volltrunken in den Fluss gestürzt und ertrunken war.

Nicht, dass dies für mich eine Überraschung dargestellt hätte, dass es früher oder später so weit kommen würde.

Dennoch ist die Angst vor einem plötzlichen Verlust tief verankert, vor allem angesichts der Tatsache, dass auch Dads Verlust damals überraschend, unvorhersehbar eingetreten war.

Es ist vollkommen bescheuert und doch

erwäge ich einfach in sein Büro zu fahren, schlichtweg um mich davon zu überzeugen, dass es ihm gut geht. Es mag Schwierigkeiten in unserer Beziehung geben, vielleicht sogar unüberbrückbare Differenzen, doch ich muss wissen, dass alles in Ordnung ist ...

Meine Schritte tragen mich schnell und sicher an allen Möbeln vorbei durch Schlafzimmer, Wohnzimmer und Flur, ich werfe mir meinen Mantel über, der immer noch leicht feucht von meinem letzten Aufenthalt draußen ist, und schlüpfe in meine Stiefel.

Dann reiße ich die Haustüre auf – und pralle gegen Wyatt.

Überrascht schrecke ich zurück, stolpere über meine eigenen Füße und schlage unsanft mit dem Hintern zuerst auf den Dielen auf.

Wyatt steht da, den Schlüssel noch in der ausgestreckten Hand, und starrt mich verdutzt an.

»Ich weiß ja, dass ich auf das andere Geschlecht umwerfend wirke, aber das hier übertrifft wirklich alles, Bran.«

Ich verdrehe die Augen, rapple mich unelegant auf, reibe meinen schmerzenden Hintern.

Meine Sorgen sind vollkommen unbegründet, es geht ihm offenbar mehr als blendend.

»Ich weiß nicht, offenbar hat der Boden mehr Anziehungskraft auf mich als du, du Charmebolzen«, gebe ich achselzuckend zurück.

Er schmunzelt nur sehr kurz, beinahe gezwungen, als wäre dies nicht eines der witzigsten Dinge gewesen, die ich in den letzten Wochen von mir gegeben hätte.

Etwas verloren stehen wir voreinander, zwischen uns wächst eine unsichtbare, doch schier unüberwindbare Kluft. Ich weiß nicht, was genau sie erzeugt, doch jeder Atemzug lässt sie anschwellen, sich gar auftürmen, wie ein dunkle Wand aus ungesagten Dingen, unabänderlichen Tatsachen.

Er ist spät dran heute. Zu spät vielleicht. Vielleicht zu spät für immer.

Vielleicht würde ein winziger Schritt von mir reichen, die Wand einzureißen, sie in winzige Einzelteile zerbersten zu lassen.

Vielleicht müsste ich nur meine Hand nach ihm ausstrecken, damit die milchige Trennscheibe einen ersten Riss bekommt, ein Wort sprechen, damit sie an Präsenz verliert.

Ein einziger Schritt von mir auf ihn zu ...

Doch ich kann es nicht.

Ich wende meinen Blick ab, ziehe mir langsam den Mantel aus, schlüpfe aus den Stiefeln.

»Hast du dir weh getan?«, fragt er leise, während er die Tür hinter sich schließt, ebenfalls gemächlich aus seinen dicken Winterklamotten schlüpft.

Er sieht mich dabei nicht an.

»Nein. Alles in Ordnung«, gebe ich halblaut zurück, ehe ich mich abwende und auf das

Badezimmer zustrebe, um mir die Zähne zu putzen und anschließend unter meine Decken zu schlüpfen.

Ins Bett zu gehen und darauf zu hoffen, fest eingeschlafen zu sein, ehe Wyatt neben mir unter die Decke kriecht.

»Wo wolltest du denn eigentlich hin?«, hält mich seine nachdenkliche Frage zurück. Ich zögere nur einen kleinen Moment, mein Fuß ist bereits im nächsten Zimmer, ich selbst geistig bereits in einem gänzlich anderen Leben, so fühlt es sich jedenfalls an.

Ich atme durch.

»Das weiß ich selbst nicht so genau.«

Dann gehe ich ins Bett, lasse das Zähneputzen ausfallen, bringe es nicht über mich, einen Moment länger in Wyatts Nähe zu sein.

Ich spüre kaum die anfängliche Kälte der Bettwäsche, denn mein Innerstes scheint ebenso kalt wie meine Umgebung. Stumm liege ich da, warte. Auf Tränen? Auf den Schlaf?

Nichts davon tritt ein.

Stattdessen kreisen meine Gedanken um das lange, blonde Haar, welches auf Wyatts Mantel hängt und der seltsame Geruch, der von ihm ausgeht.

Nicht nur sein eigenes, maskulines Parfum, nein. Eine liebliche Note, zusammen mit dem schweren Geruch von zügellosen Hormonen.

Er ist gut in diesem Versteckspiel.

Ich weiß es besser.

Ich warte darauf, dass das langsam aufkeimende Wissen, die eindringliche Bestätigung eines lange von mir gehegten Verdachtes beginnt zu schmerzen, mein Innerstes zu zerreißen, doch es bleibt aus.

Nur ein unerklärliches Gefühl von Sehnsucht umschlingt mein Herz, als ich schlussendlich in einen unruhigen, von wirren Träumen geplagten Schlaf falle.

Verwirrung in reinster Form

Beinahe muss ich lächeln.
Warum zur Hölle muss ich angesichts ihrer nervtötenden Stimme lächeln?

Neunter Dezember

Gabriel

Sie ist gestern nicht aufgekreuzt.

Ich kann nicht genau sagen, ob mich dieser Gedanke erleichtert oder stört. So oder so stellt er etwas mit meinem Kopf an, ich komme aus dem Grübeln nicht heraus. Und das gefällt mir gar nicht.

Lag es an meinen harschen Worten, bin ich doch zu ekelhaft gewesen? Nein, ich habe doch nur auf ihre Beleidigung geantwortet.

Mein Blick fährt abwesend über die vor mir aufgereihte Schlange von Bittstellern, die ungeduldig züngelt, darauf wartet, in einem unbedachten Moment zuzuschnappen und mich zu beißen.

»Hier, dein Auto«, brumme ich unaufmerksam und strecke dem Jungen vor mir ein Päckchen hin, während ich weiter sinniere, meine Gefühle zu ergründen versuche, die heute seltsam ruhig, unaufgeregt sind, zeitgleich aber nervös vibrieren unter einer Spannung, die ich nicht recht verstehe.

»Das ist ne Puppe, Alter«, gibt der kleine Schnösel in den piekfeinen Sneakern und dem teuren Markenanorak zurück, wirft das halblange, gestylte Haar aus seinem Gesicht.

»Was du sagen wolltest ist ‚Danke Santa, du hast mein Weihnachten gerettet'«, gebe ich mit einem Achselzucken zurück. »Sieh dich an, Justus, du bist auf das hier nicht angewiesen, deine Eltern haben dir sicher schon das erste Reihenhaus unter den Baum gelegt. Schieb ab und gönn die Geschenke den Kindern, die nicht in Geld zu ersaufen drohen.«

»Ich heiße nicht Justus«, erwidert der Knabe mit verschnupfter Stimme, doch ich reagiere nicht darauf.

Denn ich bin soeben zu der Erkenntnis gekommen, dass mich ihre gestrige Abwesenheit **stört**, so seltsam dies auch bei unserer offenkundigen, gegenseitigen Abneigung scheint.

Denn so unangenehm unser Aufeinandertreffen auch ist, birgt es doch einen gewissen Lichtblick in dieser düsteren Aneinanderreihung von Monotonie.

»Ich will eine Puppe!«, quietscht das nächste kleine Ärgernis vor mir. Ich seufze, verdrehe die Augen, bis ich meine, in mein Gehirn starren zu können.

»Was du wirklich willst sind Manieren, wie redest du denn mit Santa?«, fahre ich sie an. Die Begleitperson des nicht näher zu identifizierenden Kindes zieht die Nase hoch.

»Entschuldigen Sie, wie reden Sie denn mit meinem Kind? Schämen Sie sich nicht?«

Ich kaue gelangweilt auf meiner Spucke herum, zwirble meinen etwas zerzausten Bart.

»Ich entschuldige nicht und Scham liegt mir ebenso fern. Bringen Sie Ihrem Balg bei, anständig mit Fremden zu sprechen und stellen Sie sich noch einmal hinten an. Der Nächste!«

»Na hören Sie mal!«, begehrt der Mann auf, ich nehme ihn ins Visier.

»Nein, **Sie** hören zu. Ich sitze mir hier aus reiner Nächstenliebe den Arsch platt und sehe nicht ein, mich von unerzogenen Halbstarken wie ein Idiot behandeln zu lassen. Wenn Sie für ihre Plage ein Geschenk wollen, dann bitten Sie anständig darum oder verpissen sich. Der Nächste!!«

Der Mann scheint es auf einen Disput ankommen lassen zu wollen, denn er schiebt sich die Brille hoch und tritt einen Schritt näher.

Ich lehne mich vor, erhebe mich leise ächzend von dem unbequemen Sitz und baue mich vor ihm auf. Nun erkennt er, dass er gut zwei Köpfe kleiner ist als ich.

Er weicht zurück.

»Brav. Da lernt jemand schnell. Wissen Sie

was, das belohne ich mit einem Auto.« – »Kann ... kann ich nicht eine Puppe haben?« Ich knirsche mit den Zähnen, stemme die freie Hand in die Hüfte. »Nimm. Das. Auto. Und. Verpiss. Dich.«

Ehe der Mann reagieren kann greift seine deutlich eingeschüchterte Tochter nach dem Päckchen und bedankt sich leise.

Dann zieht sie ihren Vater an dessen Mantel hinter sich her. Ich starre ihnen kopfschüttelnd nach, ehe ich mich wieder setze.

Mein Arsch schmerzt. Vermutlich hinterlässt der ganze Zirkus hier bleibende Schäden.

Über mir beginnt Katy Perry ‚Cozy little Christmas' zu singen und ich möchte jemandem wehtun. Hieran ist absolut nichts ‚cozy'.

»Sie haben nicht vor, Ihre Einstellung zu ändern, wie? Sind wohl von der ganz sturen Sorte.«

Beinahe muss ich lächeln.

Warum zur Hölle muss ich angesichts ihrer nervtötenden Stimme lächeln?

Ich starre sie an. Sie lächelt ein ekelhaft süßes Lächeln, ihre grauen Augen unter der großen, dunklen Wollmütze funkeln belustigt.

»Haben Sie eigentlich keine Angst gefeuert zu werden?«

Ich fange mich, blecke die Zähne. »Tatsächlich ist mein Weihnachtswunsch, hier nie wieder arbeiten zu müssen, aber offenbar ist das Universum ziemlich unempfänglich für meine Wünsche.«

Ihr falsches Lächeln stockt, ehe es eine Spur breiter, echter wird.

»Geben Sie nicht auf. Bis Weihnachten sind es noch ein paar Tage. Vielleicht möchte sich der echte Santa erst von Ihrer Glaubwürdigkeit überzeugen. Bisher waren Sie kein braver Junge.«

Fast hätte ich wieder gelächelt.

Scheiße, was ist denn mit mir los, macht mich die dumme Herumhockerei so mürbe? Ich räuspere mich, lehne mich zurück, möglichst weit weg von ihr.

»Also, was darf es heute sein – darf ich raten? Eine Renovierung? Zu schade, gerade ist meine letzte raus gegangen. Hättest einfach ein wenig früher aufschlagen müssen.«

Sie kichert.

Sie kichert?!

Es ist ein angenehmer Ton, der jedweden Sarkasmus entbehrt, ein einfacher, ehrlicher Ausdruck von Belustigung, die nicht einmal auf meine Kosten geht, sondern vielmehr von mir ausgelöst wurde.

Irgendwie macht mich das ... wütend? Ich weiß es nicht. Ich bin zutiefst verwirrt.

»Das ist kein Problem, dann versuche ich es morgen wieder. Ich habe Ihnen gesagt, dass ich noch ein paar Kinder in petto habe.«

Erst jetzt fällt mir auf, dass ein schwarzhaariges Mädchen von etwa neun Jahren neben ihr steht und betont gelangweilt

Kaugummi kaut. Ob sie wohl entfernt mit der nervtötenden Candy verwandt ist?

»Na dann ... was darf es für diesen kleinen Unfall hier sein?«

Das Lächeln verschwindet aus dem Gesicht der Frau und eine eisige Welle aus Empörung walzt auf mich zu. Selbst ich muss eingestehen, dass dies ein ganz schön schwerer Schlag unter die Gürtellinie war, aber gesagt ist gesagt.

Ohne mich aus ihrem starren Blick zu entlassen schlingt sie in einer mechanischen Bewegung den Arm um das Mädchen, ganz so, als wolle sie es schützen. Ihr Mund öffnet sich für eine gewiss niederschmetternde Antwort und ich wappne mich dafür, gleich bis aufs Blut beleidigt zu werden.

Stattdessen erklingt die recht trockene Stimme ihrer kleinen Begleiterin.

»Ich bin kein Unfall, ich war ein echtes Wunschkind, das sieht man doch, oder? Kann ich jetzt ne Puppe haben? Ich habe kalte Füße und Hunger und eure seltsamen Witze sind langweilig.«

Tonlos strecke ich ihr das gewünschte Päckchen entgegen, sie ergreift es, schüttelt den Arm der Frau ab und geht grußlos davon.

Eisgraue Augen unter zusammengezogenen Augenbrauen versuchen mich einzufrieren, beinahe schaffen sie es auch. Es fällt mir schwer, mich zu bewegen, ich kann nicht einmal unruhig hin und her rutschen, wie ich es gerne würde.

Aus irgendeinem Grund habe ich das unsinnige Bedürfnis, mich entschuldigen zu wollen.

Weshalb? An meiner Aussage war nichts Schlimmes. Sie war ein ähnlicher Tiefschlag, wie ich sie den ganzen Tag an alle anderen Besucher ebenso austeile.

Warum nur ist es ihr gegenüber mit einem Mal etwas anderes, fühlt sich seltsam kindisch, kleinkariert an?

»Hören Sie, ich ...« Unwillkürlich verfalle ich in die respektvollere Anrede, spare mir das persönlichere Duzen. Ich weiß nicht einmal genau, was ich sagen will, doch das scheint ohnehin gleichgültig, denn sie schneidet mir auf der Stelle das Wort ab.

»Das war das letzte Mal, dass Sie sich in einem derart widerwärtigen Ton an eines meiner Kinder wenden, haben Sie das verstanden? Sie plustern sich hier auf, Sie griesgrämiger Nichtsnutz, und versuchen die Freude der Menschen um Sie herum zu schmälern, um sich selbst besser zu fühlen, fein, ich will Sie nicht davon abhalten. Das lastet sich Ihrem Gewissen an, nicht dem meinem. Aber wenn Sie sich ein weiteres Mal dazu versteigen, mein Kind mit einem derartig ekelhaften Kommentar zu begrüßen, werde ich nicht eher ruhen, bis dass Sie hochkant hier rausfliegen, auf Nimmerwiedersehen. Haben Sie **das** verstanden?«

Sie ist mir immer näher gekommen, hat sich vor mir aufgebaut, was nur möglich ist, weil ich sie lasse, es vermeide, aufzustehen und sie durch meine schiere Körpergröße zu übertrumpfen.

Ich lasse sie gewähren, ohne es mir erklären zu können. Ich bleibe einfach sitzen, sehe zu ihr auf, schlucke an dem Kloß in meiner Kehle.

»Ob Sie mich verstanden haben?«, hakt sie nach, ihre Stimme ist glatt, tonlos, lässt ihren unterschwelligen Zorn kaum erkennen. Ihre Nasenflügel jedoch beben, so wie ich es von meinen kenne, wenn mich die Wut innerlich beinahe zerreißt.

Ich kann sie verstehen. Ich kann ihren Zorn fühlen, der in schweren Wellen von ihr ausgeht und an mir brandet. Wirke ich ähnlich, wenn ich wütend bin?

Ihre Nachfrage entlockt mir ein kurzes, knappes Nicken, während ich ihren Blick stumm erwidere. Sie steht mir so nahe, dass ich ihr zartes, blumiges Parfum riechen kann.

Das Grau ihrer Augen ist durchsetzt mit goldenen Sprenkeln. Ihre Wimpern sind unfassbar dicht, wirken dabei aber vollkommen natürlich. Die Zornesfalte zwischen ihren Augenbrauen ist nicht so ausgeprägt wie die meine, doch deutlich zu erkennen.

Wie alt mag sie wohl sein?

»Und haben Sie auch **den Sinn** meiner Worte verstanden?«

Im ersten Impuls will ich meine Augen

verengen, die Nase rümpfen, eine schroffe Antwort geben. Doch der Impuls verfliegt bei meinem nächsten Herzschlag und hinterlässt eine ungewöhnliche Hilflosigkeit. Ein seltsames Gefühl von Schuld.

Nicht länger, weil ich dem Kind gegenüber einen unangemessenen Spruch gemacht habe, sondern vielmehr aufgrund der Wut, welche ich in ihr erzeugt habe. Ich weiß, wie unangenehm Zorn brennt, wie es schmerzen kann, wenn die Magensäure kocht, wenn der Ärger den gesamten Bauchraum bis hinauf in den Mund verätzt. Tagtäglich fühle ich das. Es trifft mich irgendwie, dass meine grundsätzlich empfundene Empörung auf alles und jeden dazu geführt hat, dass nun sie aufgebracht ist.

»Ich habe verstanden. Ich ... Verzeihen Sie meine Worte. Ich habe es nicht so gemeint«, gebe ich zurück.

Wer ist nun verblüffter, sie, weil sie nicht mit einer Entschuldigung gerechnet hat? Oder ich, weil ich diese Worte tatsächlich ernst meine?

Sie stößt ihren angehaltenen Atem aus, warm und süß trifft er auf mein Gesicht.

Erst jetzt scheint sie zu bemerken, wie nahe sie mir gekommen ist, automatisch taumelt sie zwei Schritte zurück, klammert beide Hände in ihren übergroßen, grauen Schal.

Warum ist alles an ihr so grau, so eintönig?

»Nun ... gut. Schön, dass wir uns darüber einig sind. Wir sehen uns also morgen«, gibt sie zurück, die Stimme nun wieder weich, beinahe verletzlich.

»Gott, Brandy, bist du bald fertig?! Ich **verhungere**!«, zetert da das schwarzhaarige Mädchen von der anderen Seite der Halle, übertönt mit ihrer tosenden Stimme alle anderen Geräusche.

»Ja, es wäre außerordentlich nett, wenn Sie ihren seltsamen Flirt verlegen könnten, es warten noch andere Menschen!«, echauffiert sich der Vater, der hinter der Frau – Brandy – in der Schlange steht. Zustimmendes Gemurmel erhebt sich. Ein Kind fragt genervt, wann es endlich dran sei.

Brandy indes läuft rot an, wirft mir einen schnellen Blick zu.

»Ich flirte doch nicht!« Dann macht sie auf dem Absatz kehrt und rennt förmlich davon.

Ich sehe ihr einen Moment lang nach, meine Mundwinkel zucken amüsiert.

Brandy. Ein schöner Name. Doch warum nennt ihre Tochter sie beim Vornamen?

Der dickliche Junge vor mir quengelt ungeduldig und deutet auf die Autos. Mein Lächeln verliert sich, ich ziehe die Nase hoch und hebe die Augenbraue.

»Kannst du auch sprechen, du Zwerg, oder muss ich dir deine Wünsche von den kleinen Knopfaugen ablesen?«

Das war ja fast gar nicht beleidigend. Hat Brandy etwa einen schlechten Einfluss auf mich?

Elodies Zauber

Manchmal will man böse und eklig zu anderen Menschen sein, weil man sich innen drin auch so fühlt. Es ist wichtig zu seinen Gefühlen zu stehen, um sich nicht selbst zu verlieren.

Zehnter Dezember

Brandy

Elodie, möchtest du mich heute begleiten?« Lächelnd gehe ich vor der Vierjährigen in die Knie, streiche ihr eine der widerspenstigen weißblonden Locken aus der Stirn. Sie sollte mal wieder zum Friseur, wie einige der anderen Kinder ebenso.

Nur gibt das Budget das momentan nicht her. Dieses wird momentan von den wirklich wichtigen Kosten mehr als ausgeschöpft. Ich überlege bereits fieberhaft, wie viel Geld ich von meinem Ersparten noch opfern kann, nachdem ich meine Reserven bereits für einige Weihnachtsgeschenke für die Kleinen geplündert habe.

Die Erinnerung daran, dass ich noch nichts für Wyatt besorgt habe, schiebe ich weit von mir, wie immer, wenn dieser Gedanke in meinem Kopf aufkommt. Ich wüsste ohnehin nicht, was ich ihm kaufen könnte – um seine Wünsche zu erfahren müsste ich zunächst mit ihm reden.

Und genau davor graut es mir seit geraumer Zeit. Ich möchte keine tiefschürfenden Gespräche, möchte nichts tiefsinnigeres als ‚Wie geht es dir? Wie hast du geschlafen? Wie war die Arbeit?'.

Denn alles andere würde zweifelsohne zu dem Punkt führen, an welchem ich ihn frage, was er hinter meinem Rücken tut.

Dass er seine Geheimnisse hat war mir bereits klar, bevor ich die deutlichen Anzeichen dafür entdeckt habe. Doch genau zu erfahren, wie weit wir uns voneinander entfernt haben, dafür bin ich nicht bereit. Nicht stark genug. Nicht im Moment, wo all meine Kraft, meine Reserven für diese Kinder benötigt werden.

Eines dieser Kinder hüpft ungeduldig vor mir auf und ab, wartet offenkundig darauf, dass ich eine Frage beantworte, die ich komplett überhört habe.

Ich lächle Elodie entschuldigend an und fange eine kleine Faust ein, die einen Bogen auf mein Gesicht beschreibt.

»Verzeih, kleine Maus. Was hast du gesagt?«

Ihre verschiedenfarbigen Augen blitzen kriegerisch. Sie ist ein wildes kleines Kind mit einem starken Willen, nur schwer zu bändigen, wenn sie erst einmal wütend ist.

Doch ich bin ja da. Ich bin da, um sie durch diese kleinen Wutanfälle zu begleiten, sie muss nicht alleine durch diese gewaltigen Emotionen gehen.

»Will Weihnachtsmann sehen!«, erklärt sie nach einer Minute verschnupften Schweigens mit vor der Brust verschränkten Ärmchen.

Ich nicke und zwinkere ihr zu. »Na dann holen wir deine Jacke und fahren los, in Ordnung?«

Ich melde mich bei Lauren ab, die ihre Erleichterung nicht einmal versucht zu verbergen. Durch Elodies unvorhersehbaren Wutanfälle ist es schwer, sie vollwertig in die Tagesplanung miteinzubeziehen, die anderen Kinder halten immer ein wenig Abstand und auch Lauren hat nicht immer die Kapazitäten, pädagogisch korrekt mit dem zürnenden Kind umzugehen.

An meiner guten Laune jedoch prallen Elodies Schreiattacken meist ab, verlaufen sich schnell zu Nichtigkeiten. Es dauert oft nur wenige Minuten, bis meine Ruhe auf die Kleine abfärbt und sie zu einem völlig anderen Kind wird.

Mein Herz wird bereits jetzt schwer, wenn ich an den Tag denke, an welchem sie eine neue Familie findet und ich bete inständig zu allen Göttern, die es vielleicht, vielleicht aber auch nicht gibt, dass Elodie eine Mutter findet, die über einen gewaltigen Haufen Geduld und Einfühlvermögen verfügt.

Während ich dem kleinen Schatz in seine

Jacke helfe und ihr die Stiefel anziehe schiebe ich den Gedanken weit fort von mir. Denn ein einziger Blick in ihre grün-blauen Augen reicht, um den Tag des Abschieds bereits jetzt aus tiefster Seele zu verfluchen.

»Warum bissu traurig?«, fragt Elodie, legt den Kopf schief. Ich blinzle, sehe sie fragend an.

»Wie kommst du darauf, dass ich traurig bin?« Ein zarter kleiner Finger tippt zweimal auf meine Wange.

»Du weinst.«

Ich setze rasch ein Lächeln auf und wische die Träne von meinem Gesicht.

»Das sind nur die Freudentränen, weil ich mich so darauf freue, mit dir unterwegs zu sein, du kleiner Schlingel!«

Das leise Summen in meinen Ohren, als wir auf den Parkplatz der Mall fahren, bestätigt mir, dass meine Lüge gar keine wirkliche Unwahrheit war. Tatsächlich ist dort ein seltsam undefinierbares Gefühl in meiner Magengegend, wenn ich daran denke, mich gleich in die Schlange einzureihen und **ihm** gegenüberzustehen.

Dem wahrscheinlich schlechtesten Santa der gesamten Welt.

Gestern hat er mich tatsächlich zur Weißglut getrieben. Mich, die ich sonst sehr schwer aus der Haut fahre, bei der es einiges braucht, bis die Empörung in meinen Adern kocht, ausgerechnet ich war drauf und dran gewesen, ihm vor der gesamten Mall einen Vortrag zu halten.

Dann hatte er mich mit seiner Einlenkung überrascht.

Noch immer steht mir der nachdenkliche Ausdruck in seinem Blick vor Augen, als er sich mit leiser Stimme entschuldigt hat.

Ich parke das Auto, steige aus und angle nach Elodie, welche sich bereits selber abschnallen kann und im Auto herumzuturnen pflegt, sowie der Motor abgeschaltet ist. Immerhin ist der kleine Wirbel klug genug, dies nicht während der Fahrt zu tun ...

Ihre kleine Hand fest in der meinen haltend treten wir durch den festlich geschmückten Eingang. Ich sonne mich einen Moment in Elodies Verzückung angesichts des schimmernden Lamettas, der blinkenden Lichter und der festlichen Musik. Heute tönt ‚Wonderful Dream' aus den Lautsprechern, ist aber durch die Geräuschkulisse der anwesenden Menschen hindurch kaum verständlich. Ich spüre, wie auch ich angesichts der festlichen Atmosphäre ruhiger werde. Während alle anderen hektisch von Geschäft zu Geschäft rennen, haben die bunt geschmückten Läden eine entschleunigende Wirkung auf mich, vor allem in Kombination mit Elodies Staunen.

Langsam wenden wir uns in Richtung

Lebkuchenhaus, ich zeige mit meiner freien Hand auf die kleine Schlange davor.

»Siehst du? Dorthin müssen wir. Dann nur ein paar Minuten warten, und wir stehen vor Santa. Dann sagst du, dass du dir eine Renovierung wünschst und das war es schon, alles geschafft. Wer weiß, vielleicht bekommst du zur Belohnung eine Puppe?«, versuche ich dem kleinen Wirbelwind den Plan mit schmeichlerischer Stimme schönzureden.

Und zu meiner Erleichterung nickt Elodie mit leuchtenden Augen, hüpft an meiner Hand auf und ab, sowie wir uns eingereiht haben.

Auch mein Herz hüpft auf und ab, doch ich versuche es zu ignorieren. Was genau soll der Zirkus auch? Ist das die Nervosität, wie sich der fiese Santa heute mir und dem Kind gegenüber geben wird, nach meiner kleinen Ansage von gestern?

Mehr will ich in meine Aufregung nicht hineininterpretieren, vermutlich ist bereits das zu viel.

Schneller als mir lieb ist stehen wir vor ihm.

Mit viel Fantasie könnte man meinen, dass er unter seinem dichten, zerzausten Bart leicht lächelt.

Was ich mit bestimmter Sicherheit weiß, ist, dass sich seine dichten dunklen Augenbrauen nicht ganz so abwehrend wie sonst runzeln, dass sein Blick nicht noch an Finsternis zuzunehmen scheint. Vielmehr lehnt er sich zurück, betrachtet mich und Elodie mit einer gewissen Spannung.

Ich beuge mich zu der Kleinen herunter, ohne ihn aus den Augen zu lassen.

»Also, mein Schatz, weißt du noch, was du sagen sollst?«

Statt eines Nickens ihrerseits fühle ich, wie sich ihre Hand aus meiner löst. Sie tritt ein paar Schritte in Richtung Thron, bleibt direkt vor Santa stehen und legt den Kopf in den Nacken, um ihn besser betrachten zu können.

Er seinerseits beugt sich ein wenig vor, um sie besser in Augenschein nehmen zu können.

Einen Moment lang mustern sie einander stumm, als würden sich Kontrahenten vor einem Kampf abschätzend messen, ob ein Kampf wirklich lohnenswert scheint. Dann heben sich kleine Ärmchen und strecken sich Santa entgegen.

Ich merke, dass ich den Atem angehalten habe, stoße ihn leise aus, kann ein winziges Kichern kaum verhindern angesichts der unverhohlenen Verwunderung, die sich selbst trotz Mütze und Bart sichtbar in seinem Gesicht ausbreitet.

Als er sich nicht regt ertönt ihre helle, wenn auch fordernde Stimme.

»Schoß.«

Ich kann sein hartes Schlucken nicht sehen, aber deutlich hören. Dann beugt er sich vor, greift vorsichtig unter Elodies Arme und hebt sie achtsam auf seinen Schoß.

Dort sitzend fährt sie fort ihn anzustarren, bis er unter ihrem Blick hin und her zu rutschen beginnt. Ihm ist nicht wohl, das erkennt man auf eine Meile Entfernung und doch denke ich nicht daran, ihn aus dieser Situation zu befreien, wo sie doch ein tiefes Gefühl der Befriedigung in mir hervorruft.

»Also schafft Elodie, was Sie sonst bei den anderen Kindern vollbringen – Sie fühlen sich nun maximal unwohl und ein wenig peinlich berührt«, kann ich mir nicht verkneifen belustigt hervorzustoßen.

Sein Blick streift mich, eine belebende Mischung aus Ärger und Hilfegesuch. Ich erbarme mich, trete näher an das ungleiche Gespann heran, gehe vor dem Thron in die Hocke.

»Schätzchen, du darfst ihm nun deinen Wunsch sagen«, ermutige ich das kerzengerade auf Santas Bein sitzende Kind. Doch Elodie braucht keine Ermutigung, denn es fehlt ihr nicht an Courage. Sie weiß genau, was sie tut, während sie dem fremden Mann furchtlos in die Augen starrt.

»Renovierung. Ich mag Renovierung« kommt es schließlich glasklar über ihre Lippen, ehe sie den Kopf schief legt. »Und eine Puppe. Puppe mag ich auch.«

»In Ordnung. Mit einer Puppe kann ich direkt dienen. Warst du denn auch ein braves

Mädchen?«, fragt er mit gedämpfter Stimme.

Elodie verzieht keine Miene. »Nein. Elodie war böse.«

Ich beiße mir auf die Unterlippe, um das Lachen zu unterdrücken, dass aus meiner Kehle hervorbrechen will, doch das unmögliche kleine Mädchen setzt noch eine Frage hinterher.

»Warst du lieb?«

Santa stockt. Dann breitet sich ein Lächeln auf seinem Gesicht aus. Seine Augen strahlen, kleine Fältchen bilden ein dichtes Netz um sie herum, zeugen davon, dass es eine Zeit gab, in der dieser unverschämte, mies gelaunte Kerl gerne gelacht hat.

»Ich verrate dir ein Geheimnis, wenn du versprichst, es niemandem zu verraten. Haben wir einen Deal?«

Elodie überlegt kurz, dann nickt sie, nimmt die ihr gereichte Puppe entgegen, ohne sie zu beachten, mustert stattdessen aufmerksam Santas Gesicht. In mir regt sich leiser Stolz auf dieses wilde, ganz andere Kind, wehmütige, leise Liebe, die ich nicht empfinden sollte.

»Ich war ein böser Junge, ein sehr, sehr böser Junge. Ich habe dieses Jahr schlimme Dinge angestellt, deswegen bin ich hier«, flüstert Santa laut genug, dass ich es ebenfalls höre.

Elodie nickt wieder, dieses Mal ohne zu zögern. »Ja. Du bist nicht sehr nett.«

Eine dunkle Augenbraue wandert nach oben. Neugierig beuge ich mich weiter vor, um keinen

Deut dieser Unterhaltung zu verpassen. Sein Blick liegt für einen Moment auf mir, seine Augen haben unter dem Licht auf kurze Distanz eine helle, fast himmelähnliche Farbe. Wie das Firmament an einem klaren Sommertag. Ich schüttele leicht den Kopf, gebiete den dubiosen Gedanken Einhalt.

»Du hast recht. Ich bin oft nicht nett. So wie ich denke, dass auch du manchmal nicht nett bist. Aber weißt du was? Das ist schon okay. Man muss nicht zu jedem nett sein. Manchmal will man böse und eklig zu anderen Menschen sein, weil man sich innen drin auch so fühlt. Es ist wichtig zu seinen Gefühlen zu stehen, um sich nicht selbst zu verlieren. Also, wenn du mal wütend sein magst, sei wütend, lass es raus, aber dann erinnere dich dran, dass es auch ganz viele schöne Sachen gibt, die du vielleicht nicht siehst, wenn du dich so auf die Wut fokussierst.«

Er redet mit Elodie. Aber eigentlich sind seine Worte an mich gerichtet, erklären mir mit beinahe entschuldigendem Unterton sein Verhalten der letzten Tage.

Ich sehe ihn an. Sein Blick ruht noch immer auf mir.

Er ist jung, stelle ich mit einem Mal fest, höchstens ein paar Jahre älter als ich selbst. Bisher habe ich mich nicht mit seinem potenziellen Alter aufgehalten, da er mir viel zu unsympathisch war, als das ich mich mit ihm als Person hinter dem Kostüm beschäftigen wollte.

Irgendwas hat sich verändert, an ihm.

»Santa, da warten ganz viele Menschen und zwei haben sich gerade bei mir beschwert. Ich mag es nicht, wenn sich Leute bei mir beschweren, das zieht mich voll runter. Kannst du einfach weitermachen, bitte, danke?!«, unterbricht eine hohe Stimme mit gehetztem Unterton den seltsamen Bann zwischen Elodie, Santa und mir.

Ich schüttle möglichst unauffällig meinen Kopf, versuche das seltsame Gefühl in mir zu vertreiben.

Vor Santa, direkt neben mir, steht eine hochgewachsene Blondine, die in ein knappes, ein sehr, sehr knappes Elfenkostüm gekleidet ist. Sie würdigt mich keines Blickes, starrt nur auf den Mann, kaut lebhaft auf ihrem Kaugummi herum.

Ich erhebe mich, komme dabei nicht umhin, mich neben der großen, leicht bekleideten, perfekt geschminkten Frau wie ein kleiner, unförmiger Trampel zu fühlen, in großer Mütze, langem Mantel und gewaltigem Schal. Noch dazu schwitze ich in der dicken Bekleidung fürchterlich.

Vermutlich könnte es keinen gewaltigeren Gegensatz zwischen mir und dieser Frau geben. Nicht, dass mich das großartig stört. Oder?

Santa seufzt hörbar.

»Ich habe Augen im Kopf, Candy, danke. Ich sehe es.« Mit einem beinahe bedauernden

Lächeln stellt er Elodie vorsichtig zurück auf den Boden.

»Es war schön, dich kennenzulernen.«

Dann wandert sein Blick zu mir, interessiert, nachdenklich spüre ich ihn auf mir ruhen.

»Was hat es mit der verflixten Renovierung eigentlich auf sich?«

Ich werfe dieser Candy-Elfe einen schnellen Blick zu. Sie mustert mich mit fast beleidigendem Desinteresse und verdreht dann die Augen.

Ich hebe meine Augenbrauen und greife nach Elodies Hand, dann wende ich mich halb zum Gehen.

»Das erzähle ich vielleicht morgen. Vielleicht aber auch nicht. Das kommt darauf an, wer morgen Lust hat, mich zu begleiten.«

Ein lautes Seufzen begleitet mich auf meinen ersten Schritten von ihm weg.

»Scheiße, wie viele Kinder kann diese Frau noch haben?«

Ich grinse in mich hinein, erfüllt von einer fast diebischen Freude.

Oh Santa, genug, um dir den Verstand zu rauben.

Vielleicht morgen

Man muss nicht immer alles laut aussprechen, was man denkt. Manchmal allerdings führt kein Weg daran vorbei, eben diese Gedanken genau so von der Zunge zu feuern, wie sie deine Hirnwindungen erreichen.

Elfter Dezember

Gabriel

»Okay, spuck es schon aus.«

Ben sieht mich mit einer pikiert gehobenen Augenbraue an und streckt fordernd das glattrasierte Kinn vor. Dann bettet er es auf seine aneinandergelegten Fingern und klimpert mit den Wimpern.

Ich sehe ihn verständnislos an, kaue weiter intensiv auf dem Croissant zwischen meinen Kiefern.

»Das Essen? Warum? Hast du es wieder in der Küche getrieben und danach nicht sauber gemacht?! Verdammte Scheiße, Ben, ich habe gesagt, du sollst das unterlassen, solange ich unter diesem Dach weile!«

Ich überlege für einen Moment ernsthaft das

schleimig gewordene Stück Backware zurück auf meinen Teller zu befördern. Sein Lebensstil in allen Ehren, ich habe absolut gar nichts dagegen, doch bei Körperflüssigkeiten, die nicht die meinen sind, bin ich definitiv raus.

Doch Ben winkt ab, nicht ohne die Augen theatralisch gen Decke zu verdrehen.

»Och, krieg dich wieder ein, du kleine Mimose. Das war ein ... das war doch nur dreimal. Glaube ich, ich zähle da nicht mit, das wäre ja seltsam. Zudem ist das immer noch meine Wohnung und ich verzehre in der Küche, auf was ich nun einmal Lust habe. Du bist darüber hinaus im Besitz von zwei funktionierenden Augenlidern, du kannst deine Sehorgane jederzeit schließen, wenn da etwas ist, das du nicht sehen willst. Nein, ich rede von den Gedanken, die dich umtreiben.«

Ich kaue, einmal, zweimal, verenge die Augen leicht, während ich versuche herauszufinden, auf was genau er hinaus will.

»Das ist ein Argument. Dann weiß ich aber tatsächlich nicht, was für eine Antwort du genau erwartest, vor die Füße gespuckt zu bekommen. Mich treibt nichts um.«

Nach einem Blick auf die Uhr stelle ich stöhnend fest, dass ich mich beeilen muss. Es ist Santa-Time.

»Du lächelst, Gabriel. Du lächelst nie, nicht in letzter Zeit. Was genau bringt dich zum Lächeln?«

Natürlich folgt mir Ben, lässt sich nicht so einfach abspeisen. Er läuft mir nach ins Badezimmer, wo ich mir rasch die Zähne putze.

»Das letzte Mal habe ich dich vor zwei Jahren lächeln sehen, als mein Ex diesen furchtbaren Witz auf eurer Gartenparty gebracht hat. Weißt du noch? Als Greg Mel ... deine Ex fragte, ob sie per Anhalter gekommen ist, weil sie so mitgenommen aussieht? Und du dann in einem Moment von spontanem Gehirnausfall geantwortet hast, dass bei euch schon lange niemand mehr gekommen sei, auch nicht per Anhalter?«

Die Erinnerung an besagten Abend schießt mir in den Kopf, ich habe direkt Melanies entsetzten Gesichtsausdruck vor Augen. Ich pruste Zahnpasta ins Waschbecken, verschlucke mich halb, huste zum Gotterbarmen, während Ben mir mitfühlend sachte auf den Rücken klopft.

»Siehst du, das meine ich. Ich hatte eine Zeitlang die Befürchtung, diese Hexe hätte bei eurer Trennung nicht nur deine Eier, sondern auch deinen schlechten Humor behalten, aber offenbar hat sie sich mit den Eiern allein zufrieden gegeben.«

»Scheiße, Ben!«, würge ich hervor, ringe nach Luft, dann spüle ich mir den Mund aus. Nachdem ich mir das Gesicht an einem kleinen Handtuch mit Blümchenmuster abgetrocknet habe, versuche ich ihn abzulenken.

»Wie du seit letzter Woche weißt, habe ich meine Testikel sehr wohl behalten. Du erinnerst dich, als du ins Bad geplatzt bist, obwohl du gehört hast, dass ich dusche?«

»Lenk nicht von der ‚Lächeln-Tatsache' ab, junger Mann mit erstaunlich festen Hoden angesichts deines Alters.«

Ich verdrehe stöhnend die Augen. »Du bist ja betrunken, wann soll ich bitte gelächelt haben?«

»Mal überlegen«, dramatisch hält Ben eine Hand in die Luft und fängt an, seine Finger abzuzählen. »Gestern Abend, als ich dich gefragt habe, ob du noch einen Brandy möchtest. Heute Morgen, als ich dich gefragt habe, ob du heute auch schön nett zu allen sein wirst. Das sind zwei Mal, Gabe. Zwei Mal. Du hast nicht gelächelt, seit du bei mir wohnst.«

»Kann das nicht vielleicht an dir liegen, du alte Spaßbremse?«, versuche ich ihn zu unterbrechen, rieche an den Achseln meines T-Shirts. Ich zucke mit den Schultern, das geht noch mal, schätze ich.

»Nein, geht es nicht, zieh ein frisches an, du Tier!«, liest Ben mit einer gewissen Entrüstung in der Stimme meine Gedanken und wirft mir ein fein säuberlich zusammengefaltetes Shirt aus dem Wäschekorb neben ihm zu.

»Du willst die Kinder beschenken, nicht ihre Nasenschleimhäute verätzen. Duschen wäre auch kein Fehler gewesen!«

»Ich bin zu spät«, nuschle ich, während ich in

das Shirt schlüpfe, erneut hastig auf die Uhr sehe. »Scheiße, viel zu spät. Die Brillenschlange reißt mir den Arsch auf ... ich **hasse** diesen Job!«

»Jetzt atme mal durch, Maestro, du hast es doch beinahe geschafft. Über ein Drittel hast du bereits hinter dir!«, versucht mich Ben zu beruhigen. »Das Gespräch verschieben wir auf später, aber es wird kommen, junger Mann, verlass dich darauf!«

Ich rümpfe die Nase. »So lange das das Einzige ist, was heute kommt, bin ich zufrieden damit.«

Candy empfängt mich kaugummikauend und Nägel feilend direkt vor Marcus‘ Büro.

»Du bist spät, Schätzchen. Und er stinkesauer. Mach dich auf ein gewaltiges Unwetter gefasst. Ich kann dich hinterher trösten, wenn du dich an einer fürsorglichen Brust ausweinen magst«, schnattert sie mit hoher Stimme.

»Ich denke, du meinst Schulter, Candy. Scheiße, ich glaube, du solltest echt weniger Kaugummi kauen, offensichtlich mindert er deinen Grips. Und ganz ehrlich, arg viel mehr solltest du nicht davon verlieren, sonst bist du nächstes Jahr der Baum, statt die Elfe«, gebe ich zurück. So viel Zeit muss sein.

Irritiert zieht sie die Oberlippe nach oben,

schmatzt mit halbgeöffnetem Mund.

»Wie meinst du denn das?«

Ich winke mit einem tiefen Seufzer ab, habe mit einem Mal Angst um meinen eigenen IQ, als laufe dieser Gefahr, sich zu mindern, wenn ich mich zu lange mit ihr unterhalte.

Ohne anzuklopfen trete ich in das Büro. Erst, als ich bereits vor dem Schreibtisch stehe fällt mir ein, dass dies gemeinhin als Unhöflichkeit betrachtet wird.

»Ach shit, sorry Marcus, Sir." Ich klopfe auf die Schreibtischplatte. »Hier ist Winters, kann ich reinkommen?«

Der klägliche Versuch, ein klein wenig Humor in die ganze Situation zu bringen, wird von Marcus' ausdrucksloser Miene abgeschmettert, förmlich zerschlagen.

Auch gut. Die Rolle des Caspers steht mir nicht sonderlich gut zu Gesicht. Ich räuspere mich. »Ich bin zwanzig Minuten zu spät, Entschuldigung. Keine große Sache, ok? Kommt nicht wieder vor. Kann ich gehen?«

Er schiebt die Brille nach oben.

»Was eine große Sache ist und was nicht entscheide immer noch ich, Mr. Winters. Das war der zweite Fauxpas, wenn ich die ganzen wenig positiven Rückmeldungen auf Ihren Umgang mit den Kindern mal außen vor lasse. Ein weiterer Fehler und das war's.«

Er beugt sich vor, bis ich sein billiges Aftershave riechen kann. Wozu Aftershave, er besitzt ganz offensichtlich so wenig Testosteron, dass er über keinen großen Bartwuchs verfügen kann.

»Wissen Sie, ich bin auch kein großer Fan von Weihnachten, deswegen habe ich bisher nichts zu den anhaltenden Beschwerden zu Ihrem rüpelhaften Umgang mit den Kids gesagt, doch nur weil ich Ihnen nicht die Beine festbinde, müssen Sie nicht wild damit um sich treten, ja? Halten Sie die Füße still.«

Dann lehnt er sich erneut zurück, streicht sich das unaufgeregte Haar glatt.

»Sie können nun gehen, Mr. Winter. Letzte Warnung.«

Ich stehe da, meine Zähne knirschen leicht. So viele Wörter liegen auf meiner Zunge, warten nur darauf, dass ich sie hervorstoße, mein innerer Dämon reibt sich bereits feixend die Hände.

Doch ich schlucke die fertig aneinandergereihten Silben einfach wieder hinunter, ohne sie von meiner Zunge rollen zu lassen. Und scheiße, niemand ist verblüffter darüber, als ich selbst, als ich mich schlicht bedanke und dann aus dem Zimmer trete, ohne eine Verwünschung hinterherzuschicken.

Ich horche in mich hinein, versuche zu ergründen, was da vor sich geht. Seit wann habe ich mich denn so unter Kontrolle, dass ich nicht sofort jeden unhöflichen, wenn auch wahren Gedanken ausstoßen muss, sowie er meine

Synapsen passiert? Candy sieht mir entgegen, ausnahmsweise ohne Kaugummi im Mund. Hat sie schlussendlich doch verstanden, auf was ich angespielt habe?

»Na, was soll das lange Gesicht, biste gefeuert? Meine Brust ist bereit dich zu trösten. Ich hätte da auch einen Job für dich, weißt du? Das Kostüm kannst du dafür gleich anlassen, das sieht nämlich total scharf an dir aus ...«

»Herrgott, halt deine verdammte Klappe, Candy!«, schnauze ich sie schließlich an.

Man muss nicht immer alles laut aussprechen, was man denkt. Manchmal allerdings führt kein Weg daran vorbei, eben diese Gedanken genau so von der Zunge zu feuern, wie sie deine Hirnwindungen erreichen.

Ehrlich entsetzt starrt sie mich an. Ganz langsam wandert ihre Hand in ihren Ausschnitt. Als ich bereits das Schlimmste erwarte zieht sie einen neuen Kaugummi hervor, steckt ihn sich in den Mund und zieht die Nase hoch.

»Du bist echt ein beschissener Santa, weißt du das?«

Oh ja, mein Sweetheart. Das weiß ich.

Habe ich vorhin in Marcus‘ Büro tatsächlich für einen Moment angenommen, ich könne meinen inneren Ärger nun besser kontrollieren, so zerrinnt der Stolz über diese Errungenschaft schneller, als Zuckerwatte in Wasser.

Bereits bei Kind Nummer drei bin ich wieder auf hundertachtzig und möchte Gott und die gesamte Welt verfluchen für dieses beschissene Fest einem Gottessohn zu Ehren, an den ich überhaupt nicht glaube. Was soll dieser Mist denn?!

Ich starre das Kind vor mir an, taub für dessen schüchterne Vortragungen und überlege, wie viel Bier ich wohl heimlich in meiner Mittagspause schlürfen kann, um diesen Tag halbwegs erträglich zu machen.

»Bitte?«

»Was?« Irritiert blinzle ich. »Danke?«

Die Mutter lehnt sich in meine Richtung, zwinkert verschwörerisch. »Sie fragt, ob sie nicht auch eine Puppe für ihre Schwester haben kann, die leider zuhause bleiben musste, Angina, die Ärmste.«

Ich lehne mich zurück und zwinkere übertrieben grenzdebil zurück. »Ich antworte, dass Sie sich das schön in die Haare schmieren können. Ich habe auch ein paar Cousins väterlicherseits, die auch gern ein Fläschchen Nasenspray hätten, aber was in der Apotheke nicht funktioniert, klappt auch hier nicht, ich bin doch nicht bescheuert. Hier ist die Puppe und nun Arrivederci.«

Empört schnappt die Mutter dreimal nach Luft, ehe ich ebenfalls übertrieben laut einatme.

»Nun atmen Sie mal nicht meine ganze Luft

weg, Sie können immerhin gleich raus, ich sitze hier noch ein paar Stunden fest!«

Mit einem empörten Schnauben greift die Mutter die Puppe, ehe das Mädchen sie mir aus der Hand nehmen kann und stürmt davon, vergisst in ihrem Ärger beinahe das Kind. Ich schmunzle düster in mich hinein und sehe ihr nach.

Das tat gut.

»Wie ich sehe, sind Sie auch ‚vielleicht morgen' nicht sonderlich netter geworden. Ich sollte ja fast wann anders wieder kommen, ‚vielleicht morgen'?«, reißen mich ihre glucksend hervorgestoßenen Worte aus meinem inneren Freudentaumel und unwillkürlich will ich lächeln.

Ich will *lächeln*, verdammt. Das meinte Ben also. Der Mistkerl hat recht, ich *lächle*!

»Nun, Sie haben mir bereits gestern versprochen, dass Sie mir heute von den Hintergründen der Renovierung berichten«, erinnere ich sie mit hochgezogenen Augenbrauen.

Sie sieht anders aus heute.

Nahbarer. Menschlicher.

Weiblicher.

Sie trägt nicht ihre dicke Mütze. Langes, goldblondes Haar fließt ihr über den Mantel, umrahmt ihr blasses Gesicht mit den seltsam grau-goldenen Augen.

Sie ist nur wenige Jahre jünger als ich, stelle

ich fest. Bisher war jedes Mal so wenig von ihrem Gesicht sichtbar, dass ich nur anhand der Kinder schätzen konnte, wie alt sie sein mochte.

Nun bin ich verwirrt, denn der Junge in den Anfängen der Pubertät von neulich kann unmöglich ihr Sohn sein, oder?

»Sag mal, hast du dein erstes Kind mit zehn bekommen oder was? Du weißt, dass das nicht legal ist?«, bricht es aus mir heraus. Die Tatsache, dass sie etwa in meinem Alter ist, macht irgendwas mit meinem Kopf, das mir nicht gefällt.

Sie schaut einen Moment irritiert, dann schwankt ihr Gesichtsausdruck zwischen deutlich empört und eindeutig geschmeichelt.

»Du denkst ... du nimmst wirklich an, dass dies all meine Kinder sind? Ich weiß nicht, ob ich entrüstet oder ob ich mich geehrt fühlen soll.«

Sie ist ebenfalls ins persönliche Du gewechselt, fällt mir beiläufig auf. Ich kaue nachdenklich auf meinen nächsten Worten herum.

»Also, so genau habe ich es mir gar nicht überlegt ...« – »Das glaube ich sofort. Du machst den Eindruck, als passiert dir das oft, dieses Nicht-Nachdenken«, gibt sie augenblicklich zurück.

Sie sollte öfters ohne Mütze rausgehen, ganz offensichtlich kann sie ihre Zähne besser präsentieren, wenn sie sich nicht unter dem dicken Stoff versteckt ...

Ein kleiner Teil von mir merkt leise an, dass sie gern noch weitere Kleidungsstücke ablegen kann aber ich bringe es entnervt zum Schweigen. Herrje, kaum merkt mein Schwanz, dass sie in passendem Alter wäre, erwacht er aus seinem selbst gewählten Schlummer? Wie unfassbar unangemessen.

»Nicht so oft, wie du vielleicht annimmst. Es sind also offenkundig nicht deine Kinder. Bist du Tagesmutter?«

Sie legt ihre Hand auf die Schulter des Mädchens neben ihr. Kluge, blaue Augen mustern mich aus einem stupsnasigen, etwa sechsjährigen Gesicht.

»Etwas in der Art. Ich arbeite ehrenamtlich im Waisenhaus.«

Etwas lodert in mir hoch und es ist keine Wut, kein wilder, unberechenbarer Zorn, nicht der Wunsch, etwas zu zerschlagen oder anzuzünden.

Es ist Scham. Brennende, schmerzende Scham.

Ich habe Waisenkinder verspottet, angepöbelt, ihnen dumme Sprüche an den Kopf geworfen.

Mein Kopf nimmt mit Sicherheit die Farbe meines Kostüms an, ich beginne zu schwitzen, zerfließe förmlich in diesem unangenehmen, aber maximal verdienten Gefühl von Reue.

»Ich habe sie Unfall genannt«, murmle ich tonlos, erinnere mich an meine mehr als taktlose Aussage von vor zwei Tagen. »Mein Gott, es tut mir so leid!«

Sie wirkt aufrichtig erschüttert von meiner Entschuldigung. Ihre feinen Augenbrauen verschwinden beinahe in ihrem Haaransatz, sie streicht sich eine Strähne aus der Stirn.

Der Ausdruck in ihren Augen wird ein wenig wärmer, das eisige Grau zerfließt.

»Ach das, das hat Wyona sicherlich bereits vergessen. Sie ist recht hart im Nehmen, weißt du? Es war aber tatsächlich ein ziemlich mieser Ausspruch ihr gegenüber. Sie weiß, dass sie ein Unfall, ein unerwünschtes Kind ist, sonst wäre sie nicht, wo sie ist.«

Sie sticht ein wenig in meiner offenen Stelle herum, ich winde mich unangenehm berührt unter ihren forschen Worten.

»Wenn es dich arg umtreibt, dann kannst du es ihr ja persönlich sagen. Zum Beispiel, wenn du bei der Renovierung hilfst.«

Ich lege den Kopf schräg.

»Klär mich auf. Was für eine Renovierung? Es ist ‚vielleicht morgen', schon vergessen?«

Einerseits interessiert es mich wirklich brennend, andererseits will ich unbedingt von meinem eigenen Fehlverhalten ablenken. Meine Wangen brennen immer noch ...

Brandy wirkt verschreckt, auch sie errötet, als habe sie etwas gesagt, was nicht für meine Ohren bestimmt war. Sie sieht sich hilfesuchend um, als wolle sie die Wartenden hinter sich als Ausrede vorschieben, nicht mit mir zu reden, doch zu ihrem Unmut ist heute kein einziger

Mensch in der Schlange hinter ihr.

Wir sind alleine, sie, ich, das Mädchen. Ich strecke mich nach einer Puppe, stehe langsam auf und gehe ein paar Schritte auf das ungleiche Paar vor mir zu, reiche sie dem geduldigen Kind.

Dann sehe ich Brandy an.

Irgendwas an ihr bringt mein Innerstes zur Ruhe. Gleichzeitig fühlt sich mein Magen seltsam schwer an, als liegen mit einem Mal zentnerschwere Steine darin.

»Also, Brandy«, murmle ich leise, meine Stimme klingt eigenartig belegt. Ihr Name rollt angenehm von meiner Zunge. Sie ist gut eineinhalb Handbreit kleiner als ich und starrt aus ihren schönen, grauen Augen zu mir auf.

Habe ich ihre Augen gerade schön genannt?

Ich blinzle, schaue zur Seite, versuche mich zu konzentrieren. Was zur Hölle ist los mit mir?

»Renovierung. Worum geht es dabei?«, setze ich erneut an. Dieses Mal springt das Mädchen in die Bresche.

»Ah, genau, Renovierung. Ich brauch gar keine Puppe, ich brauche eine Renovierung«, sprudelt es hervor.

Brandy löst sich aus ihrer Erstarrung, streicht dem Mädchen über die Haare.

»Du kannst die Puppe dennoch behalten, Liebling, das ist schon in Ordnung.« Dann wendet sie sich an mich, schluckt, sie scheint nicht zu wissen, wie sie sich geben soll.

»Ich ... nun ... es geht um das Waisenhaus. Es

muss dringend renoviert werden, die Stadt stellt allerdings bisher nicht die Mittel dafür. Also dachte ich mir, wenn ich hier nur oft genug mit den Kindern aufschlage und sie eine Renovierung wünschen lasse, trägt Santa das Anliegen an seinen Chef weiter und diesen an den Stadtrat, um das ganze Prozedere zu beschleunigen ..:«

Ich lächle unwillkürlich.

Schon wieder. Mist.

Rasch werde ich wieder ernst. »Ein schöner Gedanke. Und ein guter Plan. In dem Fall werde ich meinem Sklaventreiber hier diesen Floh ins Ohr setzen und ihn darum bemühen, ihn an eine angemessene Stelle weiterzuleiten. Den Kids zuliebe.«

»Den Kindern zuliebe ... das ist nett von dir, danke«, murmelt Brandy und tritt nervös von einem Fuß auf den anderen. Dann räuspert sie sich und macht entschieden einen Schritt zurück.

»Also dann, ich muss gehen, meine Aufgabe für heute ist erfüllt. Danke für deine Mühe.«

Sie gibt dem Mädchen ein Zeichen, dann gehen sie ein paar Schritte, ehe sie wieder stockt und sich umdreht.

»Das ist nicht sonderlich fair, weißt du?«

Ich verenge fragend die Augen. »Was meinst du?«

Sie beißt sich auf die Lippe, unterdrückt damit ein schüchternes Lächeln. »Du kennst meinen Namen, aber ich kenne deinen nicht.

Oder soll ich dich einfach weiter Santa nennen?«

Ich stöhne gespielt auf. »Himmel, bitte, bloß nicht! Gabriel. Mein Name ist Gabriel. Freut mich, Brandy.«

»Freut mich, Gabriel. Wir sehen uns morgen.«

Einsehen und Akzeptanz

All das begann an jenem einen Tag, der unsere gesamten schillernden, funkensprühenden Zukunftspläne mit wenigen Worten zu banalen Bagatellen verunglimpfte, nichtig machte.

Zwölfter Dezember

Brandy

Ich nehme mir heute die Zeit, mein Frühstück in aller Ruhe am Küchentisch sitzend einzunehmen. Ich stürzte nicht einmal wie gewohnt meinen Kaffee hinab, um so schnell wie möglich fertig zu sein und mich in den Tag zu stürzen.

Stattdessen halte ich die Tasse bedächtig, fast ritualmäßig vor mir in der Hand, trinke dann und wann einen kleinen Schluck, während ich durch das Fenster nach draußen sehe, den Schneeflocken beim Tanzen zuschaue.

Der erste Schnee in diesem Winter. Wie jedes Jahr erfüllt mich der Anblick mit einer beinahe kindlichen Freude, einer unfassbaren Leichtigkeit.

Der erste Schnee des Jahres hat etwas

Magisches an sich, seit jeher schenkt er meiner Seele Ruhe, ganz gleich, wie durcheinander und belastet diese sein mag.

»Nun geht es also los mit diesem beschissenen Wetter«, reißt mich Wyatts dunkle Stimme unsanft aus meinen friedlichen Gedanken. Ich unterdrücke ein Seufzen, ist mir kein Moment der Stille gegönnt?

»Ich mag den Schnee, wie du weißt«, erinnere ich ihn und trinke meine Tasse mit drei hastigen Schlucken leer. Vorbei das behagliche Frühstück, dahin die lockerleichte Atmosphäre. Es gibt einiges zu tun heute.

Was zurückbleibt ist eine erstickende Enge, die sich neuerdings in jedem Raum entfaltet, in welchem Wyatt und ich zeitgleich zugegen sind.

»Ja, ich weiß. Du magst viele Sachen, die ich verabscheue, und umgekehrt«, sinniert mein Mann mit nachdenklichem Blick.

Das stimmt allerdings. Wir waren schon immer wie zwei Magnete, haben uns trotz oder gerade wegen unserer vielen Gegensätzlichkeiten angezogen. Diese Anziehungskraft verblasst seit Monaten zunehmend.

All das begann an jenem einen Tag, der unsere gesamten schillernden, funkensprühenden Zukunftspläne mit wenigen Worten zu banalen Bagatellen verunglimpfte, nichtig machte.

Er trägt sie mir nach, meine Unperfektheit. Er sagt es nicht offen in mein Gesicht, doch ich weiß, dass er mir die Schuld daran gibt, dass unsere Ehe zerbricht.

Nun, immerhin kann ich von mir behaupten, nicht auf deren Ende hinzusteuern und mich vor der offiziellen Trennung mit anderen Männern zu treffen.

Ohne, dass ich willentlich an ihn denke, poppt Santas halb hinter dem scheußlichen falschen Bart verborgenes Gesicht vor meinem inneren Auge auf.

Nicht Santa.

Gabriel.

Beinahe muss ich lächeln, dann erinnere ich mich daran, dass immer noch Wyatt vor mir steht, mich mit diesem unergründlichen Blick ansieht.

Meine Lippen verziehen sich wieder, dieses Mal fehlt meinem Lächeln jedoch jedwede Freude.

»Wir reden es uns schön, richtig? Warum tun wir das, weil bald Weihnachten ist? Weil man sich nicht an Weihnachten trennt?«

Er zuckt zusammen, als hätte er sich verbrannt.

Die Wahrheit schmerzt, nicht wahr, Wyatt? Sie brennt dir ein Loch in die Eingeweide, wenn du sie nicht aussprichst. Und selbst wenn sie dir von der Zunge gleitet schmerzt und verletzt sie.

»Gott, Brandy, was redest du denn da? Wir haben vielleicht momentan eine schwere Zeit, aber gleich von Scheidung zu reden, ist das nicht etwas übertrieben und vorschnell?«

Ich habe ihn tatsächlich nie als Feigling eingeschätzt, doch ganz offenbar ist er zu feige, die Tatsachen einzusehen und zu akzeptieren. Dabei hat er innerlich – und genau genommen auch äußerlich – das Ende unserer Ehe doch bereits eingeläutet?

Er bewegt sich nervös unter meinem stechenden Blick, also entlasse ich ihn daraus. Er ist wie eine Schnecke – bohre ich nun zu tief, zieht er sich in sein Haus zurück und schließt mich aus.

Das ist für heute vollkommen in Ordnung – auch ich hege wenig Begeisterung dafür, mich jetzt mit den Auswirkungen einer Trennung auseinanderzusetzen.

Das kann warten. Gibt mir die Zeit, mich dafür zu wappnen, meine letzten Zweifel einzusammeln, zu beruhigen, sie auszuräumen.

Für Wyatt und mich gibt es keine Hoffnung mehr.

Mehr aus Gewohnheit als aus wirklichem Interesse sehe ich ihn an. »Ich gehe gleich ins Heim. Möchtest du mich begleiten?«

Er sieht mich lange an, sein Blick wird eigenartig weich, beinahe bekümmert.

»Warum quälst du dich damit, Brandy? Warum tust du dir das an, Tag für Tag, in einem Maß, welches längst nicht mehr gesund ist? Das ist, als würde man einen trockenen Alkoholiker in einem Liquid-Store arbeiten lassen.«

Ich schnaube, schüttle langsam den Kopf. Er versteht nicht. Er hält sich für so klug, doch er versteht nichts.

»Ich quäle mich nicht damit, Wyatt. Es erfüllt mich. Ich bin kein Alkoholiker, der hilflos vor Alkohol steht. Ich bin eine Gefangene, die endlich das Licht der Freiheit sehen kann. Ich lasse mich nicht von dem abhalten, was ich nicht kann, sondern konzentriere mich auf das, **was** ich kann. Ich ändere, was ich ändern kann. Einsicht. Akzeptanz. Das ist wichtig, weißt du?«

Er nickt wie in Zeitlupe. Versteht er es wirklich?

»Einsicht und Akzeptanz«, wiederholt er langsam. »Darüber werde ich nachdenken. Danke, Brandy. Ich wünsche dir einen schönen Tag. Sehen wir uns heute Abend?«

Ich lächle leicht und zum ersten Mal fühlt es sich eher an, als rede ich mit einem engen Freund, als mit meinem Seelenverwandten

»Klar. Wir sehen uns. Ich bin die in der Küche, über der Fertigpizza.«

Er grinst schief, ein Grinsen, wegen dem ich früher tausend Tode gestorben bin. Jetzt finde ich es einfach nur nett anzusehen.

Einsicht.

Akzeptanz.

»Scheiß auf den Stadtrat«, brummt Lauren

mit einem Mal, reißt mich aus meinen Gedanken.

»Bitte, was?«, entgegne ich wenig schlagfertig und mustere sie irritiert.

»Wir sollten auf den Stadtrat scheißen und morgen mit den Sachen beginnen, die wir tun können. Den alten Lack abkratzen, auf die neue Farbe vorbereiten. Die verrosteten Nägel herausziehen und die schlimmsten Dielen durch neue ersetzen, wir müssten noch einige alte Bretter im Keller haben, die immer noch besser sind, als die der Veranda. Lass uns etwas tun, statt darauf zu warten, dass jemand anders das erledigt.«

Ich starre Lauren an, mein Lächeln wird zu einem breiten Grinsen.

»Scheiße, Lauren, ich war selten mehr einer Meinung mit dir. Das hätte von mir kommen können. Lass es uns endlich angehen!«

»Scheiße, scheiße!«, quakt Emilia auf meinem Schoß fröhlich vor sich hin, während ich versuche ihre wilden Ärmchen einzufangen und in die Jacke zu verfrachten. »Bist du still, du kleines Äffchen, sonst musst du einen Dollar in die Fluchdose stecken«, ermahne ich sie lachend.

Die Freude über Laurens Enthusiasmus übertrifft beinahe die Vorfreude auf das Aufeinandertreffen mit Gabriel, sowie ich den kleinen Wirbelwind hier angezogen und in die Mall gebracht habe.

»Lass mich eben bei Santa nachfragen, wie

sein Boss zu unserem Anliegen steht, danach machen wir einen Plan für morgen!«

»Ist er so hübsch?«, erwidert Lauren mit einem breiten Grinsen.

»Wer, unser Plan? Das weiß ich noch nicht«, gebe ich schwach zurück, genau wissend, auf was sie anspielt.

»Haha, witzig, du kleiner Scherzkeks. Dein Weihnachtsmann natürlich. Du bist in den letzten Tagen immer so enthusiastisch, wenn es darum geht, die Kinder ins Einkaufszentrum zu bringen. Er muss also sehr reich oder sehr hübsch sein.«

»Witzig«, brumme ich errötend und stehe auf, setze Emilia auf meine Hüfte.

»Wenn er reich wäre, dann müssten wir uns morgen nicht selbst die Hände schmutzig machen, meinst du nicht auch?«

»Also ist er hübsch!«, ruft sie mir nach, während ich aus dem Haus stürme. Verdammte Lauren, woher soll ich wissen, wie er unter dem Kostüm aussieht?

»Hast du es nun tatsächlich geschafft, alle Kinder weit und breit zu vergraulen?« schmunzle ich mit einem breiten Grinsen, als ich vor Gabriel stehen bleibe.

Die Fältchen um seine Augen herum erscheinen, als auch er zu lächeln beginnt, seine

Lippen kann ich durch den Bart nicht erkennen. Sein Blick jedoch ist warm.

Heute ist der erste Tag, an dem ich nicht einige Minuten in einer Schlange warten muss, um zu ihm vorzudringen, trotz des geschäftigen Treibens um mich herum. Man merkt deutlich, dass wir uns Weihnachten in riesigen Schritten nähern, zwar dringt noch immer die gleiche Musik – heute Sleigh Ride‘ von Gwen Stefanie – aus den plärrenden Lautsprechern, noch immer hängt Lametta von allen Geschäftseingängen und auch die bunt funkelnden Lichterketten zwinkern mir verschwörerisch zu.

Doch sind es wohl die Menschen, die dafür sorgen, dass die Atmosphäre hier drin sich ändert – trotz der immer gegebenen Eile strahlen sie eine festliche Würde aus. Sie lächeln mehr, geben sich freundlicher, entspannter. Der Druck des normalen Arbeitsalltages scheint ihnen weniger auszumachen, je deutlicher sie auf die Feiertage zusteuern.

Auch Santa – Gabriel – macht einen tiefenentspannten Eindruck. Die Hände hat er ineinander gelegt und hinter seinem bemützten Kopf verschanzt, die Beine breit aufgestellt.

Zum ersten Mal fällt mir auf, dass er wohl der erste Weihnachtsmann ohne gut gepolsterten Bauch ist.

»Ach Unfug. Wen sollte ich denn verscheuchen, und wie, ich bin doch ein Sonnenschein vor dem Herrn«, gibt er mit seiner tiefen, brummigen Stimme zurück, doch auch aus dieser lässt sich ein Lächeln erkennen.

Ich kann mir ein kleines Kichern nicht verkneifen. »Oh, das ist wohl wahr, denn wenn ich mich an **eines** erinnere, beim Zurückdenken an unsere ersten Aufeinandertreffen, dann ist es deine wohlig warme Art, die einen die Kälte des Winters auf der Stelle vergessen lässt.«

Er neigt glucksend den Kopf. »Siehst du, du kommst nicht umhin mir zuzustimmen.«

Dann deutet er mit dem Kinn auf meine Begleitung. »Und wen hast du mir heute mitgebracht? Dein viertes Kind von deinem sechsten Mann?«

Er meint es als Scherz, immerhin weiß er nicht um meine Umstände, kann es nicht wissen, doch das nächste Lächeln fällt mir deutlich schwerer.

»Das hier ist Emilia«, erkläre ich und gehe neben dem munter auf einem Bein vor sich hin hüpfenden Mädchen in die Hocke. »Emilia, wenn du möchtest, darfst du dir bei Santa was wünschen.«

Sie wirft dem kostümierten Mann einen schnellen Blick zu, hält dabei nicht einen Moment lang inne.

»Hast du eine neue Mama für mich?«, fragt sie dann interessiert, leicht außer Atem. Hüpfen ist anstrengend. Ich bin mir trotzdem ziemlich sicher, dass der kleine Wirbelwind heute Abend erneut zu den Letzten gehören wird, die einschlafen. Und am nächsten Morgen ist sie dennoch die Erste, die wach wird. Ich wünschte, ich käme ebenfalls derart gut mit so wenig Schlaf aus.

Gabriel sieht peinlich berührt zwischen uns hin und her. Dann schüttelt er seinen Kopf.

»Leider nicht. Ich habe nur sinnloses Spielzeug.«

Emilia zuckt mit den Schultern. Ihre Zöpfe fliegen durch die Luft, als sie das Bein wechseln muss.

»Dann will ich nichts. Obwohl, vielleicht eins. Kommst du uns morgen helfen, Santa?«

»Emilia!«, bringe ich ziemlich laut hervor. Ich spüre, wie meine Wangen rot anlaufen und meine Ohrenspitzen zu brennen beginnen. Natürlich habe ich ausgerechnet heute erneut auf meine Mütze verzichtet. Warum eigentlich, aus Eitelkeit? Eitelkeit – wegen ihm?

Will ich das so genau wissen?

»Was ist denn morgen, Emilia?«, fragt Gabriel interessiert nach. Das Kind stellt sein Hüpfen tatsächlich ein, legt den Kopf schief.

»Lauren und Brandy machen das Haus hübsch.«

Sein Blick wandert zu mir. »Sind die Mittel für die Renovierung bewilligt worden? Das wäre aber schnell gegangen.«

Ich schüttle den Kopf. »Nein, mitnichten. Vielmehr hat sich Lauren, die Heimleiterin, dafür entschieden, die Dinge weitestmöglich selbst in die Hand zu nehmen. Ich schätze, deine Anfrage hat wenig Begeisterung erzeugt?«

Gabriel legt die Stirn in Falten, zumindest den Teil, den ich unter der opulenten Mütze erkennen kann.

»Ich habe das Anliegen an meinen Chef weitergegeben. Kaum zu glauben, aber es scheint ihn tatsächlich interessiert zu haben, er hat etwas von ‚Gute Tat für Weihnachten' gemurmelt. Ich denke, er wird das Gesuch weitergeben, auf jeden Fall gedenke ich ihn damit noch das eine oder andere Mal zu nerven.«

Nun muss ich wieder grinsen. »Oh, ich kann mir vorstellen, dass du darin fürwahr ausgezeichnet bist. Ich schätze, seine gute Tat für Weihnachten bestand bereits darin, dir diesen Job zu geben, obwohl du vollkommen unqualifiziert dafür bist. Ihr alle, um genau zu sein«, füge ich leiser hinzu und deute mit dem Kinn auf die desinteressierte, große Frau im Elfenkostüm, die eilig mit langen Nägeln auf ihr Smartphone eintippt und sich wenig um ihre Umgebung schert.

Das Platzen ihrer Kaugummiblase überdeckt sogar das Kreischen der einkaufenden Kinder.

Gabriel folgt meinem Blick und verdreht die Augen. »Wenn du mich für ungeeignet für diesen Job hältst, dann hast du noch nicht gesehen, wie andere hier arbeiten. Ich habe noch nie eine Frau kennengelernt, deren Schwanz-Ortungs-Gerät derart verzweifelt läuft, wie ihres.«

Emilia zupft an meinem Ärmel. »Was ist denn ein Schwanz-Ortungs-Gerät?«

Ich werfe Gabriel einen langen, sarkastischen Blick zu. »Oh, danke. Das ist Grund sechshundertdreizehn, warum ich an deinen Kompetenzen für die Arbeit mit Kindern zweifle.«

Er ist nicht im Mindesten beeindruckt, vielmehr grinst er breit. »Nur sechshundert? Andererseits bleiben mir noch einige Tage bis zu diesem dummen Fest. Soll ich der Kleinen noch mehr Worte beibringen?«

»Emilia, wir müssen nun gehen. Nimm dir doch eine Puppe mit, wenn du sie nicht magst, schenk sie einfach einem der kleineren Kinder«, ermutige ich meine Begleitung schnell, ehe der ungehobelte Santa seinen Worten Folge leisten kann. Dieser Mann ist unmöglich.

Mit einem schamlosen Lächeln, welches sogar unter dem Bart sichtbar ist, greift er nach einem Päckchen und hält es Emilia entgegen.

Sie tritt vor und holt es sich ab. »Danke, aber du kannst morgen trotzdem kommen.«

»Emilia!«, zische ich nun lauter.

Gabriels Blick wandert zwischen mir und dem Kind hin und her.

»Wer weiß, vielleicht passiert ja das eine oder andere Weihnachtswunder. Ich gebe meinem Chef auf jeden Fall deinen Wunsch weiter, wie ab jetzt jeden Tag.«

Er zwinkert mir zu und hebt die rechte Hand,

um Emilia zuzuwinken.

»Bis morgen, Santa«, zwitschert diese fröhlich und hüpft in Richtung Ausgang. Für einen Moment stehe ich etwas verloren vor Gabriel, dann winke ich ihm ebenfalls zu und drehe mich hastig um, pralle dabei gegen einen hinter mir stehenden Mann.

»Oh, Verzeihung!«, murmle ich, während sich Blut in meinen Ohren zu stauen beginnt. Eilig laufe ich Emilia nach, werfe nur einen einzigen, schnellen Blick zurück um zu bemerken, dass beide Männer mir nachsehen.

Oh Gott, was war das denn? Mit leichtem Ärger rufe ich meinen seltsam rebellierenden Körper zur Räson und bitte inständig, dass Gabriel Emilias unmögliche Bitte rasch wieder vergisst.

Aber brauchen wir nicht jede Hilfe, die wir bekommen können?

Kleine Geschenke erhalten die Feindschaft

Beinahe lächle ich. Das passiert in ihrer Gegenwart verdammt oft, als wäre mein Hirn nicht länger Herr meines Körpers.

Dreizehnter Dezember

Gabriel

»Und du gehst jetzt wirklich dahin? Zu *ihr*?«, betont Ben vollkommen übertrieben mit einem mehr als breiten Grinsen und legt sein Kinn auf seiner Hand ab, blinzelt dramatisch. »Das ist so unfassbar *romantisch*. Bitte lass mich dieses Mal die Kirche für deine Hochzeit auswählen, die letzte war furchtbar kalt und grau – andererseits hat das vorzüglich zu Melanie gepasst.«

Ich verdrehe meine Augen und lasse mir den dritten Kaffee raus, um endlich ein wenig wacher zu werden.

»Scheiße, Ben, geht das Kreuzverhör jetzt weiter? Und lass deine seltsamen Gedankengänge ruhig unausgesprochen in deinem Kopf. Hast du keinen Ausschalter, irgendwo, bitte?«, murre ich mit heiserer Stimme.

Nachdem der Idiot gestern aufgetaucht ist um mir bei meiner Arbeit zuzusehen und Brandy ihn förmlich über den Haufen gerannt hat, ist er vollkommen aus dem Häuschen. Bereits in der Mall konnte er kaum an sich halten, mich auszufragen. Als ob es da etwas zu wissen gäbe. Ich weiß noch immer nicht, wer diese Frau eigentlich ist, kenne nicht mehr als ihren Namen und ihren ehrenamtlichen Beruf. Doch dass sie es schafft, mich zum Lächeln zu bringen, reicht ihm absolut aus, um bereits unsere Hochzeit zu planen.

Scheiße, als ob ich mir den Stress jemals wieder gebe. Noch dazu muss ich andauernd wiederholen, dass ich sie nicht kenne, verdammt noch mal.

Vermutlich hätte Ben längst klein beigegeben, hätte sich Candy nicht aus ihrer zombiehaften Fixierung auf ihr Smartphone gelöst, um ihm zu bestätigen, dass Brandy jeden Tag aufschlüge und wir uns jeden Tag unangemessen lang unterhalten würden.

Verdammte Candy.

»Kreuzverhör, jetzt atme mal locker durch die Hose, du unentspannter Brummbär«, gibt Ben fröhlich zurück. »Du müsstest mir nur endlich meine zwei, drei Fragen beantworten und ich würde dich auf der Stelle in Ruhe lassen, das weißt du.«

Das weiß ich und trotzdem möchte ich nicht. Auch, weil ich es schlichtweg nicht kann. Ich kenne sie nicht, nicht ihre Lebensumstände, nicht ihre Absichten, sofern sie welche hat. Vielleicht ist sie einfach eine nette Frau.

»Eine nette Frau, die dir gehörig Kontra gegeben hat und dich nonstop zum Lächeln bringt!«, ergänzt Ben aufgeregt und ich verfluche mein Gehirn, weil es offensichtlich vor dem dritten Kaffee zu nichts zu gebrauchen ist und mich reden statt denken lässt.

»Dieser Satz war nicht für deine Ohren bestimmt, der sollte nur in meinem Kopf sein«, knirsche ich unwirsch. Seltsamerweise entzückt ihn meine Antwort.

»Oh, sie ist schon so sehr in deinem Kopf? Das freut mich über alle Maßen, endlich vertreibt sie die beschissene Melanie von ihrem dubiosen Thron in deinen Gedanken.«

Ich runzle die Stirn, drehe mich mit meiner Tasse in der Hand zu ihm um, lehne mich an die Küchenzeile.

»Melanie ist **nicht** in meinem Kopf und schon gar nicht auf einem wie auch immer gearteten **Thron**, darauf kannst du aber einen lassen!«

Ben sieht mir tief in die Augen, unangenehm lange, bis ich unter seinem forschenden Blick unruhig werde.

»Gab, seit eurer Trennung hast du keine andere Frau auch nur angeschaut, warst nur voll lauter, verzehrender Wut auf alles und jeden in deinem Umfeld. Du hast auf Mel geflucht, gleichzeitig aber nichts auf sie kommen lassen, hast ihr sogar geglaubt, dass etwas mit **dir** nicht stimmt. Glaub mir, wenn ich dir als dein Freund und Beobachter sage, dass du endlich auf dem richtigen Weg bist, dich aus einer seltsamen Hörigkeit zu lösen. Endlich scheinst du nicht mehr ihr willenloser Sklave zu sein.«

Das sind ziemlich viele Worte, die ich nicht hören will, für einen Sonntagmorgen.

Ich erwidere seinen kleinen Vortrag mit einem bösen Blick und strafe ihn mit eisernem Schweigen, während ich meinen Kaffee herunterkippe.

Ich will nicht über Melanie und unsere seltsame Beziehung nachdenken. Scheiße, ich will mir nicht vor Augen führen, was mir diese Frau alles genommen und zerstört hat. Ich möchte nicht wissen, wie ich heute wäre, wenn sie mich nicht zwischen ihre zermalmenden Klauen bekommen hätte. Sich an ein Was-wäre-wenn zu klammern verdirbt einem sowohl Gegenwart als auch Zukunft und schmälert den Erfolg der eigenen Entwicklung. Als wäre es nicht genug, was man auch ohne jenes fiktive Ereignis erreicht hätte ...

Aber der kleine Teil in mir, der weiß, dass Ben verflucht nochmal recht hat, ist bereits wach und piesackt mich, hört nicht auf meinen Kopf, der ihm wütend befielt, zu schweigen.

»Ich gehe jetzt. Wir sehen uns heute Abend«,

gebe ich knapp zurück und will auf dem Absatz kehrtmachen, aus der Küche stürmen.

»Grüß Brandy nett von mir!«, ruft Ben hinterher.

»Sie kennt dich doch gar nicht!«, gebe ich verbissen zurück, schlüpfe in Jacke und Schuhe.

»Du gehst also zu ihr? Ich wusste es!«, triumphiert er kichernd. Ich verdrehe stöhnend die Augen und schlage die Tür hinter mir zu.

Verdammter Ben.

Das Waisenhaus ist wirklich in einem mehr als heruntergekommenen Zustand, zumindest von außen. Über den Innenbereich kann ich natürlich nichts sagen, doch dies ist kein Zuhause für Kinder, das fällt sogar mir auf, der ich absolut kein Händchen für kleine Menschen habe.

Kurz überlege ich, was genau ich eigentlich vorhabe, dann geht die Tür auf. Mit einem gewaltigen Ruck schlägt sie an die dahinterliegende Wand und das triste Haus erbricht einen gewaltigen Schwall bunter Kinder, die lärmend und schreiend die Treppe hinunter in den Garten sausen.

»Nicht mit der Tür knallen, das wisst ihr doch!«, ertönt Brandys Stimme nachdrücklich, ehe sie selbst in Erscheinung tritt.

Sie hat ein Kind auf der Hüfte und redet mit

leiser Stimme kopfschüttelnd auf es ein.

Dann fällt ihr Blick auf mich, der ich vor dem Gartentor stehe.

»Kann ich Ihnen helfen?«, fragt sie irritiert nach, ehe sie langsam die Treppe hinuntergeht, auf mich zukommt.

Beinahe lächle ich. Das passiert in ihrer Gegenwart verdammt oft, als wäre mein Hirn nicht länger Herr meines Körpers. Sowas fehlt noch, ein seniles Grinsen wo ich gehe und stehe.

Ich bringe rasch meine Mundwinkel unter Kontrolle und sehe kurz zu Boden, unterbreche den Blickkontakt, um mich zu sammeln. Als ich wieder aufsehe, mustert sie mich immer noch abschätzend.

»Kann ich **dir** helfen? Sag bloß, du erkennst mich ohne Bart nicht.«

Sie braucht einen Moment, dann werden ihre Augen groß und beinahe vollkommen rund.

»Gabriel?«

Es ist etwas an der Art, wie mein Name von ihrer Zunge rollt. Er klingt gut aus ihrem Mund, selbst wenn sie ihn so gepresst, fragend, vollkommen überrascht ausstößt.

Nun lächle ich wirklich.

»Ich sehe, du hast nicht damit gerechnet, dass ich wirklich aufschlage, ist das möglich?«

Sie antwortet nicht direkt, ist viel zu sehr damit beschäftigt, mich einfach anzustarren, versucht aus der Situation klug zu werden. Sie beißt sich auf die Lippe, schiebt diese hin und her.

»Es ist nur ...«, setzt sie an und verstummt dann doch. Eine zarte Röte bildet sich auf ihren Wangen aus. Da es heute nicht so ätzend kalt ist wie die letzten Tage, hat sie auf ihre Mütze verzichtet, ihr langes Haar ist zu einem chaotischen Knoten im Nacken geschlungen, aus welchem sich bereits mehrere Strähnen der dunkel golden schimmernden Pracht gelöst haben.

Eine der Strähnen fällt ihr penetrant vor die grauen Augen, energisch schüttelt sie den Kopf, um sie zu vertreiben.

Mir fällt auf, dass ich sie seit beinahe zwei Wochen fast jeden Tag sehe und doch nie bei Tageslicht, immer nur in der surreal funkelnden Winterscheinwelt der Mall.

Ihr Teint ist blass, aber ebenmäßig, wie Porzellan, ihr herzförmiges Gesicht verleiht ihr etwas Zerbrechliches, zugleich sagt mir eine leise Stimme, dass dieser Eindruck absolut trügerisch ist, sie sich von nichts und niemandem brechen lässt.

Sie ist hübsch, verflucht hübsch.

Mein Gehirn hat diesen Gedanken ausgebrütet, ehe ich mir darüber im Klaren bin. Rasch schürzte ich die Lippen, schüttle den Kopf.

Lass das gefälligst.

Doch mein Oberstübchen wäre nicht, wie es nun einmal ist, wenn es tatsächlich auf mich hören würde ...

Während wir so dastehen, und uns belämmert anstarren, als hätten wir einander noch nie gesehen, wird mir klar, dass ich sie *mag*.

Ich mag Brandy.

Wann ist denn das passiert?! Noch vor wenigen Tagen habe ich ihr gesagt, dass ich sie nicht ausstehen kann. Wann genau hat sich dieses Gefühl ins Gegenteil verkehrt?

Noch während dieser Gedanke in meinem Körper wild Ping Pong spielt und in jeder getroffenen Zelle ein strahlend warmes Lichtermeer zu erzeugen versucht, schiebt sich die Erkenntnis darüber ein, dass mich diese Überlegung gar nicht überrascht.

Ich weiß das schon lange. Vielleicht schon, seit ich aus ihrem Mund gehört habe, dass ich ein Arsch bin. Ich *wollte* es wohl nur nicht wahrhaben.

Langsam öffnet Brandy den Mund, ich höre, wie sie Luft holt ...

Dann wird der Zauber gebrochen.

»Verflucht, Brian, wie oft habe ich dir schon gesagt, dass du deine Finger von gelbem Schnee lassen sollst! Das ist so ekelhaft!«, schreit eine leicht resignierte Stimme.

Gelächter antwortet ihr. »Du hast ‚verflucht' gesagt! Einen Dollar in die Fluchdose!«

Laut polternd wirbelt eine zweite Frau die nicht sonderlich stabil wirkende Treppe herunter.

»Ich stecke gleich etwas anderes woanders

hin«, dringt es verkniffen an mein Ohr, gefolgt von »Scheiße, Brandy, ich dachte, du schaust nach ihnen während ich schnell auf der Toilette bin.«

Dann erst nimmt die Frau mich wahr.

»Oh. Vergessen Sie das. Und Sie sind?«

Brandy schafft es endlich, sich von mir zu lösen, dreht sich auf dem Absatz zu ihr um, mir den Rücken zu.

»Oh, verzeih Lauren, ich war abgelenkt. Das ist Gabriel. Ich schätze, er ist gekommen, um uns zu helfen?«

Blaue Augen mustern mich kühl, dann weiten sie sich ein wenig, mustern mich abschätzig von Kopf bis Fuß. Amüsiert halte ich still, lasse sie starren.

»Gabriel also. Santa höchstpersönlich, wie? Oder heute in Funktion des Erzengels unterwegs? Habe ich es mir doch gedacht.« Sie knufft Brandy mit dem Ellenbogen, beugt sich zu ihr und flüstert so laut, dass ich es problemlos hören kann »Ich wusste, dass er gut aussieht, aber **so** gut?! Ab morgen gehe ich mit den Kids ins Einkaufszentrum.«

»Verdammt, Lauren!«, zischt Brandy und drückt ihr das erstaunlich ruhige Kind in die Arme. »Sei still und sieh lieber nach Brian. Die Kinder sind verdächtig leise.«

Wie von der Tarantel gestochen zuckt die Frau herum, als ihr bewusst wird, dass die lärmenden Kinder tatsächlich verstummt sind.

»Oh nein. Hoffentlich nicht wieder ein totes Opossum.« Dann eilt sie davon, lässt mich erneut mit Brandy alleine. Sie atmet noch einmal durch, ehe sie sich zu mir dreht, ein verlegenes Lächeln auf den schön geschwungenen Lippen.

»Das ist Lauren. Sieh es ihr nach, sie ist quasi das ganze Jahr von Kindern umgeben und vergisst dann und wann, wie sich normale Erwachsene benehmen.«

»Geht schon klar. Lässt du mich eigentlich rein oder soll ich euch von hier aus zuschauen?«, gebe ich zurück, erwidere ihr Lächeln, ohne auch nur einen Moment zu zögern.

‚Du nervst, Sonnenschein', ätzt mein Kopf, ich wische den Gedanken beiseite. Da ist nicht ein Funken Ärger in mir. Kein Frust. Kein Zorn, nicht einmal über die Tatsache, dass meine Zehen bereits jetzt kalt sind.

»Klar. Komm bitte«, erwidert sie, öffnet das quietschende Tor. Nachdem sie es hinter mir geschlossen hat, fällt ihr Blick auf meine Hände.

»Hast du zwei Hände und ein leichtes Kaffeeproblem?«

Erst jetzt erinnere ich mich daran, dass ich in einem seltsamen Anflug aus Freundlichkeit bei Starbucks zwei Cappuccino mitgenommen habe. Mit feierlicher Miene reiche ich ihr einen.

»Ich habe viele Probleme, aber Kaffee ist keines davon. Er ist vielmehr die Lösung für alles.«

Ihre Augenbraue zuckt nach oben.

»Der ist für mich?«

Ich nickte und warte geduldig, bis sie mir den Becher aus der rechten Hand genommen hat, die ich ihr entgegenstrecke.

Vorsichtig nimmt sie einen Schluck. Dann wirft sie mir einen distinguierten Blick zu, der sich einer Spur von Schalk nicht erwehren weiß.

»Er ist kalt.«

Ich zucke mit den Schultern und grinse in mich hinein.

»Kleine Geschenke erhalten die Feindschaft.«

»Sind wir das? Feinde?«

Ihre eigenartig nachdenkliche Frage auf meinen gedankenlosen Witz lässt mich stocken, wieder zucke ich mit den Achseln und räuspere mich, bleibe ihr eine Antwort schuldig. Mein Kopf jedoch führt seine eigenen Gespräche.

Nein.

Wenn es nach mir geht, sind wir längst keine Feinde mehr. Waren es vielleicht niemals.

Ehrlichkeiten

»Na dann hopp auf meinen Schoß und wehe, du warst ein unartiges Mädchen.«

Vierzehnter Dezember

Brandy

Einen Keks?«

Mit einem leicht nervösen Lächeln halte ich die durchsichtige Tüte in meiner Hand nach oben, als hätte er sie nicht ohnehin schon längst gesehen.

»Wie bitte?«, gibt er dennoch etwas irritiert zurück.

Mein Lächeln wird breiter, summt warm in meinem Kopf. Was ist das denn nun?

»Ob du einen Keks möchtest. Er ist bereits kalt, passt also ausgezeichnet zu dem Kaffee, den du mir gestern gebracht hast. Du weißt ja, kleine Geschenke und so ...«

Ich brabble. Innerlich die Augen verdrehend klappe ich den Mund zu und warte etwas betreten auf seine Reaktion.

Warum mache ich mir die Mühe überhaupt?

Das ist eine ziemlich dämliche Frage.

Es ist ein kleiner Dank für seine Hilfe am vergangenen Tag. Er hat darauf bestanden, absolut keine Gegenleistung für seine tatkräftige Arbeit zu erhalten, doch ich bin kein Freund von ‚einfach hinnehmen'. Nicht nur, dass er uns die meisten schweren Arbeiten abgenommen hat, er ist auch bei der Dekoration und dem Aufstellen des kleinen Baumes eine große Hilfe gewesen.

»Ich dachte, wir hätten geklärt, dass wir keine Feinde sind?«, brummt Santa unter seinem dichten Bart.

Ich zucke die Schultern. »Der eigentliche Wortlaut ist ja auch ‚Kleine Geschenke erhalten die Freundschaft'. Gemessen daran ist das doch angemessen. Oder magst du etwa keine Kekse?«

»Gibt es wirklich Menschen, die keine Kekse mögen?«, gibt er mit einem neckenden Unterton in der tiefen Stimme zurück. »Wenn ja, dann freue ich mich außerordentlich dir mitteilen zu dürfen, dass ich keiner von ihnen bin.«

Langsam greift er zu, nimmt das Gebäck aus meiner Hand. Bevor er hineinbeißt wirft er mir einen seltsam eindringlichen Blick zu.

»Freunde also, wie? Sind wir jetzt Freunde?«

Ich beiße mir auf die Lippe, überlege, ob ich damit zu weit gehe. Andererseits gedenke ich auch nicht, mich einschüchtern zu lassen.

»Von meiner Warte aus ja. Ja, wir sind Freunde. Ist das okay für dich?«

Ich meine, eine Spur von Enttäuschung in seinem Gesicht erhaschen zu können, doch was weiß ich schon, immerhin sehe ich nur die Hälfte davon. Der Rest ist verborgen unter Mütze und

Bart.

»Freunde klingt gut«, brummt er und zieht den Bart herunter, um in meine krümelige Kreation zu beißen.

»Aber Santa, was, wenn die Kinder das sehen!«, weise ich ihn gespielt entrüstet zurecht und zeige auf seinen Bart, der ihm schief vom Kinn baumelt.

Er schnaubt.

»Sieh dich um, Sonnenschein, es ist kein Einziges da, nicht einmal du hast einen deiner Quälgeister mitgebracht.«

Damit hat er recht. Ich habe den ganzen Tag mit den Kids in der Küche verbracht, um mit ihnen Kekse zu backen. Es ist beinahe acht Uhr und sie müssen nun ins Bett. Um diese Routine nicht durcheinanderzubringen, bin ich alleine hier aufgeschlagen.

Nicht, dass es dafür einen wirklichen Grund gäbe. Außer vielleicht, mich noch einmal für gestern zu bedanken.

Die leise Stimme in meinem Kopf, die mich für meine Lüge mir gegenüber schilt, ignoriere ich gekonnt.

»Ich bin spät heute, ich weiß. Aber ich wollte mich noch einmal bedanken, für deine tatkräftige Unterstützung. Das war sehr nett von dir.

Er zieht eine Augenbraue nach oben, sein markanter Kiefer bewegt sich gleichmäßig, während er kaut.

Lauren hat recht.

Er sieht tatsächlich gut aus.

Noch bevor ich mein Hirn davon abhalten kann, erstellt es vor meinem inneren Auge eine detaillierte Liste über all seine äußeren Vorzüge.

Seine tiefen, blauen Augen, die jetzt wie das Meer an einem ruhigen, sonnigen Tag wirken, meist allerdings sehr viel dunkler scheinen, gerade, wenn er zornig ist.

Der leichte, dunkle Bartschatten, der seine vollen Lippen, das kräftige Kinn perfekt zur Geltung bringt.

Seine Nase, die weder zu groß, noch zu klein ist, sondern wie gemacht für sein männliches Gesicht. Altgriechische Bildhauer hätten eine Freude daran, sein Profil in Marmor zu verewigen.

Ein Krümel hängt an seiner Lippe. Ich bin versucht, ihn wie bei einem Kind wegzuwischen, kann gerade noch an mich halten, nicht noch näher auf ihn zuzutreten. Wieder malträtieren meine Zähne meine untere Lippe.

Er schluckt nun runter, ich sehe seinen Adamsapfel in dem breiten Hals zucken. Irgendwas daran bringt mich dazu, es ihm gleich zu tun, ich schlucke hart. Hörbar.

»Du machst den weiten Weg hier her, um mir mit einem Keks danke zu sagen? Hätte das nicht auch morgen gereicht, wenn du dir eins der Kinder ausgesucht hast, um die Standhaftigkeit meiner Nerven zu testen?«

Er beugt sich vor, ein schiefes Lächeln hebt seinen rechten Mundwinkel, erzeugt ein Grübchen auf seiner Wange. Ich schlucke wieder, vollkommen verwirrt.

»Ich ... nein, ich denke nicht. Ich wollte einen ruhigen Moment abpassen und dir nicht zwischen Tür und Angel und dutzend anderen Menschen einen lieblosen, flüchtigen Dank zuwerfen, ehe ich weiterrenne und du weiter Kinder ängstigen musst.«

Nun hebt sich auch sein zweiter Mundwinkel zu einem einnehmenden Lächeln.

»Dank dankend angenommen, auch wenn es keines Dankes bedarf. Ich habe gern geholfen. Schmälert die Erwartung eines Dankes nicht die freiwillig erbrachte Leistung? Genau genommen, wenn ich ganz ehrlich sein soll, hat es mir sogar Spaß gemacht. Nicht einmal die schiere Übermacht der Kinder konnte mir etwas anhaben und das grenzt an ein Wunder. Ich mag Kinder nicht sonderlich, doch ein paar deiner Schützlinge sind ganz erträglich.«

»Denkst du nicht, dass du den falschen Beruf hast, wenn du Kinder gar nicht leiden kannst?« Neugierig lege ich den Kopf schief, versuche auszublenden, wie gut Santa aussieht und wie gut er verdammt nochmal riecht, wenn ich ihm so nahe stehe und warte auf seine Antwort.

Er zieht die Schultern nach oben, das Lächeln verfällt. Nun nimmt er auch die Mütze ab und fährt sich durch das leicht verschwitzte, kurze, braune Haar, sodass die Strähnen wild in alle Richtungen abstehen.

Es ist unverschämt, so gut auszusehen.

Halt den Mund! Konzentrier dich!

Robbie Williams ‚Time for Change' säuselt durch die recht still daliegende Mall. Wie passend.

»Du willst die Wahrheit, Brandy?«

Ich nicke, wage gar ein leichtes, verschlagenes Grinsen. »Oh ja, bitte Santa, das ist mein größter Wunsch zu Weihnachten«, piepse ich mit hoher, kindlicher Stimme.

Er erstarrt für einen Moment, dann ist es zurück, das schiefe Lächeln. Er lehnt sich zurück und macht die Beine breit, klopft auf seinen linken Oberschenkel.

»Na dann hopp auf meinen Schoß und wehe, du warst ein unartiges Mädchen.«

Ich starre ihn an, Hitze schießt durch meinen gesamten Körper, lässt meinen Mund trocken werden. Mein Kopf ist derart rot, derart unter Druck, dass ich fürchte, er könne auf meinen Schultern einfach explodieren.

Scheiße, hat er das gerade echt gesagt?!

Bevor ich eine Antwort stammeln kann bemerke ich, dass auch er errötet. Sich räuspernd beugt er sich wieder vor, weicht meinem Blick aus.

»Verflucht, war das eigenartig. Entschuldige, in meinem Kopf klang das irgendwie weniger ...« – »Sexy?«, hauche ich mit heiserer Stimme.

Meine Ohren stehen in Flammen.

Nun schnellt sein Blick wieder zu mir. Seine Augenbraue hebt sich leicht.

»Ich wollte sagen ‚versaut', aber gut zu wissen ... nein, vergiss das. Ich möchte natürlich ehrlich zu dir sein. Mach dich aber gefasst darauf, dass es dein Bild von mir erschüttern könnte. Vielleicht willst du die Kids danach auch gar nicht mehr zu mir bringen ...«

Nun ist es an ihm, verlegen zu brabbeln und mit viel Fantasie könnte man meinen, dass ihm der Gedanke, die Kinder und mich nicht mehr zu sehen, unwohl ist.

Freut er sich etwa mittlerweile darauf, wenn wir hier rein schneien?

»Ich bezweifle sehr, dass du etwas sagen könntest, was mich derart schockiert«, versuche ich ihn zu beruhigen.

Er seufzt.

»Na dann – ich bin nicht freiwillig hier. Ich leiste Sozialstunden ab. Das hier, das ist definitiv besser, als eine Freiheitsstrafe, wie gering sie auch ausfallen würde.«

Meine Augenbrauen wandern nach oben, beide zeitgleich. Ich höre in mich hinein, doch tatsächlich ist nichts an diesen Worten, was mich schockiert.

»Wärst du arg gekränkt, wenn ich dir sage, dass dies tatsächlich ziemlich gut passt? Du erschütterst mein Bild nicht, du komplettierst es«, gebe ich zurück. »Was hast du angestellt?«

Er kneift ein Auge zu, beißt sich auf die Lippe.

»Ich ... ich habe ... es ist so, ich war verheiratet und durchlebte eine äußerst unschöne Trennung. Und das ist noch wirklich beschönigt ausgedrückt für die ganze Scheiße. Ich war also sehr wütend und kopflos und habe im Affekt all die Klamotten meiner Ex auf die Straße gezerrt und dort angezündet. Stellt sich heraus, das waren wohl seltene Stücke von Chanel oder so etwas und wirklich, *wirklich* teuer. Sie war fuchsteufelswild, was witzig ist, weil sie *mich* immer für den aggressiven Part gehalten hat. Beinahe hätte sie mich vor allen Nachbarn verdroschen. Tja, und deswegen sitze ich hier.«

»Santaaaa, jetzt komm endlich zum Schluss. Es ist nach acht und wir wollen nach Hause«, quengelt da eine hohe Stimme. Es fällt mir schwer, meinen Blick von Gabriel zu lösen, aber das muss ich auch nicht. Die nuttige Elfe schiebt sich in mein Sichtfeld.

»Hallo, die Mall schließt jetzt, du kannst gehen!«, erklärt sie mir in derart nasalem Ton, dass ich ihr einen Termin beim Hals-Nasen-Ohren-Arzt empfehlen möchte.

Doch ich verkneife mir meinen Sarkasmus, mit ziemlicher Sicherheit versteht sie ohnehin nicht, auf was ich damit hinaus möchte.

»Gott, Candy, verschwinde! Ich komme ja gleich«, knurrt Gabriel genervt und fuchtelt mit seiner Hand, als wäre die Blondine nicht mehr als eine Fliege, die es zu verscheuchen gilt. Und tatsächlich zeigt sein Wedeln Wirkung – sie verdreht ein letztes Mal die Augen, schmatzt unangenehm laut mit ihrem Kaugummi und stolziert davon.

»Gott. Wenn deine Ex nur ansatzweise so penetrant und nervig war, dann verstehe ich das mit den Klamotten«, rutscht es mir heraus, ehe ich es verhindern kann.

Er legt den Kopf schief, sieht mich einen Moment sinnierend an, dann lächelt er breit.

»Das ist das Einzige, was du zu dieser Geschichte zu sagen hast? Ich bin quasi ein Verbrecher, leihe mir dieses Kostüm unangebrachter Weise nur aus – und auch absolut unfreiwillig. Ich hasse Weihnachten. Ich hasse Kinder.«

Ich gluckse. »Na das erzähl einmal Wyona, sie hat dich nach gestern wirklich ins Herz geschlossen. Und es braucht viel, um diese Mauern zu überwinden.«

Er schürzt die Lippen. »Vielleicht kann ich meine Aussage dahingehend revidieren, dass ich deine Kids nicht ganz so sehr hasse, wie alle anderen auf dieser Welt.«

»Deal«, erwidere ich grinsend, ehe ich unschlüssig mit den Armen schlenkernd dastehe. »Also, dann gehe ich mal. Ich hab ja nun Stoff genug zum Nachdenken. Zu meinem Glück besitze ich nichts so Wertvolles, dass ich dich für dessen Verbrennung vor Gericht zerren müsste.«

Er legt Mütze und Bart auf seinem Schoß ab,

zieht sich die Handschuhe von den langen, wirklich sehr langen Fingern und wiegt alles nachdenklich in der rechten Hand, ehe er mir von unten her durch seine dichten Wimpern hindurch einen verschmitzten Blick zuwirft.

»Um es derart eskalieren zu lassen, müsstest du mich davor heiraten und über zwei Jahre hinweg systematisch zur Weißglut treiben, bis ich vergesse, wer ich einmal war. Hast du das vor? Wie sieht denn deine Planung der nächsten Zeit aus?«

Er meint es als Scherz.

Meint er es als Scherz?

»Ich ... ich gehe jetzt nach Hause. Das ist mein Plan. Alles andere kommt später«, stammle ich wenig beeindruckend und mache einen Schritt zurück, vollkommen verwirrt über die seltsamen Bilder in meinem Kopf.

Er tritt zwei Schritte vor, streckt seine Hand aus. Ohne darüber nachzudenken, mein Gehirn ist viel zu sehr mit einem Bild von mir in einem schlichten Hochzeitskleid beschäftigt, lege ich meine Hand in seine.

Anstatt sie zu schütteln hebt er sie an seinen Mund, haucht mit warmen Lippen einen Kuss auf meinen feucht-klammen Handrücken. Seine Augen spiegeln das Funkeln der uns umgebenden Lichterketten wieder. Der Ausdruck in ihnen ist schwer zu deuten. Eine Gänsehaut bildet sich auf meinen Armen, meinem Oberkörper, über die Hüfte bis hinab zu meinen

Füßen.

»Danke für die Kekse. Sie sind exquisit. Komm gut nach Hause, Brandy. Ich hoffe, wir sehen uns morgen. Du bist offen gestanden das Highlight jedes Tages.«

Oh oh.

Er ist mir ziemlich nahe. Seine Worte summen süß in meinen Ohren, lassen mich schaudern. Und seine Lippen fühlen sich so gut auf meiner Haut an, dass ich mich unwillkürlich frage, wie sie sich auf meinem Mund anfühlen würden ...

Ich muss hier weg.

Zu viele Bilder in meinem Kopf, zu viel Verwirrung in meinem Herz.

Wenn ich mich nur ein wenig vorbeuge ... wenn ich mich auf die Zehenspitzen stelle ... wenn er seinen Kopf zu mir hinabsenkt ... Ein Kuss nur, ein einziger ...

Nach Hause.

Ich muss nach Hause. Zu Wyatt. Fremde Menschen zu küssen ist sein Metier, nicht meines. Ich bringe keine Haare an meinem Mantel nach Hause. So bin ich nicht.

Ich entreiße Gabriel meine Hand und fliehe Hals über Kopf.

Es rappelt im ~~Karton~~ im Lebkuchenhaus

Ich kenne Menschen seines Schlages. Ich kenne ihn, weil ich ebenso bin. Seit langer Zeit. Seit Melanie.

Fünfzehnter Dezember

Gabriel

Wie kann es nur sein, dass ein ganzer Tag förmlich an einem vorbeifliegt, wenn man ihn mit etwas Spaßigem verbringt, sich eine einzige Stunde jedoch in die Unendlichkeit auszudehnen scheint, sowie man eine ungeliebte Tätigkeit verrichtet?

Dass ich kaum geschlafen habe, ist meiner Laune nicht gerade zuträglich, vielmehr steigert meine Müdigkeit meine Unerträglichkeit ins Unermessliche. Doch an Schlaf war nicht zu denken nach diesem eigenartigen Zwischenfall zwischen ihr und mir.

Ich habe mich hinreißen lassen, gestern Abend, bin Brandy näher gekommen, als ursprünglich beabsichtig.

Viel näher.

Denn eigentlich hatte ich gar nicht die Absicht, ihr überhaupt auf irgendeine Art und Weise auf die Pelle zu rücken. Doch etwas an ihrer ehrlichen, geradlinigen, aufrichtigen Einstellung zieht mich wie die sprichwörtliche Motte ins Licht.

Und das, obwohl ich mir noch nicht im Mindesten darüber im Klaren bin, ob ihr Licht meine Dunkelheit vertreibt oder mich über kurz oder lang ebenso aus der Bahn werfen wird, wie das glücklose Insekt, welches in eine Lichtfalle gerät.

Ich schnaube. Warum genau mache ich mir überhaupt Gedanken darüber? Was macht diese Frau schon wieder in meinem Kopf? Dieser Sonnenschein mit den zwei Millionen Kindern, um die sie sich herzerwärmend innig kümmert, obwohl es nicht die Ihren sind – warum spukt sie einem Gespenst gleich immer wieder durch meinen Kopf?

»Santa, ich mach fix Pause, ja?«, reißt mich Candy aus meinem nichtsnutzigen Gedankenstrudel.

»Und warum genau teilst du mir das mit? Es hat mich bisher nicht interessiert und daran wird sich generell auch recht wenig ändern«, gebe ich schroff zurück.

Mein Tonfall stört sie nicht im Mindesten. Ganz im Gegenteil scheint sie ihn gar nicht mitbekommen zu haben. Mit einem ekelhaft breiten Grinsen starrt sie auf ihr Handy, tippt mit ihren langen Fingernägeln darauf herum, es klingt wie die Salven von Maschinengewehren.

»Ohhhh, er schreibt, dass er sich auf mich freut, ist das süß. Dafür bekommt er ein lol und ein hdgdl.«

Ich kann mir ein ungläubige Schnauben nicht verkneifen. »Herrgott, du bist zwanzig, nicht zehn und wir haben nicht mehr 2005, was stimmt nicht mit dir?«

Sie ignoriert mich mit ihrem debilen Grinsen und dreht sich von mir weg.

Auch gut. Wenn wir jetzt zu erörtern versuchen, was in diesem Oberstübchen verquer ist, sitzen wir gewiss an Silvester noch hier.

Candy verschwindet aus meinem Sichtfeld und ich widme mich ohne jeden Elan wieder meiner Aufgabe. Innerlich wie tot, verschenke ich Auto um Auto, Puppe um Puppe.

Die Zeit will nicht vergehen.

Und *sie* tut einen Teufel, hier aufzutauchen. Vermutlich hat sie meine Ehrlichkeit gestern verschreckt. Dabei bin ich mir nicht einmal sicher, wie ehrlich meine Aussage war – womöglich war es auch einfach ein seltsamer Anfall von säuseliger Lieblichkeit gewesen, ausgelöst von zimtigen Keksen unter Lichterketten, musikalisch begleitet von einfühlsamer Weihnachtsmusik und der molligen Wärme.

Ich vergrabe mein Gesicht in meinem Handschuh und stöhne resigniert. Das kann ich gut, Gelegenheiten auf eine völlig falsche Art und Weise nutzen.

Aber wie genau hätte ich sie denn nutzen wollen? Was für eine Intention habe ich bei der Interaktion mit Brandy? Worauf will ich hinaus?

Denn so gerne ich lachend abwinken und diese Frage der Lächerlichkeit preisgeben würde, ich kann es nicht. Ich muss mir eingestehen, dass diese Frau etwas in mir berührt hat, von dem ich angenommen habe, es wäre mir über die Zeit mit Melanie abhanden gekommen.

Hoffnung. Lebenswille. Lebensfreude. Einfach pure Lust am Sein.

Dass sie diese Gefühle in mir auslöst, sie aus einer Welle von Hass, Zorn und Müdigkeit gezogen hat, ehe sie endgültig darin untergehen, muss doch ein Zeichen sein. Und mag es an dieser dreimal verfluchten Weihnachtszeit liegen, aber ich bin mehr als bereit, endlich einmal auf Zeichen zu hören, statt sie zu ignorieren und dann dem Schiff meines Lebens beim Kentern zuzusehen.

‚My only wish' von Britney Spears untermalt meine inneren Gedankengänge farbenfroh.

»Puppe oder Auto?«, lasse ich meine monotonen Gesprächsoptionen automatisch ablaufen, während ich mein Hauptaugenmerk auf das in mich gerichtete Sinnieren halte.

»Oh, wenn ich wählen darf, dann gerne eine Puppe!«, gibt der Bub von etwa acht Jahren schüchtern zurück. Ohne darüber nachzudenken, greife ich zu dem gewünschten Päckchen.

»Eine Puppe, Justin?! Du bist ein Junge, Jungs spielen doch nicht mit verdammten Puppen!«, entrüstet sich sein Vater, ein riesiger Koloss von einem Mann.

Das Licht der Weihnachtsbeleuchtung spiegelt sich auf dem Schweiß, der seine Glatze überzieht, ich rieche seine Alkoholfahne bis zu mir.

Nach einem prüfenden Blick auf die Uhr stelle ich fest, dass dieser Vater wohl ganz nach dem Motto ‚Irgendwo ist immer nach vier Uhr nachmittags' lebt und sich bereits um elf Uhr vormittags den Weihnachtsurlaub mit der Familie schönsäuft.

Der Junge starrt betreten zu Boden, schluckt, rammt die Fäuste in die Taschen seiner Jacke.

»Ja, Dad. Dann nehme ich ein Auto«, flüstert er kaum hörbar.

Ich kneife meine Augen zusammen, starre den Vater vielsagend an, während ich mich langsam, ganz langsam vorbeuge und dem Jungen seine gewünschte Puppe reiche.

»Hier wünschen sich die Kinder etwas, nicht die Eltern. Das ist eine Puppe, Herrgott, kein verdammtes Tütü für den Ballettunterricht, kommen Sie mal klar«, erkläre ich dem Vater eindringlich.

Seine Körpersprache gibt deutlich zu verstehen, dass er es nicht gewohnt ist, auf Widerworte zu stoßen.

»Was sagst du, du Knilch? Steck dir deine Puppe in den Arsch und gib meinem Jungen ein Auto!«

Ich recke das Kinn und erhebe mich langsam. Natürlich bin ich in meinem Kostüm nicht sonderlich eindrucksvoll, dennoch bin ich etwa gleichgroß wie der Trunkenbold vor mir und im Vollbesitz der meisten meiner geistigen Fähigkeiten.

Zumindest in Besitz des kläglichen Restes, der nicht voller Gedanken an Brandy steckt.

»Ihr geht jetzt besser, bevor das Ganze eskaliert. Du willst doch nicht vor deinem Sohn das Gesicht verlieren, weil Santa dich windelweich prügelt, oder? Willst du dein Weihnachtsessen durch ein Röhrchen schlürfen? Nur zu, sprich deinen Wunsch und ich mache eine Ausnahme und erfülle ihn dir«, reize ich ihn mit leiser, aber eindringlicher Stimme.

»Wie redest du eigentlich mit mir«, schäumt der Hüne, ballt die Fäuste. Sein Atem stinkt fürchterlich. Sein Auftreten ringt mir lediglich ein müdes Lächeln ab.

Ich kenne Menschen seines Schlages, die stets auf Ärger aus sind, die Faust immer locker in der Tasche sitzen haben, so voller Hass auf die ganze Welt sind, dass sie ohne zu zögern bei der erstbesten Gelegenheit auf jemanden eindreschen. Ganz gleich ob verbal oder körperlich.

Ich kenne ihn, weil ich ebenso bin. Seit langer

Zeit. Seit Melanie.

Am liebsten würde ich ihm eine Lektion erteilen. Alles in mir brennt darauf, ihm eine zu verpassen.

Doch sein Sohn steht neben ihm, zieht ihn mit ängstlichem Blick am Ärmel. Da sind noch andere Kinder um uns herum. Zudem ist er es nicht wert, dass ich meine Arbeit, meine Sozialstunden aufs Spiel setze.

Mit seiner Wut umzugehen ist sein Problem, nicht das meine. Ich habe genug mit mir selbst zu tun.

»Du gehst jetzt. Nimm deinen Sohn und geh. Hier sind Securities, die verstehen keinen Spaß. Und dein Kleiner ist dabei. Erspar ihm diesen Anblick so kurz vor Weihnachten.«

Er will meine Worte ignorieren und weiter auf mich eindringen, doch sein Sohn ruft nach ihm, leicht verzweifelt.

»Bitte Dad, lass uns einfach gehen!«

Schnaubend starrt er mich an, sein Atem trifft mich ins Gesicht, lässt mich beinahe würgen. Ein Rumpeln ertönt hinter mir, ich blende es vollkommen aus, konzentriere mich ganz und gar auf meinen Kontrahenten.

»Das ist noch nicht vorbei, versprochen.«

Ich lasse seinen Ausspruch unkommentiert, verschränke nur die Arme vor der Brust. Er mustert mich ein letztes Mal von Kopf bis Fuß, nickt knapp und geht.

Ich atme tief durch. Dann lächle ich. Ich habe

der Konfrontation nicht nur direkt ins hässliche Gesicht gestarrt, ich bin ihr auch aus dem Weg gegangen. Es poltert erneut, doch ehe ich mich nach dem Ursprung umsehen kann, durchdringt eine Stimme den Lärm.

»Wenn das kein Weihnachtswunder ist – der kinderhassende Santa schlägt sich auf die Seite eines kleinen Jungen?«

Nun wird mein Lächeln noch breiter, und mir warm ums Herz, als ihre feixenden Worte meine Ohren streifen.

Endlich.

Ich merke, wie die letzte Unruhe von mir abfällt, ich ruhiger werde.

»Ich dachte schon, du kommst heute nicht.«

Sie will etwas erwidern, da rumpelt es erneut, ein schwer zuzuordnendes Geräusch, gefolgt von einem ziemlich eindeutigen Stöhnen.

Ich fahre herum, starre auf das kleine Lebkuchenhaus. Es wackelt eindeutig, schwingt in einem ziemlich unverwechselbaren Rhythmus. Und wieder ertönt ein Keuchen.

»Scheiße noch eins, siehst du das oder halluziniere ich?«, murmle ich fassungslos.

Da treibt es jemand im dekorativ errichteten Lebkuchenhaus. Bis gerade war mir nicht einmal klar, dass es begehbar ist – doch ganz offensichtlich ist dort nicht nur eine Person drin, sondern gleich zwei. Und sie versuchen einen dritten Menschen zu machen.

Wie angewurzelt stehen wir und starren.

Starren und stehen. Nur das Häuschen, das steht nicht still.

»Entschuldige mich. Das ist zu gut, um es nicht zu unterbrechen«, feixe ich und stiefle los, ignoriere ihren halblauten Ausruf.

Mein inneres Kind kann gar nicht anders. Es geht mir nicht um den schlechten Eindruck, den ein solches Intermezzo hinterlässt. Es geht mir schlichtweg um mein eigenes Vergnügen, *deren* Vergnügen zu unterbrechen.

Ich klopfe an der Tür.

»Man hätte sich das Ganze denken können, wenn man eine einzige funktionierende Gehirnzelle vorzuweisen hat, aber tatsächlich hört man jedes einzelne Geräusch hier draußen. Kommt ihr da mal raus? Das ist wirklich ekelhaft. Es sind Kinder anwesend!«, rufe ich.

Das Wackeln hält inne, ich höre gedämpftes, hektisches Flüstern.

Ich muss an mich halten um nicht laut hinauszulachen.

»Wir warten alle, sind schon ganz gespannt. Es gibt kein Entkommen. Wir haben vielleicht nicht gesehen, wie ihr reingeschlüpft seid, doch unerkannt entkommen könnt ihr nicht.«

»Ist ja gut, wir kommen raus«, antwortet eine gedämpfte, maßlos genervte Männerstimme. »Scheiße, ich habe dir gesagt, das ist eine dämliche Idee! ‚Das hört man nicht, sei mal entspannt, sei mal verrückt, sei nicht so verklemmt', alles am Arsch, verflucht!«, schimpft er gedämpft weiter.

Ich trete prustend zurück, als die Tür aufschwingt.

Aus dem Haus kriecht ein großer, sportlicher Mann in meinem Alter, mit gestyltem, dunklem Haar, welches er sich mit einer lässigen Handbewegung aus dem Gesicht streicht.

Hinter ihm erscheint ein allzu bekanntes Gesicht, das Makeup verschmiert, die Haare verwuschelt. Meine Belustigung kennt kein Halten mehr.

»Candy, du Luder, ich habe dir viel zugetraut, aber so etwas?! Du übertriffst dich selbst!« Die Angesprochene zuckt mit den Schultern, streicht ihr Kostüm glatt und kaut heftig auf ihrem Kaugummi. Sie muss mittlerweile Kiefermuskulatur aus Stahl haben.

Mein Blick wandert zu dem Typ.

»Und du bist?«

Er öffnet den Mund, gewiss um mir eine niederschmetternde Antwort zu geben, doch die Stimme, die ertönt, ist die einer Frau. Eine Stimme, die ich zu gut kenne, weil sie mir mittlerweile schon in meine Träume folgt.

»Das ist Wyatt. Mein Mann.«

Aussichtslose Schlachten kämpft man nicht

Wir waren in eine Illusion verliebt, in den sanften Schein einer möglichen Zukunft - nicht in unser Hier und Jetzt.

Sechzehnter Dezember

Brandy

Wir sitzen gemeinsam am Küchentisch, einander gegenüber und doch kilometerweit entfernt. Das Schweigen zwischen uns ist zu einer gewaltigen Wand herangewachsen, die spürbar, fast sichtbar zwischen uns steht.

Das ohnmächtige Summen in meinen Ohren ist seit gestern nicht einen Moment leiser geworden, eher noch angeschwollen, dröhnt nun so laut in meinem Kopf, dass es das schabende Geräusch meines Löffels in der Teetasse gar überlagert.

Obgleich wir seit gestern keinen Ton miteinander geredet haben, uns die Nacht Zeit genommen haben, damit jeder seine Empfindungen sortieren, sich Gedanken machen kann, wie wir einander entgegentreten, scheint es doch keine Worte zu geben, die der Situation angemessen erscheinen.

Man könnte meinen, die Ereignisse hätten sich gestern noch überschlagen, nachdem etwa ein Dutzend Menschen beobachtet hat, wie die nuttige Weihnachtselfe hinter meinem Mann aus diesem beschissenen Lebkuchenhaus geklettert ist. Doch dem ist nicht so. In vollkommener Stille sind wir in getrennten Autos nach Hause gefahren, blind und taub für meine Umgebung betrat ich unser Zuhause als Erstes. Das laute Knallen der Wohnungstür hinter mir zeugte davon, dass er ebenfalls angekommen war.

Es folgte nahezu machtloses Schweigen, das klein begann und sich in der gesamten Wohnung ausbreitete, bis es alles zu verschlucken scheint.

Bis jetzt.

Denn meine wirbelnden Gedanken beginnen sich zu fokussieren, sich auf einen Kerninhalt zu konzentrieren, wollen ausgesprochen werden ...

Die Absurdität der gesamten Situation ringt mir zuerst ein Schnauben ab, das zu einem leisen Kichern wird, sich steigert, immer weiter, lauter wird.

»Du hast es in einem Häuschen inmitten der Mall getrieben«, reiße ich mit sich überschlagender Stimme die Wand des Schweigens ein.

Ich würge ein lautes Lachen hervor, bekomme kaum Luft. Immer heftiger, fast schmerzend, dringt das Gelächter aus meiner engen Kehle.

In einem verdammten Lebkuchenhaus, ich fasse es nicht.

Das ist so .... stillos, dass es bereits wieder ikonisch ist. Wer macht denn so etwas?!

Ich lache, bis mir die Tränen über die Wangen laufen und mir klar wird, dass ich nicht mehr lache. Ich schluchze, schlage die Hände vors Gesicht, weine halblaut vor mich hin.

Er sitzt nur da, rührt sich nicht, wie erstarrt mustert er die Tischplatte vor sich. Kein Trost. Keine Entschuldigung. Kein einziges Wort.

Der Ansturm meiner Heultirade verebbt, macht einer brennenden Wut Platz.

»Scheiße, wie kommt man denn auf eine so maßlos **dumme** Idee? Du bist so ein kluger, überlegter Mann! Am helllichten Tage, mitten in der Mall, zur Weihnachtszeit?! Wo sie alle zum Einkaufen hinströmen, mehr noch als sonst?! Wie kann man denn so **bescheuert** sein?!«, fahre ich ihn wütend an.

Er schweigt. Also rede ich weiter, werde lauter. »Verdammt Wyatt, du bist Anwalt! Los! Verteidige dich! Sag etwas«, ich schreie nun beinahe, zornig über seine mangelnde Reaktion, über seinen Unwillen, etwas zu dieser Geschichte zu sagen, sich zu verteidigen, verdammt, sich auch nur zu *entschuldigen.*

Dann fällt es mir wie Schuppen von den Augen. Mir wird schlagartig klar – um sich zu entschuldigen, müsste es ihm davor leid tun.

Ich halte inne, mustere ihn. Er wirkt erschöpft, durcheinander, fast eingeschüchtert – aber da ist keine Spur von Reue in seinem schönen Gesicht.

»Oh Gott. Es tut dir überhaupt nicht leid, was da gestern geschehen ist«, gebe ich tonlos von mir.

Ich wünsche mir, diese Einsicht täte weh. Doch alles scheint taub in mir. Ich bin mit einem Mal voller Watte, die alles dämpft, unfähig, etwas zu empfinden. Selbst die ohnmächtige Wut ist fort. Ich sitze nur da und starre ihn mit leicht geöffnetem Mund an.

Queen schnarrt aus dem Radio ‚Thank god it's christmas' und ich habe das Lied nie so sehr gehasst wie heute.

Endlich regt er sich.

»Es tut mir leid, dass du es auf diese Art erfahren hast. Ich weiß nicht, was mich da gestern geritten hat.« – »Oh, ich denke, wir wissen alle, wer dich gestern geritten hat«, murmle ich trocken. Er übergeht meinen humorlosen Einwand.

»Candy ist ... anders. So unkonventionell und witzig. Sie hat mich aus einer Phase meines Lebens geholt, in der ich immer weiter abwärts trudelte, ohne Aussicht, jemals auf dem Grund anzukommen.«

Ein Blick streift mich, er ist ohne jede Anklage, auch sein Tonfall ist neutral, sachlich.

»Brandy, du warst so mit dir beschäftigt, hast

dich von mir, der ganzen Situation zwischen uns so sehr abgeschottet, dass du mich vergessen hast. Du hast vollkommen übersehen, wie ich immer tiefer in diesem Sumpf der Depression versunken bin. Ich mache dir keine Vorwürfe.«

Seine Hand tastet nach meiner und aus irgendeinem Grund lasse ich die Berührung zu. Lausche weiter seinen Worten.

»Was da geschehen ist, vor all diesen Wochen, es hat nicht nur unsere Zukunftspläne zerstört, sondern auch, was wir waren, was wir aneinander hatten. Das muss dir ebenfalls aufgefallen sein. Niemals hätte ich gedacht, dass uns so etwas passieren kann – aber es scheint, als hätten die Worte des Arztes alles zerstört, was wir für so felsenfest errichtet hielten.«

Wie gern würde ich ihn anschreien, ihm widersprechen. Ihm sagen, wie verflucht falsch er liegt, dass er meine gesamte Haltung fehlinterpretiert hat. Doch dem ist nicht so. Ruhig und schonungslos ehrlich spricht er aus, was seit Wochen zwischen uns steht und keiner wahr haben wollte.

Wir, die wir unsere Liebe für unzerstörbar hielten, sind gescheitert. Nicht erst gestern, nicht ein paar Tage zuvor, sondern von Beginn an. Wir waren in eine Illusion verliebt, in den sanften Schein einer möglichen Zukunft – nicht in unser Hier und Jetzt.

Und als diese Zukunft zerstört wurde, nahm dies auch unserer Beziehung jegliche Grundlage.

Es schmerzt, diesen Gedanken endlich zuzulassen, obgleich er schon immer da war, weit nach hinten verdrängt.

Ich starre auf unsere ineinander verschränkten Hände.

»Ich war so in uns verliebt. In das, was hätte sein können, in unsere Vision ... Schon eigenartig. Ich wusste schon lange, dass es zwischen uns aus ist, wollte es mir aber aus irgendeinem Grund nicht eingestehen. Wollte nicht sehen, dass unsere Beziehung offensichtlich nicht mehr darstellt, als eine leere Hülle.«

Er atmet tief ein, stößt geräuschvoll die Luft aus. »Es ist nicht so, als ob ich nichts für dich empfinde, Brandy. Ich habe dich geheiratet, du bist meine Frau. Du bist ein wichtiger Mensch in meinem Leben, ich vertraue dir. Aber meine Liebe zu dir ... es ist anders. Es ist nicht mehr romantisch. Und an manchen Tagen frage ich mich, ob sie das jemals war – oder ob auch ich mich so sehr an diese Zukunftsvision geklammert habe, es zu sehr wollte, als dass es wirklich echt war.«

Er zuckt träge mit den Schultern. »Aber ich schätze, wir sind uns einig, dass man aussichtslose Schlachten nicht kämpft, oder? Du bist wahnsinnig toll, Brandy. Du bist der großherzigste Mensch, den ich kenne, freigiebig, liebevoll, immer erfüllt von einer summenden Energie, die einen einfach glücklich macht, sowie man sich in deiner Nähe aufhält. Ich fühle mich furchtbar mit dem Gedanken, dieses Licht, dein Licht, deine positive Energie, für mich zu beanspruchen.«

Ich nicke langsam. »Ist es seltsam, dir in allen Bereichen zuzustimmen?« Ich sehe auf, betrachte sein schönes Gesicht, dessen Züge ich so gut kenne, sehe das Zucken seiner weichen Lippen, als er sanft lächelt, das warme Strahlen seiner Augen.

Gott, ich liebe diesen Kerl.

Aber nicht so, wie ich es sollte, als seine Frau. Ich liebe ihn für das, was ich in ihm gesehen habe, was wir zusammen überstanden haben, auch, wenn unsere Beziehung alledem nichts standhalten konnte.

»Nein, ist es nicht. Ich denke, wir hatten genug Zeit, uns Gedanken zu machen, in welche Richtung wir gehen wollen. Und dass dies nicht gemeinsam möglich ist. Deine Zukunft ist die Arbeit mit den Kids. Ich kann das nicht. Allein der Gedanke ... allein zu sehen, wie sehr es dich erfüllt, raubt mir Energie. Das klingt seltsam, aber ich bin in dieser Hinsicht zu dünnhäutig. Ich gönne es dir, wirklich, wünsche es mir aber auch für mich – nur anders.«

Ich verstehe ihn. Ich habe es mir für uns auch anders gewünscht, nur hatte sich das Universum nicht um meine Wünsche gekümmert. Dafür um die der Kids.

Schmunzelnd zucke ich mit den Schultern.

»Vermutlich zählen für den Kosmos die Wünsche von einem Dutzend Kinder mehr, als der innige Traum eines einzelnen Pärchens ... aber nun einmal ehrlich, Candy? Wirklich?« Meine Augenbrauen heben sich bis mindestens die Mitte meiner Stirn.

Sein Lächeln ist verlegen, er streicht sich durch die Haare.

»Ich weiß auch nicht, kann es mir nicht erklären. Sie ist nun nicht wirklich mein typisches Beuteschema, das weißt du. Vielleicht Überkompensation, nach einer Frau wie dir? Wobei ich ihr damit mit Sicherheit unrecht tue – oder auch nicht. Was für eine absolut bescheuerte Idee, mitten am Tag, mitten im Einkaufszentrum ... verzeih. Verzeih aus tiefstem Herzen diese Demütigung. Das hast du nicht verdient. Ich habe schlichtweg nicht nachgedacht, alle Überlegungen abgeschaltet. Denn genau das ist das Problem – ich bin seit Monaten nur am überlegen gewesen. Tausende Gedanken, jeden Moment, moralische Dilemmas, immerhin habe ich dir einen Schwur geleistet, dutzende Gefühle, alle wollen zugleich empfunden werden ... es tat gut, zumindest für den Bruchteil eines Momentes **nicht** nachzudenken.«

Das macht Sinn.

Auch mich hatten zunächst ständig Gedanken umgetrieben – bis ich mir eingestanden hatte, dass diese zu nichts führten , sie mir die Luft nahmen, mich erdrückten. Dass ich sie loslassen musste, um weiteratmen zu können.

Ich löse meine Hand aus seiner, um sie ihm erneut entgegenzustrecken.

»Wir sind also Freunde? Und bleiben es? Rein platonische Freunde, die quasi ihr Leben miteinander geplant hatten, ehe das Universum dazwischen grätschte? Freunde, die sich ein paar hundert Mal nackt gesehen haben?«

Er lacht leise, dann ergreift er meine Hand, schüttelt sie. Seine Haut ist warm an meiner, fühlt sich unfassbar vertraut an – aber wie die eines engen Freundes. Nicht wie die des Mannes, für den ich romantische Gefühle hege.

»Freunde. Für immer. Ich brauche schließlich deine Ratschläge, bin ohne sie ziemlich unbeholfen.«

Ich erhebe mich mit einem breiten Grinsen.

»Dabei höre ich zumeist doch nur auf mein Bauchgefühl. Und gerade jetzt rät es mir eindringlich zu einem Bier – bist du dabei? Ein Drink auf die Schlachten, die wir nicht kämpfen und dennoch siegen?«

Sein Nicken bringt mein Herz zum Flattern, bedeutet es doch, dass irgendwie alles an dieser seltsamen Situation doch gut ist, für alle Beteiligten. Bedeutet es doch, dass ich frei bin.

Die gesamte Wahrheit

Die in mir brodelnde Wut, die ich für verschwunden gehalten habe, hat ihren zarten Dornröschenschlummer überwunden und ist wieder da. Wach, bereit auszubrechen, wenn ich es zulasse.

Siebzehnter Dezember

Gabriel

Ich habe kurz überlegt, mich heute krank zu melden. Der gestrige Tag liegt mir schwer im Magen, ich bekomme meine Empfindungen kaum sortiert, noch weniger verarbeitet. Dann aber muss ich daran denken, wie es Brandy wohl ergehen mag, und ich versuche, mich zusammenzureißen.

Herrgott, was für ein verdammtes Durcheinander, noch immer fällt es mir schwer tatsächlich zu realisieren, was da passiert ist.

Immer wieder dröhnt die Erkenntnis durch meinen Schädel, dass sie verheiratet ist. Aus irgendeinem Grund habe ich das nicht kommen sehen, bin wie selbstverständlich davon ausgegangen, dass sie Single sei.

Langsam ziehe ich mich um. Ich bin heute ein

paar Minuten zu früh, vermutlich, weil ich das Frühstück ausgelassen habe. Das wird sich im späteren Verlauf des Tages mit absoluter Sicherheit rächen, doch grenzt es an ein Ding der Unmöglichkeit, mit dem unfassbar großen Kloß in meiner Kehle etwas anderes als meine Spucke runterzuschlucken. Selbst da stoße ich bereits an meine Grenzen.

Ich bin zu früh – Candy dagegen zu spät. Wobei ich mir nicht sicher bin, ob sie nach gestern nicht einfach im hohen Bogen rausgeflogen ist. Marcus hatte abends einen ziemlich angefressenen Eindruck gemacht, ganz offenbar war die eine oder andere Beschwerde postwendend bei ihm eingetrudelt. Eine Weihnachtselfe beim Sex zu erwischen und einem Haufen irritierten Kindern erzählen zu müssen, was genau diese mit einem Mann in dem winzigen Häuslein getan hatte, gehört wohl nicht zu den Dingen, die Eltern kurz vor Weihnachten gerne auf ihrer To-Do Liste haben.

Ich seufze. Nicht, dass diese impertinente Person irgendwas dazu beigetragen hätte, mir diesen verdammten Job leichter zu machen, doch einen Menschen um mich herum zu haben, würde mich von meinen wirbelnden Gedanken ablenken, die sich tornadoartig immer wieder um die gleiche Einsicht drehen.

Sie ist verheiratet.

Fieberhaft spult mein Gehirn jede unserer Begegnungen von vorne ab. Ich bin gefangen in meinem eigenen Film, während ich mechanisch durch den Flur laufe, durch die Tür trete, mich zu meinem Platz begebe.

Sie ist verheiratet.

Und wenn ich es mir offen eingestehe – was ich ganz und gar nicht will – sind wohl alle Andeutungen, die als Flirt gewertet werden können, ausschließlich von mir ausgegangen.

Oder?

Hat es nicht diesen einen Moment gegeben, in welchem sie einem Kuss nicht gänzlich abgeneigt gewesen war?

Oder habe ich zu viel in ihre Reaktion, in ihre Art mit mir umzugehen, hineininterpretiert?

So viel Nebel in meinem Kopf, so viele Unstimmigkeiten, so viel Hirnschmerz. Dass mein Schmerz auch aus einer anderen Region meines Körpers zu strahlen scheint, der ziemlich mittig in meinem Brustkorb liegt, ignoriere ich geflissentlich.

Denn da ist noch ein anderes Gefühl. Ein Gefühl, dass ich nur zu gut kenne, es besser zu lesen weiß, als die tägliche Zeitung.

Und das ist das unsanfte Brennen in meinem Magen.

Ich weiß, was das bedeutet. Die in mir brodelnde Wut, die ich für verschwunden gehalten habe, hat ihren zarten Dornröschenschlummer überwunden und ist wieder da. Wach, bereit auszubrechen, wenn ich es zulasse.

Und ich sehe keinen Grund, sie zurückzuhalten ...

»Santa, was ist denn mit deinem Bart los?«, quakt mich ein kleiner Mensch unverblümt an. Erst jetzt wird mir bewusst, dass ich weder Mütze noch Bart vernünftig platziert habe. Mit elendig langsamen Bewegungen bessere ich meine Nachlässigkeit aus und stiere das Kind an.

»Was willst du? Bist du nur gekommen, um mich anzustarren?«, fahre ich es an. Sichtlich erschrocken zuckt es zurück, wirft einen schnellen Blick zu seiner Mutter, die einige Meter entfernt noch gebrannte Mandeln an einem kleinen Stand ordert.

Der süße Duft liegt überall in der Luft, sorgt dafür, dass mein Magen unangenehm rebelliert, sich die Magensäure langsam am unteren Ende meiner Speiseröhre sammelt.

Ob es wohl unweigerlich zu einer Kündigung führt, wenn ich ein Kind vollkotzen sollte?

Ich bin an einem Punkt, an dem mir selbst das vollkommen egal wäre. Nichts scheint mehr Bedeutung zu haben, nicht mal dieser verdammte Job, ohne den ich vor Gericht lande.

Beschissene Melanie.

Beschissene Kinder.

Dreimal verfluchtes Weihnachten.

Ich kneife die Augen zusammen und werfe dem Balg ein Auto vor die Füße.

»Der Nächste.«

Der Teufel allein weiß, wie ich es schaffe, diesen Tag zu überstehen. Es gibt einige Lücken in meiner Erinnerung, die ich nicht recht zu füllen weiß, doch alles in allem scheine ich meinen Job gewohnt ausreichend erledigt zu haben, es wurde weder Polizei noch Feuerwehr gerufen. Alle Kinder leben noch, das Einkaufszentrum steht noch.

Wortlos unterschreibt mir Marcus meine Papiere, wünscht mir einen schönen Abend.

Ich wünsche mir stumm, dass er zur Hölle fährt und seine verdammte Mall mit sich nimmt.

Meine Schultern hängen tief, während ich dem Mitarbeiterausgang zustrebe. Mein Kopf ist so leer, wie er nur sein könnte, und zugleich voll, fühlt sich taub und schwer an.

Alle Gedanken scheinen gedacht, dennoch zu keiner Lösung gekommen. Vermutlich, weil es kein Problem gibt.

Die kalte Nachtluft füllt meine Lungen, eine warme, leise Stimme dringt an meine Ohren.

»Lust auf einen Drink?«

Da. Das ist mein Problem. Dieses jubilierende Gefühl in meinem Magen, mein Herzschlag, der mit einem Mal viel intensiver scheint. Tausend Gedanken, die mit einem Mal laut nach meiner Aufmerksamkeit schreien.

Meine Hände zittern, als ich mich umdrehe

und sie ansehe.

Brandy lehnt an der Wand, stößt sich ab, als ich stehenbleibe. Ihr Lächeln ist fein, unsicher, ihr Blick nur schwer zu deuten.

Als ich in ihre Augen sehe, werden alle Gedanken leise. Als hätte jemand nicht nur auf Pause, sondern auf ‚Erase' gedrückt. Ganz leer ist mein Kopf, leicht, unfassbar leicht.

Ich kann sie nur ansehen, wie sie dort steht unter dem sanften Schein der Lichterketten, die überall zu hängen scheinen, auch über dem verdammten Seitenausgang.

Sie ist so schön. So zart. Und doch so stark. Denn sie ist hier, trotz des gestrigen Tages, nach welchem ich an ihrer Stelle irgendwo ganz weit weg wäre.

Sie ist hier und sieht hinreißend aus, ist kein wimmerndes Häufchen Elend, wie ich es an ihrer Stelle wäre.

»Was tust du hier?« Meine Stimme klingt so rau und belegt gegen ihren hellen, klaren Singsang.

Sie zuckt mit den Schultern, lächelt weiter. »Also, ich denke, ich stehe hier in der dunklen Kälte, warte, bis zu Feierabend hast und frage dich, ob du Lust hast, mit mir an einen Ort zu gehen, der hell und warm ist.«

»Warum?« Ich könnte mir selbst ins Gesicht schlagen. Weshalb ist es mir so wichtig, die Hintergründe zu kennen? Ist es nicht um einiges wichtiger, **dass** sie hier ist? Bei mir?

»Wir haben uns heute nicht gesehen«, führt sie leise aus, was in ihrem Kopf begonnen hat. »Wir haben uns in diesem Monat bis auf zwei Tage jeden einzelnen Tag gesehen. Da ich es nicht in die Mall geschafft habe, dachte ich ...« Sie stockt, schlingt nervös die Arme um ihren Oberkörper. »Ich weiß nicht genau, was ich mir dabei gedacht habe. Vermutlich eine dumme Idee, ich hab das offenbar nicht zu Ende überlegt ... Ich sollte gehen. Ich wünsche dir einen schönen Abend.«

Und damit wendet sie sich ab und will gehen.

Einfach weggehen, mich stehen lassen, mit meinen widerstrebenden Gefühlen, mit meinem wolkigen Kopf und meinem sehnsüchtig pochenden Herzen.

»Warte.«

Ich strecke die Hand aus, lege sie auf ihre Schulter. Federleicht nur, doch sie bleibt sofort stehen. Ich gehe um sie herum, meine Beine so steif wie Planken, bleibe direkt vor ihr stehen, sehe ihr ins Gesicht.

Ihr schönes, herzförmiges Gesicht, das wie gewohnt beinahe zur Hälfte von ihrer unfassbar riesigen Wollmütze versteckt wird.

Ihre Augen funkeln, als sie mein Starren erwidert. Oder ist das lediglich das Licht?

Ich schlucke hörbar.

Sie schluckt.

»Ich fände es schön, wenn wir noch etwas trinken gehen.« Meine Worte klingen viel zu schnöde, angesichts der Emotionen, die aufgrund der Aussicht, etwas Zeit mit ihr zu verbringen, in meinem Inneren Amok laufen.

»Dann lass uns gehen«, erwidert sie leise.

Und trotzdem bleiben wir stehen. Sehen einander nur an, wie erstarrt. Mein Herz schlägt so laut in meiner Brust, dass ich fürchte, sie könne es hören. Vielleicht hört sie es auch ...

»Gabriel, ich ...«

»Huch, habt ihr mich erschreckt!«, entrüstet sich Marcus laut und lässt die Tür hinter sich zufallen. »Herr im Himmel, müsst ihr wie zwei Gauner hier im Dunkeln stehen? Ich dachte schon, ihr wollt mich ausrauben!«

Dahin der Zauber. Brandy senkt den Blick und tritt einen Schritt zurück. Ich werfe meinem Boss einen wütenden Blick zu, vergesse einen Moment, wer hier der Angestellte ist und wer der Chef.

»Scheiße, was sollten wir dir stehlen, deine Unschuld?«

Pikiert schiebt sich Marcus die Brille höher, auch seine Augenbrauen wandern nach oben.

»Mr. Winters, auch außerhalb der Arbeitszeiten erwarte ich einen angemessenen Umgang. Sie haben es so weit gebracht, da wollen wir nun nicht unvernünftig werden, was? Ich gehe jetzt, ehe Ihr Mund wieder etwas Unüberlegtes von sich gibt. Einen schönen Abend für sie beide!«

Dann schlendert er davon. Brandy sieht ihm

nach, bis er um die Ecke biegt.

»Er lässt dir ganz schön viel durchgehen. Scheint ein guter Kerl zu sein. Oder er mag dich.«

Ich brumme etwas Unverständliches und strecke dann meine Hand nach ihr aus. »Wollen wir?«

Sie zögert nur einen Moment, dann ergreift sie mit ihren kalten Fingern meine warme Hand und ich beschließe automatisch, alles an ihr zu wärmen, was sich kühl und distanziert anfühlt.

Wir sitzen im *Mollys*, einer kleinen Kneipe. Früher, vor vielen Jahren, war sie eine meiner liebsten Spelunken. Heute hat sie ihren heruntergekommenen Look verloren und scheint moderner aufgebaut.

Und, wie zu erwarten, der Jahreszeit gemäß in weihnachtlichen Charme gehüllt, mit dutzenden blinkenden Lichtern, dekorativen Geschenken und rockiger Weihnachtsmusik.

Ich hasse alles daran.

Wäre ich alleine, hätte ich direkt im Türrahmen umgedreht. Nur meine Gesellschaft vermag es, mich über diese Zumutung für Auge und Ohr hinwegsehen zu lassen.

Brandy ist in sich gekehrt, hat kein Wort gesagt, seit sie der eilfertigen Bedienung ihre Bestellung aufgegeben hat. Ihr Blick huscht immer wieder durch den Raum, ganz so, als suche sie etwas, jemanden. Dann und wann nippt sie an ihrem Glühwein, einem warmen, alkoholischen Getränk deutscher Herkunft.

Man kann von den Deutschen halten was man will – die Sache mit dem Alkohol haben sie vollkommen durchgespielt, also vertraue ich auf Brandys Geschmack und halte ebenfalls einen warmen Becher zwischen meinen Händen.

Die Mischung aus dem warmen Alkohol mit der Tatsache, dass ich bis auf ein erbärmlich kleines Mittagessen heute nichts zu mir genommen habe, ergibt eine schwindelige Leichtigkeit in meinem Kopf, die nichts Gutes zu bedeuten hat.

Es dauert einen Moment, bis meine Augen die Frau neben mir klar fokussieren.

»Wie fühlst du dich?«

Sie schreckt leicht auf, als sei sie mit den Gedanken weit weg gewesen, erst jetzt ins hier und jetzt zurückgekommen.

»Du meinst sicherlich in Bezugnahme auf den gestrigen Tag, richtig?« Sie wiegt den Kopf hin und her, als müsse sie ihre Gedanken erst sortieren.

»Tatsächlich geht es mir – gut. Im Großen und Ganzen bin ich zufrieden, fühle mich frei, als wäre eine Last von meinen Schultern gefallen, von welcher ich nicht einmal wusste, dass ich sie mit mir herumtrage.«

Ich lasse meinen Blick durch die kleine

Kneipe schweifen, vorbei an dem kleinen Plastiktannenbaum, vorbei an den kleinen Geschenken, die an goldenem Lametta von der Decken baumeln, leicht gegeneinander schaukeln, wenn sich die Tür zum Pub öffnet und ein Windzug durch den kleinen Raum fegt.

Aus den Lautsprechern dröhnt ‚White Christmas‘ von Guns N‘ Roses.

»Das war eine unfassbare Aktion, selbst für einen Außenstehenden wie mich. Ich meine, mitten am Tag, mitten im Einkaufszentrum? Das ist eine Aktion, welche ich von Candy tatsächlich erwarten würde, aber nicht von einem klar denkenden, erwachsenen Mann ...« Erst jetzt fällt meinem leicht umnebelten Gehirn auf, dass dies eventuell nicht das Gesprächsthema ist, welches Brandy im Moment bevorzugt. »Entschuldige, das war unüberlegt. Ich würde es gern auf den Alkohol schieben, aber ich fürchte, ich bin einfach ein Idiot.«

Sie schüttelt den Kopf, lächelt leicht. »Alles in Ordnung, du hast ja recht. Wyatt ist normal nicht so. Es war eine schwere Zeit für uns und wir haben uns weit voneinander entfernt. Vermutlich hat sie ihm gut getan, dies komplett konträre Situation. Ich wünschte nur, er hätte einen Moment an die Konsequenzen gedacht. Immerhin dürfte die halbe Stadt das mitbekommen haben.«

Nun lacht sie tatsächlich leise. »Meine Güte, er kann so froh sein, dass er kein Angestellter, sondern Inhaber der Kanzlei ist, sonst hätte ihn eine solche Geschichte sicher den Job kosten können. So werden alle eine Weile über ihn lästern, mich bemitleiden und die Sache dann vergessen, wenn die Scheidung durch ist.«

Selbst meinem beschwipsten Hirn fällt auf, wie abgeklärt sie diese Sache behandelt, die eigentlich relativ emotional belastet sein sollte.

»Wie kannst du so distanziert darüber reden, als wäre es nicht deine Ehe, die daran zerbricht, sondern die eines Bekannten?«

Wieder denkt sie einen Moment nach, ehe sie antwortet.

»Vermutlich, weil Wyatt und ich schon lange genau das sind – Freunde. Bekannte. Kein Liebespaar.«

Kein Liebespaar.

Ich schäme mich ein wenig, wie sehr diese zwei Worte mein Herz zum Hüpfen bringen. Ein bisschen. Das liegt sicher am Alkohol.

Ihre grauen Augen sehen mich an, ihr Blick umfängt mein Gesicht, verhindert, dass ich etwas anderes ins Auge fassen kann, als sie.

Sie ist so unfassbar schön.

Wie konnte mir dies am Anfang nur entgehen?

Ich schlucke, hoffe, dass ‚Winter Wonderland' von Yule Rock das unangenehme Geräusch ausreichend übertönt.

»Ich sehe mich schon lange nicht mehr als Teil dieser Beziehung. Wenn ich so darüber nachdenke habe ich bereits vor Monaten mit dieser Beziehung abgeschlossen. Es hat seine Gründe, weshalb ich dir nicht von Anfang an mitgeteilt habe, dass ich in festen Händen bin.«

Ich räuspere mich, versuche die Enge zu vertreiben, die in meiner Kehle heranwächst.

»Nun, es gab ja keinen Grund dafür, mit der Tür ins Haus zu fallen, oder? Ich erzähle auch nicht jedem, dass ich geschieden bin«, krächze ich, verstecke mich hinter meiner Glühweintasse und befeuchte meinen trockenen Hals.

»Und trotzdem hast du es **mir** erzählt. Irgendwas daran sagt mir, dass ich nicht ‚Jeder' bin«, gibt sie zurück.

Nein, du bist ganz und gar nicht jeder ...

»Was hat euch entzweit, Brandy?«, frage ich, leicht atemlos, versuche sie von der Tatsache abzulenken, dass sie nahe daran ist zu erfahren, dass sie mir definitiv etwas bedeutet. Meine Fingerspitzen, meine Zehen, meine Ohren, alles glüht, kribbelt.

Ich versuche mir einzureden, dass dies lediglich am Alkohol liegt, doch die Wahrheit ist wohl, dass ihre Wirkung auf mich stärker ist als alles, was ich in mich hineinschütten könnte.

Sie zuckt mit den Achseln. »Die Tatsache, dass ich keine Kinder bekommen kann.«

Sie sagt es beiläufig, trinkt einen Schluck, sieht betont gelangweilt durch den Raum, ganz so, als sei dies keine Nachricht, die Welten zum Einsturz bringen kann.

Ich schweige, weil mir die Worte fehlen.

Als sie mich wieder ansieht ist ihr Lächeln leicht betrübt.

»Oh, das ist schon in Ordnung, ich komme sehr gut damit klar, weißt du? Ich habe die Kids im Waisenhaus, die mich brauchen. Ich habe meine Kinder gefunden, auch wenn es biologisch gesehen nicht die Meinen sind. Wyatt meint zwar, ich würde mich damit bestrafen, aber in Wirklichkeit gehe ich so sehr darin auf, ich weiß nicht, ob eine eigene Schwangerschaft mich derart erfüllt hätte, wie es die Arbeit dort tut.«

Sie löst ihren Blick und sieht in ihre Tasse.

»Es ist nur so, dass Wyatt und ich unsere Zukunft vollkommen durchgeplant hatten. Wir lernten uns kennen und stellten direkt eine Vision unserer Zukunft auf – Eigenheim, drei Kinder, ich als Hausfrau zuhause, er mit seiner Kanzlei, dreimal Urlaub im Jahr, das pure Familienglück. Und wir waren so verliebt in diese Version von uns, welche die Zukunft für uns bereithalten sollte, dass wir die Realität vergaßen. Dass wir gar nicht diese Menschen in unseren Vorstellungen waren.«

Sie lehnt sich zurück, legt den Kopf schräg.

»Das ging uns erst auf, als der Arzt mit seiner Diagnose eine Nadel in dieses mit heiße Luft gefüllte Konstrukt stieß und es platzen ließ. Erst da merkten wir, wer wir waren, und dass wir uns etwas vorgemacht hatten.«

»Aber ihr seid zusammengeblieben, weiterhin?«, hake ich nach, lehne mich ihr unbewusst entgegen.

»Das sind wir. Wir sind beide ziemliche Sturköpfe, vermutlich wollte sich keiner eingestehen, dass wir gescheitert waren. Keiner wollte zuerst zugeben, dass unsere Beziehung eine Lüge war, also logen wir weiter.«

Sie lacht wieder, beugt sich zu mir vor. Ihre Hände liegen direkt neben meinen. »Soll ich dir ein Geheimnis verraten? Ich bin unfassbar froh, dass das gestern passiert ist und wir aufhören können, uns etwas vorzumachen. Wir haben uns von unseren Fesseln befreit und sind jetzt frei, nach Monaten der Gefangenschaft. Ich bin Wyatt und auch der unfassbaren Candy dankbar, dass sie so gedankenlos waren.«

Ich gebe mir einen Ruck, der Alkohol bestärkt mich in meinem Mut, und umschließe ihre Hand vorsichtig mit meiner. Unsere Blicke scheinen ineinander zu verschmelzen.

Ich auch, Brandy. Ich bin ebenso unfassbar froh.

Habe ich es gedacht, oder laut ausgesprochen? Es macht keinen Unterschied. Sie weiß es.

Herzklopfen

»Du findest mich perfekt?«
»Für jemanden, der Weihnachten liebt und sich freiwillig mit gefühlt tausend Kids umgibt, ja.«

Achtzehnter Dezember

Brandy

Irritiert bleibe ich stehen, auch Susannas Schritte stocken abrupt, sie blinzelt mich verwirrt und sichtlich enttäuscht an.

»Du hast gesagt, wir gehen Santa besuchen, Tante Brandy. Aber wo ist Santa?«

Ausgezeichnete Frage, die ich nicht beantworten kann.

Ich stehe mit der Kleinen an meiner Hand mitten im Einkaufszentrum, direkt vor dem Lebkuchenhaus, welches mich mit gemischten Gefühlen erfüllt. Alles ist da, der weiße Zaun, die Watte, welche den Schnee imitiert, das Häuschen, der Weihnachtsbaum, der Thron – aber Santa fehlt.

Gabriel fehlt.

Und diese Tatsache versetzt meinem Herz einen Stich. Ich hatte mich ehrlich auf ihn gefreut, vermutlich sogar mehr, als ich mir eingestehen will.

Ein großer, sehr dünner Mann mit Brille auf der Nase eilt an mir vorbei.

Ich erkenne ihn, er ist derjenige, welcher sich gestern durch meine Anwesenheit am hinteren Ausgang derart erschreckt hatte. Gabriels Boss, Marcus.

»Entschuldigen Sie!«, rufe ich ihm nach, mache drei schnelle Schritte.

Er bleibt stehen, dreht sich hektisch zu mir um, schiebt sich die Brille hoch. »Ja, bitte?« Dann scheint er mich zu erkennen, denn er schürzt die Lippen, betrachtet mich von oben bis unten. »Ach, Sie sind es. Was gibt es denn?«

Ich deute auf den Thron. »Wo ist Santa? Susanna hätte sich gern etwas gewünscht.«

Er hebt eine Augenbraue. »Nun, ich dachte, Sie wüssten besser als ich, dass er nicht aufgetaucht ist. Er hat sich heute Morgen krank gemeldet, ich dachte erst, es läge an Ihnen, dass er eine Erkrankung vorschürzt, um nicht zur Arbeit zu erscheinen. In dem Fall habe ich ihm Unrecht getan. Dann rufe ich besser schnell seine Sachbearbeiterin an.«

Seufzend eilt er dahin zurück, woher er gekommen ist.

Auch ich seufze. Ob er sich krankgemeldet hat, um mir aus dem Weg zu gehen? Dabei gab es am vergangenen Abend doch nichts, was einem von uns unangenehm sein müsste ...

Wir entscheiden beide, dass ein Glühwein vollkommen ausreichend ist. Mir steigt der warme Alkohol immer schneller zu Kopf, als mir lieb ist und auch Gabriel macht den Anschein, als wäre auch ihm bereits etwas schwummrig.

Zumindest hoffe ich, dass es an unserem Getränk liegt und nicht an unserem Gespräch, welches ihm nun unangenehm ist. Immerhin kann ein solches Thema schnell sehr überwältigend auf Außenstehende wirken.

Noch nie habe ich mich einem Menschen so schnell so verbunden gefühlt, mich so schnell geöffnet. Zwar habe ich keinerlei Vertrauensprobleme bei neuen Bekanntschaften, gehe für gewöhnlich immer offen und herzlich durchs Leben, doch einen solch persönlichen Einblick habe ich noch nie gegeben – immerhin bin ich mir erst seit kurzem selbst über mein Innerstes im Klaren.

Und nun sitze ich hier und teile es mit ihm.

Ausgerechnet mit Gabriel, der Person, die meinen Mann quasi in flagranti vor versammeltem Publikum erwischt hat.

Doch es ist nicht nur das. Es ist auch die Tatsache, dass bisher niemand außerhalb meiner Ehe über meine Unperfektheit Bescheid weiß. Niemand weiß, wie kaputt ich bin, niemand kennt meinen furchtbaren Makel.

Er schon. Ausgerechnet dieser Mann ... ausgerechnet er, bei dem mir wichtig ist, dass er mich für gut hält. Für genug.

Gabriel bezahlt, dann hilft er mir in meinen Mantel. Als Gentleman habe ich ihn bisher nicht gesehen, doch er wechselt absolut flüssig zwischen seinen Rollen als weihnachtshassender Santa mit furchtbaren Manieren und einem schrecklichen Mundwerk, und respektvollem Begleiter.

Dann stehen wir vor der Kneipe in der Kälte. Wir sind alleine, sonst ist niemand auf den Straßen unterwegs. Seltsam für die frühe Stunde, doch keinem von uns erscheint das merkwürdig, vielmehr ist es eine willkommene Tatsache, dass wir ungestört noch einige Schritte nebeneinander hergehen.

»Dein Auto steht noch an der Mall?«, hakt er leise nach. Ich schüttle den Kopf, verneine.

»Ich bin zu Fuß gekommen. Es ist nicht so weit.«

Ohne zu zögern bietet er an, mich zu begleiten. Für einen Moment will ich ablehnen, entscheide mich dann aber dagegen, weshalb auch? Seine Gegenwart ist mir alles andere als unangenehm.

Wieder schweigen wir, lediglich das Knirschen unserer Schuhe im frisch gefallenen Schnee durchdringt die angenehme Stille.

»Du ... das ist nicht dein Fehler, das weißt du? Verzeih, wenn das übergriffig wirkt, aber es scheint mir irgendwie wichtig, dich darin zu

bestärken«, stößt er schließlich hervor.

Ich sehe ihn an. Er hält seinen Blick auf den Weg vor sich gerichtet.

»Die ganze Situation mit Wyatt? Das weiß ich, danke dir. Wobei wir wohl beide dazu beigetragen haben, dass ...«

»Davon rede ich nicht«, unterbricht er mich. Dann fährt er sich durch das Haar. Unwillkürlich denke ich, dass er besser beraten gewesen wäre, angesichts der Kälte eine Mütze zu tragen ...

»Ich meine, es ist nicht deine Schuld, dass du keine Kinder bekommen kannst. Du hast eure Zukunft nicht zerstört. Wie auch, wenn du nichts davon wusstest. Niemand kann etwas für solche Dinge, es kommt vor, man lebt damit. Das klingt jetzt vielleicht banal und gemein, aber Tatsache ist, dass du dich nicht dafür bestrafen solltest.«

Meine Schritte kommen aus dem Takt, ich stolpere über meine eigenen Füße. Er hält mich am Arm fest, ehe ich auf dem schneebedeckten Weg ausrutschen kann. Woher weiß er ...?

Das funkelnde Licht der Weihnachtsdekoration des Hauses neben uns spiegelt sich in seinen Augen.

»Du bist ein fröhlicher Mensch, Brandy. Fast etwas zu fröhlich für meine Begriffe. Doch als du davon erzählt hast ... Ich weiß nicht. Du wirktest traurig. Als läge alle Schuld bei dir. Mir ist es wichtig, dir zu verstehen zu geben, dass absolut gar nichts daran deine Schuld ist.«

Das Blut summt laut in meinen Ohren, während ich zu greifen, zu verstehen versuche, was er sagt. Zeitgleich werden meine Schultern leichter, als sei eine Last von ihnen abgefallen, von der ich nicht einmal gemerkt hatte, dass ich sie seit Wochen, Monaten mit mir herumgetragen habe.

Ich kann nicht antworten, nicke nur stumm, starre auf meine Schuhspitzen. Warm schmiegen sich seine Finger um mein Kinn, heben es sanft an, mein Blick folgt, wandert über seine Beine, seinen Oberkörper, bis in sein Gesicht. Ich rieche den Glühwein in seinem Atem, als er spricht.

»Eine Tatsache, für welche du nichts kannst, mit welcher du geboren wurdest, macht dich nicht weniger perfekt.« Sein Blick geht mir unter die Haut, berührt mich in meinem Innersten. Mein Bauch zieht sich zusammen, als sein Daumen federleicht mein Kinn streichelt. Um uns herum fällt der Schnee, auch auf Gabriels Haare, überzieht sie mit sanftem, wissend funkelnden Weiß.

Himmel, ist dieser Mann schön.

Eine Gänsehaut bildet sich auf meinem Körper aus, und diese liegt nicht allein an der Kälte.

Das ist der Alkohol, Brandy, nur der Alkohol.

Doch ich komme nicht umhin, eine Frage zu stellen. »Du findest mich perfekt?«

Er verzieht einen Mundwinkel zu einem schiefen Lächeln.

»Für jemanden, der Weihnachten liebt und

sich freiwillig mit gefühlt tausend Kids umgibt, ja.«

Er tritt näher, oder bin ich ihm entgegen gekommen? Ich spüre seinen Atem auf meinem Gesicht, spüre meine Lider flattern. Seine Hand löst sich von meinem Kinn, legt sich auf meine Wange, sein Daumen streicht über mein Jochbein.

Atemlos, doch schwer atmend, stehe ich da, kann mich nicht rühren, kann nicht denken ... Seine Lippen sind nah, so unfassbar nahe ... erwartungsvoll schließe ich die Augen, gebe mich ganz der Situation, meinem pochendem Herzen hin ... und reiße die Augen wieder auf.

Ein Auto schlittert um die Kurve vor uns, das Fluchen des Fahrers ist selbst durch die geschlossenen Türen deutlich hörbar. Durchdrehende Reifen zerreißen die spannungsgeladene Blase um Gabriel und mich herum.

Der Mann bringt sein Gefährt wieder unter Kontrolle und fährt langsam auf der schneebedeckten Straße an uns vorbei, schaut neugierig durch die Scheiben.

Der Zauber ist gebrochen.

Räuspernd tritt Gabriel einen Schritt zurück, streicht sich den Schnee von den Haaren, lächelt ein wenig leidend.

»Nun gut, bringen wir dich mal nach Hause.«

Schweigend fahre ich mit Susanna zurück zum Waisenhaus, versuche ihr zu erklären, warum ausgerechnet sie ohne Geschenk zurückkehren muss. Dass aus meinem Radio ‚Merry Christmas everyone' plärrt, ist nicht sonderlich hilfreich, denn für sie gibt es ganz offensichtlich als Einzige kein Geschenk. Ich erkläre ihr wortreich, dass ich mich höchstpersönlich darum bemühen werde, dass Santa ihr ein ganz großartiges Geschenk bringt.

Gänzlich besänftigt ist sie verständlicherweise nicht, weshalb sie noch etwas beleidigt durch die abenteuerlich von Kinderhänden geschmückte Tür ins Haus stapft und ihre Stiefel und Jacke in den Flur schmeißt, damit eine klar aufgestellte Regel verletzt. Ich sehe es ihr nach und räume wortlos hinter ihr auf.

Auch mir stößt die Tatsache mehr als sauer auf, dass ich Gabriel nicht sehen konnte. Gleichzeitig versuche ich zu ergründen, wann es mir so wichtig geworden ist, ihn jeden Tag zu sehen ... ist das die Gewohnheit?

Noch während dieser Gedanke durch meinen Kopf schießt, kann ich ihn klar verneinen.

Es ist mehr als das, mehr als Gewohnheit.

Viel mehr. Vielleicht mehr, als ich zugeben will.

»Warum zieht Susanna ein solches Gesicht? War Santa nicht nett zu ihr? Ich hoffe doch, du stellst deinen Lover nicht über die Kids?«, ermahnt mich Lauren da, nur halb ernst gemeint.

Ich schüttle abwehrend den Kopf. »Er war nicht fies zu ihr, sondern schlichtweg nicht da, was auf eine andere Art gemein ist. Außerdem ist er mitnichten mein Lover.« Den letzten Einwurf überhört sie geflissentlich.

Sie wackelt mit den Augenbrauen, grinst ziemlich anzüglich dazu. »Na dann musst du die Rollen umdrehen und ihn dafür bestrafen, dass er ein böser Junge war, meinst du nicht?«

Ich verenge die Augen, versuche das Grinsen zu unterdrücken, welches sich unwillkürlich aus meinen Lippen ausbreiten will.

»Lauren, du brauchst mal wieder ein Date, du denkst ja permanent nur an das Eine!«

Sie zuckt unbekümmert mit den Schultern. »Man sollte annehmen, dass es einen vom Sex abhält, sich den ganzen Tag mit schreienden Kids zu umgeben, doch der Körper will, was der Körper will. Ich kann momentan nicht einmal eine Gurke für die Kids schälen ohne auf seltsame Gedanken zu kommen ... Ich probiere da gerade diese neue App aus, aber alles was ich bekomme, sind Schwanzbilder. Ist das normal? Hier, willst du mal sehen? Der da hat wohl die seltsamste Form, die ich jemals gesehen habe, oder ist dieser Winkel normal? Oder oh, schau mal den, hier war ich ja kurz am überlegen, ob ich ihm nicht eine Chance gebe ... Sieh doch mal hin, Brandy, du guckst ja gar nicht!«

Energisch schwenkt sie ihr Handy vor meinem Gesicht und selbst aus den Augenwinkeln ist der stark behaarte Intimbereich mehr als deutlich erkennbar.

Es klingelt und ich winke erleichtert ab.

»Ach Mist, wie ungünstig, später unbedingt! Jetzt gehe ich erstmal an die Tür, einverstanden?«

Schnell drehe ich ab und spurte zur Haustür, erleichtert, den Bildern fürs Erste entronnen zu sein. Ohne durch den Spion zu schauen reiße ich an der Türklinke.

»Auto oder Puppe?«

Mein Herzschlag beschleunigt sich, als ich in Gabriels strahlend blauen Augen schaue, automatisch erwidere ich sein breites Grinsen.

»Susanna ist nicht wählerisch, aber weil du sie versetzt hast will sie eventuell beides haben.«

Er verzieht die Lippen, als müsse er erst darüber nachdenken, dann grinst er breit.

»Nun gut. Aber erzähl es nicht weiter, sonst werden die anderen Kinder mit Sicherheit böse. Und wir wollen ja nicht, dass der Weihnachtsmann eins auf seine Zipfelmütze bekommt, richtig?«

»Ach, wollen wir nicht?«, kontere ich. Wie seltsam leicht ich mich in seiner Gegenwart fühle ... ich schlucke, versuche das flatternde Gefühl im Herzen zu unterdrücken. Doch so leicht lässt es sich nicht vertreiben.

Nicht nach gestern Abend ...

Da ist es wieder, das Herzrasen, das Summen von Blut in meinem Kopf, das trockene Gefühl in meiner Kehle. Auch er scheint an den vergangenen Abend zu denken, denn er fährt sich nervös durchs Haar, leckt sich hektisch über die Lippen. Diese anziehenden Lippen, die ich zu gerne mit den meinen inspizieren würde ...

»Was ... was genau tust du hier?«, frage ich leise nach, meine Stimme klingt mädchenhaft schüchtern.

»Ich wollte ... ich war mir sicher, dass du heute eines der Kids vorbeibringen würdest. Ich war heute Morgen allerdings nicht in der Verfassung, mich den ganzen Tag strahlend in die Mall zu setzen und den liebevollen Santa zu mimen ...« »Das warst du in den letzten zwei Wochen an keinem einzigen Tag«, unterbreche ich ihn glucksend.

Er wirft mir einen gespielt bösen Blick zu. »Was ich sagen will, mir war heute nicht nach Arbeit, also habe ich mich krank gemeldet. Wonach mir allerdings war, ist, dem heutigen Glückskind ein Geschenk zu bringen.«

Ein leicht nervöses Lächeln verzieht seine schönen Lippen. »Außerdem bestand so die Aussicht, dich länger als einen flüchtigen Moment in der Mall zu sehen.«

Er ist so nahe, der Flur so eng, wir stehen so dicht voreinander, sein Mund nicht weit entfernt, die Lippen, die ich mit einer Inbrunst schmecken möchte, die mich selbst verwirrt.

Er macht einen Schritt zu mir hin, sieht mir tief in die Augen. Ob er wohl mein rasendes Herz hört?

»Brandy, ich ...«

»Das ist er, das ist der König der schiefen Schwänze. Ich sollte ihm eine Krone basteln und bei dem Treffen feierlich überreichen. Brandy, den **musst** du dir ansehen!«

Lauren hat die Tür hinter sich geschlossen, damit die Kinder nichts von ihrem aufgeregten Ausruf mitbekommen und eilt auf mich zu. Erst dann sieht sie auf.

»Oh. Und damit hat sich die Frage erübrigt, wer da an der Tür war. Macht Santa nun Hausbesuche? Oder hast du ein spezielles Geschenk für Brandy?«

Ihr süffisantes Grinsen sehe ich auch mit geschlossenen Augen. Ich seufzte lautlos, ehe ich mich zu ihr umdrehe.

»Er hat ein Geschenk für Susanna, Lauren.«

»Und wenn wir schon dabei sind will ich den schiefen Schwanz sehen«, ergänzt Gabriel trocken. Lauren strahlt und streckt ihm ihr Handy entgegen.

Herrgott.

Die Hexe des Winters

Aus einer gewissen Distanz betrachtet merkt man, wie ihr eiskalte Berechnung aus jeder Pore dringt, ihr sorgsam gestyltes Äußeres zu einer widerlichen Fassade zusammenschmoren lässt.

Neunzehnter Dezember

Gabriel

Irgendwie habe ich kein gutes Gefühl dabei, wenn Sie lächeln«, brummt Marcus irritiert, als er vor mir stehen bleibt und mich mit hinter dem Rücken verschränkten Armen ansieht.

Mir ist nicht einmal bewusst, dass ich lächle, also verziehe ich meine Lippen rasch zu einem neutralen, ernsten Ausdruck.

Gehört ein breites Lächeln nicht zur Grundausstattung eines glaubwürdigen Santa Claus'?

»Abgesehen von der Tatsache, dass ich gar nicht lächle, was daran lässt Sie auf dumme Gedanken kommen?«, hake ich nach.

Es ist Samstagmorgen, elf Uhr dreißig. Aus den Lautsprechern der zentralen Halle des

Einkaufszentrums tönt ‚Jingle Bell Rock‘ von Bobby Helms. Ich höre es schon gar nicht mehr, wirklich nicht, nach sechsunddreißigsten Malen seit Beginn des Monats schaltet das Gehör automatisch ab, sowie die ersten Musiktakte durch die Mall wehen.

Natürlich stellt dies eine rein spekulative Schätzung dar, ich habe mitnichten mitgezählt. Vor meinem inneren Auge sitzt ein Männchen in meinem Gehirn und wippt sich zittrig vor und zurück, während es mit dem eigenen Blut Strichlisten an die Schädeldecke malt.

Rasch schüttle ich dieses makabere Kopfkino ab.

Gruselige Vorstellung. Nicht ganz von der Hand zu weisen, aber gruselig.

In großen Schritten nähern wir uns Weihnachten, nur noch wenige Tage liegen zwischen heute und diesem einen Tag, den ich so sehr verabscheue.

Obwohl sich in mir nicht mehr alles vor Abscheu und Ekel zusammenballt und ich mich nicht in Erwartung dieses Tages übergeben möchte. Ob das Brandys schlechter Einfluss ist?

»Da, schon wieder. Wenn Sie lächeln stirbt mit Sicherheit irgendwo auf dieser Welt ein Welpe oder ein Katzenbaby wird von einem Durchgeknallten abgemurkst. Es ist einfach kein gutes Zeichen. Haben Sie eins der Kinder gefesselt und im Haus versteckt? Oder planen Sie den Weihnachtsbaum anzuzünden, wenn ich

Ihnen den Rücken zudrehe?«

Marcus sieht sich nicht gänzlich unbesorgt um, rückt dann die Brille auf seiner Nase zurecht.

»Wenn ich es nicht besser wüsste, würde ich fast behaupten, Sie haben soeben einen Scherz gemacht«, gebe ich leicht amüsiert zurück.

Er zuckt mit den Schultern. »Ehrlich gesagt war das nur ein halber Witz, ich fürchte tatsächlich Schlimmes. Ich sehe Sie seit beinahe drei Wochen fast jeden Tag und nicht ein einziges Mal haben Sie gelächelt. Mit Ausnahme des einen Mals, als Sie das kleine Mädchen zum Weinen gebracht haben, erinnern Sie sich?«

Er wartet meine Antwort nicht ab, sondern redet nach einem kleinen Räuspern weiter.

»Ich habe Ihr Gesuch weitergegeben, wie bereits erwähnt. Gestern, als Sie nicht da waren, habe ich eine Antwort von einem Freund in der Stadtverwaltung erhalten. Es wird momentan ein kleiner Trupp an Freiwilligen zusammengestellt. Die Stadt stellt einige Mittel zur Verfügung – wenn alles wie geplant läuft, bekommt das Waisenhaus am vierundzwanzigsten einen neuen Anstrich.«

Ich brauche einen Moment um das Gesagte zu realisieren. Meine Augen weiten sich, ich habe mit einem Mal einen Kloß in der Kehle.

»Marcus, ich weiß nicht, wie ich Ihnen danken soll. Das ist eine fantastische Nachricht.«

Er winkt ab, kneift die Augen etwas

zusammen. »Ich habe dies nicht für Sie getan. Sie sind der schlechteste Weihnachtsmann, der mir jemals untergekommen ist, aber vermutlich haben Sie mir meinen Platz im Himmel beschert. Denn Sie **nicht** zu feuern und **nicht** bei Ihrer Sachbearbeiterin zu verpfeifen ist eine gute Tat, die wohl nicht jedem so selbstlos von der Hand gegangen wäre. Merry Christmas an dieser Stelle.«

Etwas betreten senke ich den Blick. »Nun, dann bedanke ich mich ebenfalls für Ihre Geduld mit mir. Morgen ist zwar Sonntag, aber ich verspreche, mir die letzten vier Tage vor Weihnachten echte Mühe zu geben.«

Marcus gibt einen Laut von sich, der einem Grunzen gleicht. »Wenn sich nicht bereits die Kunde vom furchtbaren Santa verbreitet hat und die Kinder sie freiwillig meiden. Ist Ihre Arbeitsbereitschaft **mein** verfrühtes Weihnachtsgeschenk?«

Ich grinse breit. »Merry Christmas, Marcus. Ich meine es ernst, mehr gibt es nicht.«

Er seufzt. »Man nimmt, was man bekommt. Und nun an die Arbeit, ich bezahle Sie nicht fürs herumulken.«

»Mit Verlaub, Sie bezahlen mich überhaupt nicht«, schiebe ich ein. Sein pikierter Blick reizt mich zu einer beschwichtigenden Handbewegung.

»Ich bezahle mit meinem Schweigen und meiner Großmut. Das ist mit Geld nicht aufzuwiegen, glauben Sie mir.«

Dann geht er davon.

Ich sehe ihm nach, wie er, mit hinter dem Rücken verschränkten Armen, durch die Mall schlurft und einen flüchtigen Blick in alle Geschäfte wirft, oberflächlich nach dem Rechten sieht.

Fast könnte man meinen, ich mag diesen komischen Kauz. Aber nur fast.

Denn gerade, als sich ein leichtes, warmes Gefühl in meiner Magengegend breitmachen will, scheint die Umgebung zu gefrieren. Zeitgleich beginnt ‚Santa Baby' zu spielen, gegensätzlicher könnte die Atmosphäre um mich herum kaum sein.

»Sieh an, Santa persönlich. Herzallerliebst, Gabriel. Steht dir gut, das Outfit. Hätte nicht gedacht, dass du den Quatsch hier durchziehst. Ich bin ... beeindruckt.«

Ihre Stimme ist schmeichelhaft sanft, wie das Tönen der beschissenen Engel, ihre Worte allerdings speien Gift und verraten ihr wahres Inneres.

Ich setze mich aufrecht hin, wende ihr mein Gesicht zu. Sehe in die Augen, die ich niemals mehr auch nur mit meinem Hintern begutachten wollte.

»Wenn das nicht Melanie, die Hexe des Winters ist. Haben dich die eisigen Winde direkt vor meine Füße getragen, was? Zu dumm, dass es für dumme Schlampen keine Geschenke gibt, verzeih diesen Umstand.« Ich deute in die Richtung, in welcher Marcus verschwunden ist. »Eine Stelle als nuttige Elfe ist allerdings frei geworden. Ist zwar kein Chanel-Kostüm, aber das überstehst du sicherlich.«

Ihr Blick könnte selbst Ethanol einfrieren, doch mich lässt er im wahrsten Sinne des Wortes kalt. Sie kann mir keine Emotionen mehr abringen.

»Halt deine verdammte Klappe, du Idiot«, zischt sie halblaut und tritt näher. Es wirkt, als schleiche sich der Schakal näher an das verwundete Kaninchen – nur, dass ich keine harmlose Beute mehr bin.

»Was ist los, Melanie? Bist du ... wütend? Da habe ich etwas, das Abhilfe schafft, darf ich dich an die Psychologen verweisen, die du mir empfohlen hast?« Liebenswürdig lächle ich sie an.

Irritiert bleibt sie stehen, dann versteht sie, auf was ich hinaus will, lächelt ein süffisantes Lächeln.

Ich verstehe nicht, was ich jemals an ihr gefunden habe. Aus einer gewissen Distanz betrachtet merkt man, wie ihr eiskalte Berechnung aus jeder Pore dringt, ihr sorgsam gestyltes Äußeres zu einer widerlichen Fassade zusammenschmoren lässt.

Die falschen Wimpern klimpern mich an, die aufgespritzten Lippen verziehen sich zu einem Schmollmund, der wohl attraktiv wirken soll, in ihrem Gesicht allerdings einfach nur lachhaft aussieht.

»Oh mein Lieber, macht es dich nicht **verrückt**, hier sitzen zu müssen, den Santa zu spielen, jeden einzelnen Tag dieses Lichterspektakel, die Musik, die schreienden Kinder ertragen zu müssen? Du mochtest Weihnachten noch nie, hast geradezu einen Hass darauf entwickelt, dieses unschuldige Fest der ... Liebe. Gib es zu, das macht dich so ... **sauer.** Du möchtest doch sicher einfach nur schreien und fluchen, dir jedes Haar einzeln ausreißen.«

Sie legt den Kopf schief, das blondierte Haar fällt ihr ins Gesicht, sie pustet die Strähnen weg.

»Sag, zum wievielten Mal hörst du ‚Feliz Navidad'?«, raunt sie, spielt die Verständnisvolle.

»Zum vierzigsten Mal. Häufiger als das läuft nur ‚All I want for christmas is you'«, gebe ich ausdruckslos zurück.

Sie nickt, zieht die perfekt gezupften Augenbrauen nach oben, macht große Augen, blinzelt wieder entzückend.

»Was für eine Folter für den größten Weihnachtshasser der Welt. Witzig, dass das alles nur geschieht, weil ich dich in diese Situation gebracht habe.«

Sie beißt sich auf die Lippe.

»Das tut mir so, so leid. Das wollte ich bestimmt nicht. Andererseits ... erfüllt es mich mit einer schwer zu ignorierenden Freude, dich hier schmoren zu sehen. Es ist nicht ganz die

Hölle, aber nahe dran, zumindest für dich. Was fühlst du, wenn du mich hier siehst, die Verursacherin des ganzen Schlamassels? Wirst du nicht **wütend**? Gibs zu ... tief in dir drin spürst du es, das Brodeln. Den Zorn. Du willst doch sicherlich deine Rache, oder? Willst du mich nicht bestrafen für all das hier? Gib dir einen Ruck, Gabriel, sag die Wahrheit. Du würdest mich doch am liebsten schütteln für diese ganze Sache. Würde es sich nicht gut anfühlen, deine Wut an mir rauszulassen? Willst du mich nicht, ich weiß auch nicht, schlagen?«

Sie hat recht.

Es brodelt in mir. Es kocht in meinem Magen. Je länger ich ihr zuhöre, je länger ich über ihre Worte nachdenke, desto mehr muss ich ihr zustimmen ... ich hasse sie. Ich hasse diese Situation. Ich bin ... **wütend**. Und scheiße, es würde sich so **gut** anfühlen, diese Wut rauszulassen ...

Ehe ich antworten kann ertönt ein lautes Klatschen, ein leiser Aufschrei.

»Er will dich sicher nicht schlagen. Aber ich konnte der Versuchung nicht widerstehen.«

Ich blinzle hektisch, versuche den roten Schleier vor meinen Augen zu durchdringen. Mühsam schlucke ich an der Wut. Dann realisiere ich die Szene vor mir.

Brandy steht da. Die Hände in die Hüften gestemmt sieht sie mit eisigem Blick zu Melanie hinauf, die sie um einen Kopf überragt.

Melanie dagegen hält sich mit absolut schockiertem Gesicht die Wange, welche sich langsam rot färbt.

»Was soll denn *das*, du mieses kleines Stück?«, haucht die Hexe tonlos, stiert Brandy wie gebannt an.

Brandy sieht für einen Moment extrem verdattert aus, als könne sie selbst nicht fassen, was sie getan hat. Dann reckt sie beinahe trotzig das Kinn. »Ich nehme an, du bist Melanie, richtig? Da du diejenige bist, wegen der Gabriel Sozialstunden ableistet, ist es wohl nicht ganz rechtens, dass du hier bist und ihn zu provozieren versuchst. Ich bin natürlich kein Anwalt, mein Mann aber ist einer, ich kann ihn gerne anrufen und fragen. Mit Sicherheit gibt es irgendeine Klausel, die diesen kranken Scheiß hier verbietet.«

Sie streckt den Finger aus und piekt Melanie damit auf die Brust.

»Und selbst wenn es diese nicht gibt, nimmst du jetzt deine mageren Beinchen in die Hand und verschwindest von hier, bevor ich die andere Wange auch noch tätschle. Du bist Abschaum.«

Ich kann Brandys Zähne bis hier her unter dem festen Biss ihres Kiefers knirschen hören, sehe ihren inneren Kampf, die nächsten Worte hinunter zu schlucken, ehe sie ihn aufgibt, noch einen Schritt näher an Melanie herantritt.

»Manipulative Menschen wie du, die denken, sie müssten nur genau die richtigen Worte sagen und alle in ihrem Umfeld gehorchen blind, solche ... *Kreaturen* verachte ich mit einer Inbrunst, die ihresgleichen sucht. Komm mit dir klar und projiziere nicht deine Gefühlskälte auf andere, um sie in den Wahnsinn zu treiben. Ich gebe dir diesen Rat nur, weil bald Weihnachten ist – such dir Hilfe. Du bist krank.«

»Jetzt hörst du mir mal zu, du Miststück«, ereifert sich Melanie, die endlich ihre Stimme wiedergefunden hat.

»Meine Damen, gibt es ein Problem hier? Oh, Sie schon wieder. Was gibt es?«, wendet sich Marcus an Brandy. Wo auch immer er herkommt, wie ein Heinzelmännchen scheint er einfach neben den zwei Kontrahenten aufgepoppt.

»Das hier ist Melanie, Gabriels Exfrau, wegen welcher er hier Sozialstunden ableistet. Sie versucht ihn wütend zu machen, hat ihn förmlich dazu angestachelt, einen Wutanfall zu bekommen, sie gar körperlich anzugehen, um seine Auflagen zu verletzen. Das ist nicht nur moralisch verwerflich, sondern definitiv auch strafbar, oder täusche ich mich da?«, erklärt Brandy geduldig, ihr Blick jedoch versucht ein Loch in meine garstige Exfrau zu bohren.

Diese reckt das Kinn und verengt die markant geschminkten Augen.

»Ein hübsches Hündchen hast du dir da angeschafft, Gabriel. Meinen Segen hast du, die ist ja ganz schön verknallt in dich. Hoffentlich weiß dein Mann, der Anwalt, Bescheid, und zieht dir das letzte Hemd aus. Wenn nicht – Gabriel kann gut mit Klamotten, nicht wahr, Gabriel? Lass nur keine Streichhölzer herumliegen ...«

Dann wirft die Hexe das Haar zurück und stolziert davon.

Marcus reibt sich verwirrt das Kinn, schiebt die Brille nach oben. »Was zur Hölle war das denn?«

Ich werfe ihm einen amüsierten Blick zu. »Haben Sie soeben das erste Mal geflucht? Noch dazu vor dem Weihnachtsmann?«

»Sie bringen eben das Schlechteste in mir zum Vorschein«, gibt er zurück und eilt wieder davon.

Lässt mich mit Brandy allein. Mit ihr und ihren funkelnden grauen Augen, die nicht nur das Licht der Weihnachtsdekoration reflektieren, sondern auch von einem inneren Licht erfüllt zu strahlen scheinen.

»Du bist also verknallt in mich?«

Sie verdreht die schönen Augen, errötet aber ganz entzückend, streicht sich eine brünette Strähne aus der Stirn.

»Das ist das Einzige, dass dich an all ihren Aussagen stört? Deine Ex ist eine durchgeknallte Schnalle. Ich habe noch nie eine Frau so viel Blödsinn reden hören. Noch dazu habe ich noch nie einen Menschen geschlagen, Herr im Himmel. Diese Frau bringt wahrlich das Schlechteste in allen zum Vorschein.«

Ich lächle in mich hinein.

Sie hat es nicht verneint.

Wenn sich eine Tür schließt öffnet sich eine Nachricht

Sein Weg wird ihn von mir entfernen und doch waren wir uns selten näher, als in diesem Moment, in welchem wir voreinander stehen, uns einfach nur in die Augen sehen, uns wortlos anlächeln.

Zwanzigster Dezember

Brandy

Hast du an deine Zahnschiene gedacht?«, rufe ich aus dem Badezimmer, wo ich soeben die letzten Sachen zusammensuche, die Wyatt für die nächste Zeit brauchen wird.

»Ah, gut, dass du mich daran erinnerst. Ich war mir sicher, etwas vergessen zu haben, wusste aber beim besten Willen nicht, was genau es war«, antwortet mir seine tiefe Stimme.

Ich werfe sein Mundwasser in den Kulturbeutel in meiner Hand und schließe dann den Reißverschluss. Es fühlt sich feierlich an.

Als ich aus dem Badezimmer trete, steht er bereits im Flur, in seine Winterjacke gehüllt, auf dem Rücken einen Rucksack, eine große, ausladende Reisetasche in der rechten Hand.

Mein Herz hüpft, als er mich mit einem strahlenden Lächeln ansieht, aber auf eine gänzlich andere Art, als zu Beginn unserer Beziehung. Es ist ein freudiges Gefühl, das Feiern der Tatsache, dass dieser Mensch, der ein so wichtiger Teil meines Lebens ist, nun seinen Weg geht, den Weg, der ihn glücklich macht. Gelöst von den Fesseln einer Zukunftsvision, die niemals hatte Wirklichkeit werden können.

Sein Weg wird ihn von mir entfernen und doch waren wir uns selten näher, als in diesem Moment, in welchem wir voreinander stehen, uns einfach nur in die Augen sehen, uns wortlos anlächeln.

Es gibt so gut wie nichts mehr zu sagen. Jedenfalls nichts, das laut ausgesprochen werden muss. Wir wissen alles, was vonnöten ist.

»Pass auf dich auf, Kleines. Zögere nicht, mich anzurufen, ja?«, sagt er schließlich, ein liebevolles Lächeln ziert seine hübschen Züge. »Lassen wir die Situation wirken. Und dann besprechen wir alles weitere. Ich schätze, es wird keine friedlichere Trennung geben, als die unsere.«

Ich schmunzle. »Da stimme ich dir absolut zu. Danke, dass ich in unserer Wohnung bleiben kann. Was immer du brauchst, bitte sag mir jederzeit Bescheid.« Ich kann es mir nicht verkneifen, breit zu grinsen. »Und vergiss mir nicht, Candy nett zu grüßen. Denkt bitte an euren Ruf, wenn es euch wieder überkommt.«

Wyatt verdreht die Augen, hat den Anstand leicht rot anzulaufen. »Gott, erinnere mich nicht daran. Das wird eine ganze Weile Stadtgespräch Nummer Eins sein. Ich bin nur froh, dass ich kein Scheidungsanwalt bin, das würde definitiv an meiner Reputation kratzen.«

Ich schnalze mit der Zunge. »Das hätte sich Herr Anwalt davor überlegen sollen, aber ich verstehe, dass dein Blut in dem Moment nicht in dem denkfähigsten Organ verweilte. Wir könnten eine Pressemitteilung herausgeben, was meinst du?«

Er nickt zustimmend. »Das ist eine gute Idee. Ich werde Janine fragen, was sich da machen lässt.«

Dann stehen wir wieder da. Grinsen uns leicht grenzdebil an. Unterhalten uns über Banalitäten, als ob wir nicht gerade Wyatts Sachen gepackt hätten, weil er bei mir aus- und bei Candy einzieht.

Er gibt sich einen Ruck, macht einen Schritt auf mich zu, nimmt mir den Kulturbeutel aus der Hand und drückt mir einen zarten Kuss auf die Stirn.

»Mach es gut, Brandy. Wir schreiben uns, ja? Ich lie ... also, halt die Ohren steif.« Er lacht nervös. »Entschuldige, Macht der Gewohnheit. Das wird einfacher werden, denke ich.«

Ich grinse. »Gut, dass es dir passiert ist. Ich

hatte die Befürchtung, dass mir dieses unangemessene ‚Ich liebe dich' herausrutschen würde. Also dann, geh. Bevor es doch noch peinlich wird.«

Wieder nickt er, dann dreht er sich um, geht zur Tür, schon liegt seine Hand auf der Klinke..

Erst öffnet sie sich, dann schließt sie sich hinter ihm.

Wyatt ist weg. Und mit ihm dieser unerträgliche Hauch von unerfüllter Zukunft. Ich kann atmen, tief Luft holen.

Die Tür ist zu, geschlossen, hat damit eine Verbindung zwischen uns für immer gekappt. Ich bin frei.

Noch während mein Gehirn bemüht ist, diese seltsamen Eindrücke zu verarbeiten, vibriert das Handy in meiner Hosentasche. Ich ziehe es hervor und runzle die Stirn, als ich eine unbekannte Nummer sehe, die mir eine SMS geschrieben hat.

Wer schreibt denn heute noch SMS? Ich ziehe die Nase hoch und tippe auf den Brief.

Mein Herzschlag beschleunigt sich.

Hey Weihnachtsfrau,
verzeih den Überfall,
Lauren gab mir deine Nummer.
Ich habe Neuigkeiten für dich.
Lässt du mich rein?
Herzlichst,
Gabriel

Wie eine Idiotin grinsend stehe ich im Flur, starre auf die Worte, die mir feuchte Hände und rote Ohren bereiten. Ohne zu zögern tippe ich eine Nachricht.

Weihnachtsfrau, ehrlich?
Du weißt, schon, dass wir
2024 haben? Wer schreibt denn
Noch SMS? Ich habe auch
WhatsApp. Was meinst du mit
‚Reinlassen?'
Mit freundlichen Grüßen,
Brandy

Ich tippe auf ‚Senden' und wage es kaum, meinen Blick vom Handy abzuwenden, da kommt auch schon seine Antwort hereingeflattert, begleitet von einem sanften

Vibrieren.

Ich fand eine SMS irgendwie ...
Romantischer. Reinlassen beschreibt
Gemeinhin den Akt des Türe-öffnens,
wenn jemand auf der anderen
Seite steht und auf Einlass wartet.
Auf bald,
Gabriel

Ich verdrehe grinsend die Augen. Meine Finger fliegen über den Bildschirm.

Wie schafft man es, über eine
Simple SMS eine ähnlich große
Klappe zu haben, wie persönlich?
Danke für die unerwartet
Hilfreiche Aufklärung.
Beste Wünsche,
Brandy

Es dauert einen Moment, ehe das leise Summen von seiner Antwort kündet.

Wir gehen nicht auf die
Sache mit der Romantik ein?
Autsch.
Falls ich mich unklar ausgedrückt
haben sollte –
Ich stehe vor deiner Haustür.
Lässt du mich rein? Oder ist es
Ungünstig?
Bis zum nächsten Mal,
Gabriel

Mein Herz setzt kurz aus. Atemlos lese ich seine letzten Zeilen erneut, dann haste ich zur Tür, öffne sie hektisch, springe der aufwallenden Kälte des Hausgang trotzend über die Treppe nach unten und reiße die Haustüre auf.

Er ist da. Gabriel ist hier, vor meiner Wohnung. Er lächelt schief, seine blauen Augen leuchten selbst in diesem dämmrigen Zwielicht vor dem Eingang, welcher nur unzureichend von meiner etwas dürftigen Weihnachtsdekoration ausgeleuchtet wird.

Es ist vier Uhr und der Jahreszeit geschuldet dämmert es nämlich bereits.

»Hi«, bringe ich geradeso heraus, meine Stimme ist nicht mehr als ein zähes Krächzen.

»Selber hi. Ich hoffe, ich komme nicht ungelegen?«, erwidert er mit leiser Stimme. »Ich dachte, es wäre vielleicht sinnvoller, dir zunächst zu schreiben, ehe ich mit der Tür ins Haus falle und deinen Mann schockiere.«

Ich pruste auf. »Meine Grandma würde sagen ‚Da müssen Maschinen kommen und keine Ersatzteile'. Nicht, dass du nicht schockierend wärst, aber nun einmal nicht ... **so** schockierend.«

Er verschränkt die Arme vor der Brust, schüttelt amüsiert den Kopf.

»Das wahrlich schockierenste an dieser Situation ist die Tatsache, dass du meine Frage nicht beantwortest und mich stattdessen hier frieren lässt.«

Ich schnalze mit der Zunge. »Was ist los, Santa, ich dachte am Südpol hast du eisigere Temperaturen als hier?«

Theatralisch greift er sich an die Brust. »Deine eiskalte, aalglatte Art lässt mich mehr frieren, als ich es am Nordpol zwischen Elfen und Rentieren je tat.«

Jetzt kann ich nicht anders als zu kichern. Und auch er lacht leise.

Ich trete einen Schritt zur Seite und bedeute ihm einzutreten. »Um höflicherweise deine Frage zu beantworten – du kommst nicht ungelegen. Und Wyatt hast du knapp verpasst, er ist vor etwa fünfzehn Minuten gegangen.«

Er geht an mir vorbei. Seine Schulter streift meinen Arm, sofort bekomme ich eine Gänsehaut unter meinem roten Rollkragenpullover.

Die Kälte, die Kälte, versichere ich mir rasch,

schließe die Tür hinter Gabriel. Er geht die Treppe hinauf, zieht seine Stiefel aus und tritt durch die Eingangstür in meine Wohnung.

»Und wann kommt er wieder?«

Ich zucke mit den Schultern, trete hinter ihm ein. »Das ist eine ziemlich intime Sache zwischen ihm und Candy, aber wie ich die süße Elfe einschätze kommt Wyatt in etwa zwanzig Minuten. Spätestens.«

Es dauert einen Moment bis der Groschen fällt. Leider lacht er nicht, obwohl ich den unanständigen Spruch für ziemlich gelungen halte.

»Wyatt ist gegangen?«

Ich nickte. »Er hat seine nötigsten Sachen gepackt und ist ausgezogen, ja. Du musst also keine Sorge haben, dass mein wutschnaubender Ehemann dich für irgendetwas zur Rechenschaft zieht.«

Sein nachdenklicher Blick wandert über meine geschmackvolle, minimalistisch gehaltene Inneneinrichtung und verharrt schließlich auf mir.

Erst jetzt wird mir bewusst, so richtig bewusst, dass wir noch nie alleine in geschlossenen vier Wänden waren.

Bisher ist immer jemand um uns gewesen, fremde Menschen, die Kids, die verdammte, neugierige Lauren ...

Schlagartig ändert sich die Atmosphäre des Raumes. Wird dichter, dicker, raubt mir die Luft zum Atmen, Ich japse leise. Mein Puls rast.

Mein ganzer Körper kribbelt und ich kann es nun unmöglich auf die Kälte schieben. Denn mir ist heiß. Unfassbar heiß, ich brenne unter seinem bohrenden Blick, der meine Gedanken zu ergründen versucht.

Scheiße.

Nun, so allein mit ihm, kann ich nicht mehr vor all diesen Empfindungen fliehen, die er in mir hervorruft. Sie sind kaum merklich in mir gewachsen, jeden Tag ein wenig mehr, bis sie unübersehbar in mir wuchern.

Habe ich am Anfang angenommen, dass ich ihn, seine Art, alles an ihm verachte, mir seine ganze Person zuwider ist, muss ich mir nun eingestehen, dass mich etwas ganz anderes umtreibt ... denn was ich in diesem Moment fühle ist alles andere als Hass. Alles andere als Abscheu.

Ich fühle mich zu ihm hingezogen.

Ich will ihn, will seine verdammten Lippen schmecken, welche seinen fest aufeinander gebissenen Kiefer verbergen. Ein Muskel in seiner Wange zuckt. Ich sehe seinen Adamsapfel unter seinem harten Schlucken hüpfen.

»Gabriel ...«

»Ich habe Neuigkeiten.« Seine Stimme ist dunkel, belegt. Seine Augen glühen, seine Augenbrauen sind zusammengekniffen, eine steile Falte erscheint über seiner geraden Nase.

Er sieht unfassbar gut aus, selbst wenn er so

um Contenance bemüht ist.

»Was für Neuigkeiten«, krächze ich heiser.

Er tritt einen Schritt näher, schiebt eine Wand aus heißer Luft vor sich her. Wann hat er seinen Mantel ausgezogen? Ich weiß es nicht, weiß nur, dass seine muskulösen Arme perfekt zur Geltung kommen in dem weißen Shirt. Dass seine Jeans wie angegossen auf den langen Beinen sitzt. Der breite schwarze Gürtel mit der silbernen Schnalle erfüllt mit absoluter Sicherheit auch andere Zwecke, als nur seine Hose an Ort und Stelle zu halten ... oh Herr im Himmel.

Warum habe ich so viele Apfel-Zimt Kerzen angemacht, warum ist die Wohnung so romantisch beleuchtet? Das erschwert das klare Denken ungemein.

Meine Pheromone schwappen beinahe sichtbar durch den Raum. Gabriel schleicht auf mich zu, federnd in den Knien schleicht er sich an, als wäre er ein Raubtier und ich ein waidwundes Beutetier. Dabei renne ich doch gar nicht weg.

Er kommt direkt vor mir zum Stehen. Ich lege den Kopf in den Nacken, um zu ihm aufzusehen. Sein Atem streicht über mein Gesicht, Er riecht nach schwerem Parfum und leichtem Schnee, seine Haare sind noch feucht von den fallenden Flocken.

Seine Hand legt sich sachte an meine Wange, ohne zu zögern schmiege ich mein Gesicht an seine Handfläche.

Seine andere Hand liegt federleicht an meiner Taille. Meine Lider flattern, mir wird ein wenig schwindlig, seine bloße Anwesenheit, seine Nähe droht mich zu überwältigen.

»Marcus hat einen Kontakt bei der Stadt. Am vierundzwanzigsten werden Freiwillige kommen und die Bruchbude ein wenig mehr heimelig machen.«

Seine Worte sickern nur schwer in meinen umnebelten Verstand. Ich weiß, dass ich mich freuen sollte, vollkommen aus dem Häuschen sein, doch ich kann nicht, habe keinen Platz für eine weitere Empfindung. Es gibt nur Gabriel und meinen Wunsch nach mehr.

Seine Lippen treffen meine Stirn, hauchen einen unschuldigen Kuss auf meine Haut. Ich schließe die Augen. Mein Atem geht keuchend, meine Hände machen sich selbstständig, legen sich an seine Hüften.

Es ist das erste Mal, dass ich ihn mit voller Absicht berühre. Auch ihm scheint das klar, zittrig atmet er ein, dann ergießt sich sein minziger Atem auf meinem Gesicht.

Ein weiterer Kuss, auf meine Schläfe. Einer auf meine Wange. Ich lege den Kopf schräg. Seine Hand wandert in meinen Nacken, umschließt meinen Hals von unten sanft und fest zugleich.

Ein Atemzug trifft meine Lippen, ich öffne die Augen.

Blaues Feuer brennt in seinem Blick, während er mich bebend betrachtet, auf mein Einverständnis wartet.

Ich zögere keinen Moment länger, stelle mich auf die Zehenspitzen und lege meine Lippen auf die Seinen.

Und die Welt bleibt stehen.

Es sind nicht die Montage, die nerven

Sie bringt mich dazu, dieses ‚Bessere' sein zu wollen, ohne mir das Gefühl zu geben, bisher nicht genug zu sein.

Einundzwanzigster Dezember

Gabriel

Ich starre an die Decke über mir, gestehe mir nach einer Stunde erfolglosen Herumwälzen schließlich ein, dass ich definitiv nicht schlafen kann. Ein Blick auf die Uhr verrät mir, dass wir halb eins in der Nacht haben. Es ist also faktisch Montag, das Wochenende vorbei, ich muss in wenigen Stunden bei der Arbeit antreten.

Und der Schlaf flieht mir. Wie könnte er auch nicht, weiß ich doch, dass nur wenige Meter entfernt Brandy in ihrem Bett liegt und schläft.

Meine Finger wandern wie von selbst zu meinen Lippen, fahren sie nach, erinnern mich an das sanfte Gefühl von Brandys Mund auf meinem.

Sie schmeckt nach Leben. Nach Zimt, süßen

Keksen und heller Hoffnung. Ich will sie wieder küssen. Wieder und wieder, für eine geraume Zeit meiner Zukunft, wird mir erschreckend klar. Sie ist bereits jetzt so tief in meinem System verankert, dass ich nicht weiß, wie ich ohne ihre beruhigende Nähe leben soll.

Sie ist mein Anker. Sie schenkt mir Ruhe. Wie sie mich vor Melanie verteidigt hat, in Seelenruhe deren perfiden Plan zunichte gemacht hat, die alte Hexe gar geschlagen hat, nur um mich zu schützen ... mein Herz wird weit und eng zugleich in meiner Brust bei dieser Erinnerung.

Noch nie ist jemand so für mich eingestanden. Melanie war nur gut darin, mich klein zu machen. Mich wütend zu machen. Darin, mich glücklich zu machen, mich zu beschützen, hat sie sich nicht einmal versucht.

Für Brandy scheint es so natürlich wie atmen.

Verdammte Scheiße, wie konnte ich auch nur einen Moment lang annehmen, ich könnte diese wundervolle Frau hassen?

Wieder flammt der Kuss vor meinem inneren Auge auf, wieder fühle ich ihre zarten Lippen an meinem Mund. Ihre sanft tastende Zunge, die träge nach meiner sucht. Schmecke ihren einzigartigen, exquisiten Geschmack, der mich selbst jetzt, in meiner Erinnerung, leise zum Keuchen bringt, mir die Hose eng werden lässt.

Scheiße, es reicht ein kleiner Gedanke an sie und schon werde ich hart ... Zu meinem Glück hat sie dies bei unserem Kuss nicht bemerkt. Oder hat sie? Ist sie deshalb vor mir zurückgewichen, hat sich die Hand an den Mund gelegt, als hätte sie etwas Dummes gesagt?

Nein. Hätte ich sie verschreckt hätte sie mich wohl nicht eingeladen zu bleiben.

Hätte nicht mit mir zusammen gekocht, Wein getrunken und geredet, so viel geredet und doch nichts gesagt, nichts von Bedeutung ... Nichts von dem erwähnt, was wirklich zwischen uns steht. Uns verbindet.

Und sie hätte mit absoluter Sicherheit nicht schüchtern gefragt, ob ich über Nacht bleiben könnte, damit sie nicht alleine ist.

Und nun liege ich hier, und der Schlaf flieht mir, meine Shorts bis zum Zerreißen gespannt, meine Nerven liegen ebenso blank angesichts des Wissens, dass sie nur wenige Meter entfernt ist ...

»Bist du wach?«

Ihre Stimme ist nicht mehr als ein zarter Hauch in der Stille, doch ich höre ihn. Nicht nur mit den Ohren, auch mein Herz reagiert auf der Stelle auf ihren leisen Ausruf.

»Ja. Und du?«

Nun kann ich ihr Augenverdrehen förmlich vor mir sehen.

»Nein, ich schlafe tief und fest, ich rede nur dann und wann in der REM Phase. Du nicht?«

»Doch, natürlich, was denkst du, warum ich dir so glasklar antworte? Wenn das nicht der

REM Schlaf ist, was dann«, ulke ich zurück, weitaus lockerer als ich mich tatsächlich fühle.

Sie kichert leise und seufzt dann.

»Ich bin es nicht gewohnt, alleine im Bett zu liegen. Das macht mich ganz verrückt. Und vielleicht auch ein wenig die Tatsache, dass du hier bist.«

»Nur ein wenig? Dann stört es dich sicherlich kein bisschen, wenn ich zu dir ins Bett komme?«

Der Teufel allein weiß, was mich reitet, einen solchen Ausspruch von mir zu geben. Stille antwortet mir. Ich will mich eben entschuldigen, da ertönt ihre leise, verlegene Stimme.

»Wäre es arg seltsam, dich darum zu bitten? Dich einfach zu mir hin zu legen, ohne Hintergedanken?«

Ich schürzte die Lippen und sehe durch das Zwielicht hinunter auf meine Körpermitte, die sich nach wie vor relativ deutlich unter der Decke abzeichnet.

Ohne Hintergedanken wird vielleicht etwas schwer, wenn hier jemand seinen eigenen Kopf hat.

»Ich soll in dein Ehebett krabbeln, keinen Tag, nachdem dein Ehemann ausgezogen ist?«, hake ich nach, nur um ganz sicher zu gehen. Vielleicht auch, weil mich der Gedanke ein wenig stört.

»Das Bett ist frisch bezogen. Und Wyatt und ich hatten seit Monaten nicht mehr diese Art der Beziehung, falls dich das irgendwie beruhigt. Ich bitte dich auch nicht, es direkt jetzt mit mir zu tun. Und du kannst auch nein sagen.« Ihre Stimme klingt ein wenig verschnupft.

Und obwohl mir bewusst ist, dass dies keine gute Idee ist, zucke ich mit den Schultern und gebe flapsig mein Einverständnis.

Langsam schlage ich die Decke beiseite, lagere meinen Schwanz ein wenig um, sodass ich nicht mit pompös errichtetem Zelt durch das spärlich von draußen erhellte Zimmer laufen muss, und gehe langsam in die Richtung ihrer Stimme.

Ich habe mir grob gemerkt, wo ihre Möbel stehen und versuche sie zu umschiffen – mein kleiner Zeh allerdings ist schon immer gut darin gewesen, besondere Kanten und Ecken aufzuspüren.

So auch jetzt. Mit voller Wucht ramme ich ihn gegen den Türrahmen und ächzte vor Schmerz auf.

»Scheiße!«

Ein Klicken ertönt und das Schlafzimmer wird von gedämpften, warmen Licht geflutet.

»Alles in Ordnung?«, fragt ihre helle Stimme mit besorgtem Unterton. Mit zusammengebissenen Zähnen gehe ich möglichst würdevoll hinüber zu dem ausladenden Boxspringbett. Sie hat tatsächlich sogar im Schlafzimmer dekoriert. Oder gehören die Mistelzweige, das Gestrüpp aus Stechpalme und Tannenzweigen zu ihrem ganzjährigen Repertoire?

»Natürlich, hört es sich etwa nicht so an?«

Sie antwortet nicht. Sie starrt nur auf meine wippende Körpermitte, die sich durch mein schmerzerfülltes Krümmen aus dem Bund der Shorts befreit hat.

Verflucht.

Mit hochrotem Kopf macht sie das Licht aus, lässt mich in der Dunkelheit zurück. Ich taste nach der Bettdecke auf der freien Seite und schlüpfe darunter, halte Abstand zu ihr.

Still liegen wir nebeneinander, ich höre ihren Atem gehen, mein Blut in meinen Ohren rauschen.

Sie ist so nah. Ich kann ihren femininen, sauberen Geruch wahrnehmen, sehe vor meinem inneren Auge, wie sich ihre Brust unter ihren Atemzügen hebt und senkt.

Absolut vorteilhaft im Kampf gegen meine Erektion. Teufel, zum Glück ist es dunkel ...

Ich höre Stoff rascheln, dann finden warme, zögerliche Finger zielgerichtet meine Hand, legen sich um die meinen. Und irgendwie putscht mich diese unschuldige Berührung nicht weiter auf, wie zu erwarten gewesen wäre, sondern gibt mir Ruhe, Gelassenheit, lässt mich tief durchatmen.

Sie ist da. Für mich.

Ich bin da. Für sie.

Stillschweigende, doch wohlwollende Akzeptanz all unserer Makel, Verstehen all unserer inneren, verworrenen Gedanken und Gefühle.

»Danke«, raunt sie. Das kleine, unscheinbare Wort hängt bedeutungsschwer in der Luft, lässt mich lächeln.

»Danke«, erwidere ich leise.

Müßig sitze ich auf Santas Thron, lasse den Tag an mir vorbeiziehen. Es macht mir nichts aus, absolut nicht, zum ersten Mal, seit ich diese beschissene Stelle angetreten habe, fühle ich mich wohl. Beinahe angekommen.

Es wäre zu viel gesagt, dass mich der plärrende Lautsprecher nicht mehr nervt, ich auf einmal ein großer Fan von ‚Last Christmas' geworden bin. Ich kann auch nicht behaupten, dass mir die funkelnden Lichtern nicht auf den Sack gehen, die kleinen Plagen um mich herum, die mich mit riesigen, bettelnden Augen anstarren, nicht unfassbar lästig sind.

Aber es ist zumindest erträglich. Ich überspiele sie mit Brandys Gesicht. Agiere nur halb bewusst, konzentriere mich vielmehr auf den Film vor meinem inneren Auge.

Früher, zu meinen wilden Zeiten, wäre es sicher nicht vorgekommen, dass ich neben einer schönen Frau im Bett liege und tatsächlich nichts mache, als zu schlafen. Selbst mit Melanie, der Eiskönigin höchstpersönlich, bin ich beim ersten Date in den Laken gelandet.

Doch mit Brandy scheint das nicht richtig.

Brandy verdient etwas Anderes. Etwas Besseres.

Sie bringt mich dazu, dieses ‚Bessere' sein zu wollen, ohne mir das Gefühl zu geben, bisher nicht genug zu sein. Sie nimmt mich bereits jetzt an, wie ich bin, versucht nichts an mir zu ändern.

Die Dankbarkeit, die mich bei der Realisierung dieser Tatsache überflutet, lässt meine Kehle eng werden. Zum ersten Mal in meinem Leben versucht mich niemand so zu verbiegen, bis ich in sein Weltbild passe. Zum ersten Mal werde ich genommen, wie ich bin.

»Bist du traurig, Santa?«, fragt eine zuckersüße Mädchenstimme und ich hebe den Kopf, blinzle hektisch ein wenig Augenflüssigkeit hinfort.

»Aber nein«, brumme ich. »Wie kommst du auf die Idee?«

»Du weinst. Ich weine immer, wenn ich traurig bin«, erklärt mir das Kind geduldig.

Ich winke ab. »Das sind die Zwiebeln, die brennen immer so in den Augen. Willst du eine Puppe?«

»Hier sind keine Zwiebeln. Willst du mich verkohlen?«, beharrt der kleine Quälgeist und verschränkt die Arme vor der Brust. »Was macht dich traurig?«

Mein erster Impuls ist es, sie anzuschnauzen bis sie selber weint und sie mit einer Puppe notdürftig zu trösten, damit sie verschwindet. Doch ich gebe ihm nicht nach.

»Manchmal weint man auch, wenn man sehr glücklich ist. Aber ich weine nicht. Ich hatte etwas im Auge. Also, Puppe?«

»Weinen vor Glück klingt sehr schön. Schön, dass du glücklich geworden bist. Das passt besser zu dir als das rumschreien vom Anfang«, weist sie mich zurecht. Ich verenge die Augen und starre sie an.

»Haben wir uns schon einmal gesehen?«

Sie nickt und greift mit langen Fingern nach der Puppe.

»Ich war schon einmal da, da hast du nur geschrien. Du hast andere Kinder zum Weinen gebracht. Nicht vor Glück. Das war nicht sehr nett.«

Ich kratze mich unter der Mütze, mit einem Mal sehr verlegen.

»Auch Santa macht manchmal Sachen, die nicht ganz artig sind. Aber ich brauche ja auch keine Geschenke.«

»Also gibt es nichts, was sich Santa zu Weihnachten wünscht?«

Brandys Gesicht taucht vor meinem inneren Auge auf und ich lächle unwillkürlich.

Doch. Ich habe einen Wunsch.

Doch ehe ich antworten kann ist das kleine Balg verschwunden und an ihrer statt steht Ben da, mit hochgezogenen Augenbrauen und vor der Brust verschränkten Armen.

»So sieht man sich wieder. Du hast gestern gar nicht angerufen, junger Mann. Deine Mutter und ich waren krank vor Sorge, das gute Essen ist unberührt kalt geworden.«

Ich verdrehe die Augen. »Entschuldige, Dad, wie unhöflich von mir. Ich wusste nicht, dass ich dir Rechenschaft schuldig bin.«

Ben grinst breit. »Bist du nicht. War schön, meine Wohnung mal eine ganze Nacht für mich alleine zu haben. Sei so gut und iss heute Abend nicht in der Küche, ja? Ich muss sie erst grundreinigen, fürchte ich.«

Ich mache ein Würgegeräusch. »Scheiße, Ben, das ist so widerlich! Deine Wohnung ist so groß, muss es die verdammte Küche sein?«

Grinsend zuckt mein Freund mit den Schultern. »Meine Wohnung, meine Regeln. Sehen wir uns heute oder bist du wieder ... bei ihr?«

Zum zweiten Mal werde ich von einer anderen Stimme überrascht, noch ehe ich eine Antwort geben kann.

»Wenn du ihn noch einmal entbehren kannst würde ich ihn recht gerne mitnehmen.« Brandy lächelt und streckt ihre Hand aus. »Hi, ich bin Brandy. Und du bist?«

»Verblüfft, dass dieser unsäglich schlecht gelaunte Miesepeter eine so hübsche Frau aufgabeln konnte. Zugegeben, er ist ganz ansehnlich, aber diese Stimmungsschwankungen sorgen auf Dauer für ein anständiges Hirntrauma, findest du nicht? Muss ich mir Sorgen um deinen Geisteszustand machen?«

Ich stöhne dumpf auf. »Gott verdammt, Ben, stell dich doch einfach normal vor, liegt das im Bereich des Möglichen?!«

Ben gibt eine weitere Vorstellung seines Dauergrinsens zum Besten, als er Brandys Hand ergreift.

»Hi, ich bin Ben, Gabriels Kumpel, bisher die einzige Person, die ihn mit Engelsgeduld erträgt, all seine Launen. Und du bist die Frau, die ihn mir auszuspannen versucht? Ich bin untröstlich.«

Theatralisch legt er sich eine Hand an die Stirn, ehe er ihr zuzwinkert, sich ihr errötendes Lächeln sichert. »Ruhig Blut, ich beliebe zu scherzen. Meinen Segen habt ihr zwei Hübschen ja. Wohin soll ich seine Sachen bringen?«

»Darf ich vielleicht auch etwas zu dieser Unterhaltung beitragen?«, frage ich etwas verschnupft nach. Zwei Augenpaare richten sich auf mich.

»Oh, verzeih, du warst so ungewöhnlich still, ich habe fast vergessen, dass du auch anwesend bist!«, entschuldigt sich Ben mit einer dreisten Lüge und einem so strahlenden Lächeln, dass ich ihm eins in seinen vorlauten Mund boxen möchte. Aber nur kurz. Immerhin liebe ich den Burschen ja.

»Möchtest du heute Abend wieder zu mir kommen?«, fragt Brandy mit einem sanften Lächeln.

»Ja, Gab. Möchtest du heute Abend wieder bei Brandy kommen?«

Mit großen Augen starrt sie Ben an, Ben sieht mit wackelnden Augenbrauen zu mir und ich sehe hilfesuchend Brandy an. Was für ein Theater.

»Ich würde mich freuen, wenn ich Bens Gesellschaft noch eine Nacht entfliehen könnte. Offenbar hat er es sich zur Aufgabe gemacht, das gesamte Haus als Matratze zu benutzen und ich bin mir nicht sicher, ob mein Bett von seinem Vögelmarathon verschont geblieben ist. Von dem Standpunkt aus – gib Ben deine Adresse und er bringt dir mit Freuden ein paar Sachen von mir«, erkläre ich. »Es macht dir doch nichts aus, meinen Kurier zu spielen, oder Ben?«

Meinen süffisanten Ton vollkommen ignorierend zwinkert Ben Brandy zu.

»Ich möchte bitte von meinem Recht zu Schweigen Gebrauch machen, wenn es um sein Bett geht, das ja eigentlich mein Bett ist. Also, wollen wir?«

Brandy wirft mir einen letzten Blick zu, verdreht vielsagend die Augen in Bens Richtung, dann geht sie mit ihm mit. Die beiden verfallen in ein angeregtes Gespräch, noch bevor sie die Türen der Mall passiert haben.

Da scheint es mächtig gefunkt zu haben. Melanie konnte Ben niemals ausstehen, hat den herzensguten Idioten bis aufs Blut gehasst.

Kopfschüttelnd sehe ich den beiden nach, während eine leichte Wärme mein Innerstes flutet.

Es ist Montag. Normal hasse ich Montage mit einer Inbrunst, die ihresgleichen sucht.

Doch nicht heute. Denn gerade ist mir etwas bewusst geworden.

Ich habe erkannt, dass es bisher nicht die Montage waren, die mich genervt haben. Es war das Leben um diese Montage herum.

Interruptus

Es fühlt sich an, als wäre ich bisher tot gewesen, kalt, und er weckt das Lebendige in mir. Die Hitze.

Zweiundzwanzigster Dezember

Brandy

Es ist drei Uhr morgens und ich liege hellwach im Bett, starre in die durchdringende Dunkelheit. Neben mir kann ich Gabriels tiefe Atemzüge ausmachen.

Er schnarcht nicht. Er atmet bloß. Eine angenehme Abwechslung zu Wyatt.

Gabriel ist um halb neun hier aufgeschlagen, mit einer lässigen Nonchalance. Ich habe ihn lächelnd willkommen geheißen. Habe mir nicht meine zittrige Nervosität anmerken lassen, die von mir Besitz ergriffen hat, in dem Moment, in welchem Ben wieder gefahren ist, mir mit einem mehr als zweideutigen Zwinkern einen schönen Abend gewünscht hat.

Ich habe mir die Zeit damit vertrieben, die Kinder zu besuchen, Lauren über die freudige Nachricht zu informieren, weiteren seltsamen Schwanz-Bildern aus dem Weg zu gehen und anschließend meine ohnehin schon saubere

Wohnung vollkommen auf den Kopf zu stellen und grundlegend zu reinigen, nur für alle Fälle. Zusätzlich muss ich das Bedürfnis unterdrücken, meine sorgsam ausgewählte Weihnachtsdekoration zu verstecken, um Gabriel damit nicht zu brüskieren. So weit kommt es noch, dass ich seiner Abneigung wegen meine Inneneinrichtung verändere. Hier muss ich eine Grenze ziehen.

Die restliche Zeit habe ich mir mit Kochen vertrieben, bis es an der Tür geklingelt hat. Und schlagartig ist sie wieder da, die durchdringende Nervosität, die quasi meinen gesamten Körper in Besitz nimmt.

Dass er ebenfalls von der Situation überwältigt scheint lindert meine Aufregung nicht im Mindesten. Wie zwei Idioten sitzen wir beim Essen, grinsen dümmlich, reden über Banalitäten, als sei dies ein erstes Date und es ginge darum, sich besser kennenzulernen.

Auf der anderen Seite ist genau das auch Sinn und Zweck, immerhin wissen wir einiges nicht über den Anderen.

Er weiß nun von meiner Beschäftigung im Büro, ich bin um das Wissen reicher, dass er momentan keiner aktiven Beschäftigung nachgeht (seinen unfreiwilligen Einsatz als Santa einmal ausgenommen), sondern von seinen Ersparnissen lebt. Die Tatsache, im gleichen Unternehmen tätig zu sein wie seine Exfrau, war nicht einen Moment für ihn tragbar, weshalb er direkt nach ihrer Trennung seinen Job als Verleger aufgegeben hatte.

Verleger – ein ziemlich romantisch anmutender Beruf für jemanden wie Gabriel, der ansonsten eher die nüchterne, realistische Seite des Lebens mit einem gewissen Zynismus betrachtet.

Und obwohl wir ausschließlich über solch oberflächliche Trivialitäten reden, könnte ich ihm ewig zuhören. Seine tiefe Stimme beruhigt mich, bringt zeitgleich etwas in mir zum Summen, ein bisher unbekanntes Gefühl.

Ein wenig wie Verliebtsein und doch gänzlich anders als alles, was ich bisher erlebt habe.

Die Gefühle Wyatt gegenüber waren romantisch, aber ... nüchtern. Klar, zielstrebig, beinahe leidenschaftslos, den Blick stets auf die gemeinsame Zukunft gerichtet, nicht auf den Moment.

Gabriels Gegenwart lässt mich den Augenblick in vollen Zügen auskosten, ohne auch nur eine Sekunde an das ‚Danach' zu denken. Vielleicht ist das nur der Zauber der Vorweihnachtszeit – vielleicht aber auch so viel mehr als das.

Ich atme tief ein, kann seinen Geruch wahrnehmen. Ob ich ihn wecke, wenn ich näher an ihn heran rutsche? Wir haben keine Regeln offen kommuniziert, was genau das zwischen uns darstellt, haben bis auf diesen wahrhaft unglaublichen Kuss keine weiteren

Zärtlichkeiten ausgetauscht, jeder liegt brav auf seiner Seite des Bettes.

Und doch erscheint er mir unfassbar weit entfernt. Mein Herz schlägt sehnsüchtig schmachtend in meiner Brust, ein Seufzen rutscht mir von den Lippen. Gabriel indes regt sich nicht, atmet gleichmäßig weiter.

Vielleicht, wenn ich ganz achtsam bin ...

Ich drehe mich zur Seite, schmatze leise, wie ich es im Schlaf vielleicht tun würde, dann rutsche ich in ruckhaften Bewegungen näher. Ist das ein realistisches Verhalten? Ich weiß es nicht. Ich halte allerdings auch nicht inne, bis ich seinen warmen Körper in meinem Rücken spüre.

Erleichtert atme ich aus, schließe die Augen und will mich um Schlaf bemühen, da schlingt sich ein breiter Arm um meine Taille, zieht mich näher an eine harte Brust.

Eine Nase vergräbt sich in meinem Schopf, atmet tief ein. »Endlich«, brummt Gabriel mit klarer Stimme, presst seine Lippen auf meinen Scheitel.

»Oh Gott, bist du etwa schon die gesamte Zeit wach?«, gebe ich mit einem Quietschen von mir. Mein Herz schlägt mir bis zum Hals, ich bin stocksteif, bewege keinen Muskel.

»Wie soll ich denn auch schlafen, wenn eine unfassbar unruhige Frau die ganze Zeit neben mir herumzappelt? Zum Glück bist du so hübsch, dass ich nicht anders kann, als dir zu verzeihen.«

Erst will ich entrüstet sein, dann überwiegt die Freude. »Du findest mich hübsch?«

Er brummt, küsst meinen Haaransatz erneut. »Was für eine unsinnige und vollkommen überflüssige Frage. Jeder Mensch, der Augen im Kopf hat, findet dich hübsch.«

Ehe ich etwas erwidern kann, fühle ich an meinem Hintern den Beweis für seine Behauptung. Ich kann *spüren*, wie hübsch er mich findet.

Ein kleines Keuchen entringt sich meiner Kehle. Sein Atem streicht über mich, als er kraftvoll Luft ausstößt.

»Entschuldige ... ich kann nichts dafür.« Seinen Worten zum Trotz schlingt er seinen Arm noch enger um mich, presst mich gegen sich, seine Härte liegt direkt zwischen meinen Pobacken.

Meine Kehle ist staubtrocken, bringt nicht einmal ein Krächzen hervor. Mein Puls rast, ich spüre, wie mein Höschen nass wird.

»Wenn es dir unangenehm ist, beziehe ich auf der Stelle wieder das Sofa«, brummt er, seine Stimme ist nicht mehr als ein animalisches Knurren, steht im krassen Gegensatz zu seinen Worten.

Wenn ich ihn wegschicke, dann geht er, das ist mir bewusst. Ich könnte jederzeit meine Grenze ziehen und er würde sie respektieren.

Das Ding ist nur, ich will nicht. Ich will alles andere, als dass er jetzt geht.

Ich rücke ein wenig von ihm ab, er lässt mich sofort gewähren. Anstatt mich von ihm zu entfernen nutze ich den gegebenen Raum, um mich zu ihm umzudrehen. Meine Hand sucht sein Gesicht, auch wenn ich ihn in der Dunkelheit nicht erkennen kann, sehe ich sein hübsches Antlitz vor meinem inneren Auge. Sanft fahren meine Finger über seine bartschattige Wange, seinen markanten Kiefer entlang, bis mein Daumen über seine geöffneten Lippen streicheln kann.

»Wehe, du gehst jetzt«, flüstere ich, ehe ich ihn kurz küsse, beinahe unbeholfen kollidieren unsere Lippen miteinander. Als ich mich schüchtern zurückziehen will, umschließt seine Hand meinen Nacken, verwebt sich mit meinen Haaren, zieht mich zurück an seinen Mund.

Und er küsst mich, tief, mit allem, was er hat. Ich stöhne in seinen offenen Mund, als etwas in mir zu explodieren scheint. Er überwältigt mich mit seinem Hunger, seiner offensichtlichen Begierde. Ich fühle mich ... gewollt. Seine Hände wandern über meinen Körper, verlangend und zurückhaltend zugleich, entfachen ein Feuer, wo immer sie auf meine Haut treffen.

Bis zu diesem Moment war mir nicht einmal bewusst gewesen, wie sehr ich dieses Gefühl vermisst hatte. Es fühlt sich an, als wäre ich bisher tot gewesen, kalt, und er weckt das Lebendige in mir. Die Hitze.

Mit einer flüssigen Bewegung dreht er mich

auf den Rücken, stützt seinen Arm auf, damit sein Gewicht nicht zur Gänze auf mir liegt, drückt mich mit seiner restlichen Last auf eine köstliche Art tiefer in die Matratze, ich spüre seine Härte an meinem Oberschenkel und erzittere.

Seine Lippen verlassen meine, küssen sich eine heiße Spur an meinem Kiefer entlang bis zu meinem Ohr, das Gefühl lässt mich beinahe ohnmächtig werden.

»Ich erwarte, dass du mir sagst, wenn du dich unwohl fühlst, du aufhören willst. Ich erwarte, dass du mir sagst, was in deinem schönen Kopf vor sich geht, Liebes«, raunt er, jagt mir einen exquisiten Schauder über den Rücken.

Ich nicke hastig. »Gerade jetzt denke ich, dass ich dir nicht verzeihe, wenn du aufhörst«, antworte ich, meine Stimme nur ein tonloses Raunen.

Er schmunzelt dunkel. »Dein Wunsch ist mir Befehl, braves Mädchen.«

Ich habe mich nie als Mädchen gesehen. Doch in diesem Kontext könnte er mir nichts erregenderes sagen. Ich beiße mir auf die Lippe, strecke mich ihm automatisch entgegen, als seine heißen Lippen meinen Hals traktieren, sich küssend, knabbernd einen Weg nach unten bahnen.

Zeitgleich streicht seine Hand über den Bund meines Shirts, hebt es sanft an, hält fragend inne, wartet auf meine Zustimmung.

Ich nickte abgehackt, merke erst dann, dass er mich nicht sehen kann. Als ich meinen Mund öffne, ertönt ein langgezogenes Stöhnen, das tief aus meinem Innersten zu kommen scheint.

»Scheiße, bitte, hör nicht auf.«

Ich spüre seine Lippen an meinem Schlüsselbein lächeln, dann wandern seine Finger liebkosend über meinen Bauch.

Ich bin Wachs in seinen kundigen Händen, keuchend zerreißt mein Atem die dicke Stille im Raum, ich spüre mein Herz an seltsamen Stellen pochen, alles in mir brennt, verlangt nach mehr ... seine Hand rutscht höher, umschließt mit köstlicher Trägheit meine rechte Brust und dann ...

... Dann zerreißt der schrille Ton meines Handys die Atmosphäre, lässt mich zusammenzucken.

Schlagartig ist all das Blut wieder an den Stellen, an die es gehört, mein Hirn nimmt unwillig seinen Dienst wieder auf.

Ich richte mich auf, drücke Gabriel weg.

»Das ist Laurens Klingelton. Ich muss rangehen, entschuldige bitte.«

Ohne auf seine Antwort zu achten springe ich förmlich aus dem Bett, haste in den Flur und greife mit zittrigen Fingern mein Telefon.

»Lauren?! Ist etwas mit den Kindern? Ist etwas passiert?! Fehlt eines von ihnen?!«

Sie braucht einen Moment um zu antworten, ihre Stimme klingt ein wenig eingeschnappt.

»Warum genau gehst du davon aus, dass die Kinder mir weglaufen? Das ist mir in all den Jahren noch nie passiert!«

Ich presse meine Faust gegen meine Stirn, versuche mich zu beruhigen. »Scheiße, Lauren, es ist mitten in der Nacht, warum rufst du dann an?«

»Es geht um mich, du dumme Nuss, aber danke fürs Interesse«, gibt sie bösartig zurück. »Ich habe mich mit dem Typen mit dem schiefen Schwanz getroffen, leider hat sich herausgestellt, dass der ganze Typ schief gewickelt ist, nicht nur sein Penis. Kannst du mich abholen?«

Ich kann nicht sagen, wie sehr ich genau das **nicht** will.

Mir liegen unzählige wüste Worte auf der Zunge. Mit einiger Anstrengung würge ich sie hinunter und räuspere mich. Meine Freundin braucht meine Hilfe, also werde ich ihr helfen.

»Klar. Wohin muss ich?«

Wortreich lässt mich Lauren an ihrem Abenteuer teilhaben, mit solch ausgeschmückten Phrasen, dass mein Kopfkino unaufhörlich läuft, ich mich fühle, als stünde ich mitten in der Wohnung dieses Mannes.

»Herrgott, Lauren, du bist sechsunddreißig, man sollte meinen, dass du weißt, dass man sich nicht einfach bei einem fremden Typ zuhause trifft, schon gar nicht mit einem, der dir direkt Bilder seines besten Stücks schickt!«, entrüste ich mich schließlich, um sie zu unterbrechen.

Sie schnieft. »Das weiß ich doch, aber sieh meine Lage, ich habe keine Zeit für zehn Dates, ehe ich mir überlege, ob er was fürs Bett taugt. Ich wollte doch nur ein wenig Spaß.«

»Den wollte ich auch«, murmle ich in mich hinein, doch sie hört es natürlich. Und nahezu sofort stehe **ich** vor der Richterbank, muss ihr Rede und Antwort stehen, ganz gleich, wie sehr ich mich winde.

Zu meinem Glück ist es nicht mehr weit bis zum Waisenhaus. Dort erwartet uns eine vollkommen aufgelöste Lilly, der die Situation ganz und gar über den Kopf gewachsen ist. Seufzend entschließe ich mich zu bleiben, die überdrehten Kinder einzufangen, zu beruhigen und wieder ins Bett zu verfrachten, obwohl es bereits beinahe sechs Uhr ist.

Eine Nacht vollkommen schlaflos, ein anstrengender Tag steht bevor, angesichts der halb durchwachten Nacht der Kids.

Der Himmel stehe mir bei.

Halbherzig schreibe ich Gabriel eine SMS, unterrichte ihn von der Situation, bitte um Entschuldigung.

Er antwortet umgehend, Susanna hängt allerdings an meinem Hals und weint, weil ihr einer der überdrehten Jungs an den Haaren gezogen hat.

Ich komme erst gegen zehn Uhr dazu, auf mein Handy zu sehen.

Kein Problem, Liebes.
Ich schließe hinter mir ab und
Lege den Schlüssel unter den
Blumentopf. Meine Sachen
Habe ich dabei, ich muss heute
Abend zu einem Bekannten.
Wir schreiben, in Ordnung?
X, Gabriel

Mit einem mulmigen Gefühl im Bauch stecke ich das Handy wieder weg, verfluche zum ersten Mal in meinem Leben stumm die Kinder um mich herum, die nicht mal die meinen sind und dennoch meine aufkeimende Vielleicht-Beziehung sabotieren.

Dann werde ich ihn wohl erst morgen wiedersehen, wenn er nach dieser abrupten Unterbrechung noch die geringste Lust dazu verspüren sollte.

Vielleicht lieber doch

Was zählt ist, dass ich hier bin. Und als ich in ihre Augen sehe, wird mir auf einer tiefen Ebene bewusst, dass ich wirklich ‚hier' bin. Angekommen bin.

Dreiundzwanzigster Dezember

Gabriel

Das eigenartige Gefühl von Leere lässt sich nicht vertreiben, ganz im Gegenteil scheint es immer mehr von meinem Magen einzunehmen, von dort aus in jede Zelle meines Körpers zu strahlen.

Fühlt sich so Vermissen an?

Wenn dies der Fall ist, dann muss ich mir eingestehen, dass Ben Recht hat – es hat mich ganz schön erwischt.

Ich vermisse sie.

Brandy fehlt mir, als hätte ich einen Teil meiner selbst verloren. Die Tatsache, dass wir uns nur einen einzigen Tag nicht gesehen haben, mindert das schrecklich unangenehme Gefühl nicht. Auch mein Sinnieren darüber, dass wir uns quasi kaum kennen, ändert nichts an den Emotionen, die mich immer wieder überrollen.

Nicht nur, weil ihr Aufbruch mehr als abrupt

war, es keinen schlechteren Zeitpunkt hätte geben können, sie von mir fortzureißen, sondern auch, weil sie mir seit dem nur äußerst zurückhaltend schreibt. Ob ich sie verschreckt habe mit meiner Leidenschaft? Dabei hatte ich mich doch vergewissert, ob die Situation auch für sie angenehm ist, habe sie gebeten, mich zu unterrichten, wenn sich unser Näherkommen nicht mehr gut anfühlt.

Wieder checke ich mein Handy heimlich, nur um festzustellen, dass sie nicht geschrieben hat. Ich seufze lautlos in mich hinein. Über mir säuselt der Lautsprecher ‚Santa Claus is coming to town' und ich möchte mir die Ohren abreißen. Doch dann könnte ich Brandys süßes Keuchen nie wieder hören, wenn ich ihre weiche Haut streichle. Also ertrage ich das vierundvierzigste Mal dieses bescheuerte Lied.

Ich hätte wirklich allen Grund gut gelaunt zu sein. Das Treffen mit meinem Freund am vergangenen Abend, von welchem ich Brandy unterrichtet hatte, war mehr als das gewesen – es legt den Grundstein für meine berufliche Zukunft.

Meine Hexen-Ex hat gekündigt, aus welchem Grund auch immer.

Wenig verblüfft, dafür unendlich erleichtert, hatte mein ehemaliger Chef mir direkt geschrieben, um mir meine alte Stelle wieder anzubieten, denn ohne mir selbst schmeicheln zu wollen, als Verleger habe ich echt einiges auf dem Kasten. So mancher Bestseller ist als rohes Manuskript durch meine Hände gegangen, wurde von mir entdeckt und gefördert. Es hat weh getan, diese Arbeit hinter mir zu lassen – eine Tatsache, die meiner Verbitterung nicht gerade zuträglich gewesen ist.

Man kann Melanie einiges vorwerfen, doch recht hatte sie mit ihrer Aussage, dass ich oft wütend gewesen bin, zornig, fast aggressiv. Ich habe eine Therapie gebraucht.

Nur hat sie nicht damit gerechnet, dass meine Therapie ‚Weniger-Melanie-mehr-Brandy' inkludiert.

Wie hätte sie dies kommen sehen können, wenn es doch selbst mich vollkommen unerwartet getroffen hat.

Ich starre auf das mickrige Sandwich auf dem Teller vor mir. Der Fraß in dem mall-eigenen Diner ist wirklich eine Zumutung. Die permanente Beschallung mit dieser haarsträubenden Musik, gemischt mit den strobo-ähnlichen Lichteffekten des gigantischen Weihnachtsbaumes, lassen mich eine sofortige Krankmeldung erwägen.

Mit ziemlicher Sicherheit liegt das an Brandys Abwesenheit. Sie dämpft meine wilden Emotionen, wirft ihre Freundlichkeit, ihre wärmende Zuneigung über die wütende Kälte in meinem Inneren.

Es bedeutet ihr garantiert nichts, doch allein für sie werde ich diese letzten Stunden irgendwie überstehen, die letzten Stunden meines Sozialdienstes abarbeiten und erhobenen Hauptes dieses beschissene Kostüm anzünden.

Im Kostüme anzünden habe ich gewisse Erfahrungen ...

Ich grinse in mich hinein, als ich mich an die beinahe kindliche Freude erinnere, als Melanies Kostüme in Flammen aufgingen. Das Grinsen verfliegt, als ich an die weitreichenden Folgen denke. Dann kommt es wieder auf – schließlich hätte ich ohne den gesamten Vorfall niemals Brandy kennengelernt.

Oh Brandy.

Ich schüttle mich, bin versucht, mir selbst eine runterzuhauen. Herrgott, ist das ein liebestrunkenes Gesäusel in meinem Kopf, das halte ich nicht aus. Wie werde ich diese träumerischen Gedanken nur wieder los?

Vielleicht sollte ich ihr schreiben. Ich checke mein Handy, nur um enttäuscht festzustellen, dass sie mir nicht geschrieben hat. Meine Nachricht steht einsam und alleine im Nachrichtenfenster.

Sehen wir uns heute?
X, Gabriel

Vielleicht schreibe ich ihr nochmal. Ich tippe einige Worte, dann lösche ich alles wieder, lege das Handy beiseite.

Vielleicht doch nicht. Ich möchte sie nicht mit meinem sehnsüchtigen Geschwurbel erdrücken, sie nicht einengen, sie hat sich gerade von ihrem Mann getrennt, verdammt. Sie hat genug um die Ohren ...

Aber ich möchte Teil dieses ‚genugs' sein. Ich möchte ihr durch diese Zeit helfen, so denn sie meine Hilfe möchte, braucht.

Ich starre auf mein Handy.

Vielleicht lieber doch. Ich sollte ihr schreiben.

Auf die Gefahr hin dich zu nerven:
Ich vermisse dich. Ich sollte nicht,
es ist nicht einmal gänzlich freiwillig,
aber ich vermisse dich. Sag mir,
dass wir uns heute sehen.
X, Gabriel

Bevor ich es mir noch einmal anders überlegen kann, drücke ich auf ‚Senden'.

Beinahe zeitgleich ertönt hinter mir ein kurzes Klingeln. Ein warmer Schauder fährt mir über den Rücken.

Sie ist da.

Langsam drehe ich mich um, lasse meinen Blick über ihre Gestalt gleiten.

Sie trägt eine enge schwarze Hose und braune Stiefel, die ihre schmalen Waden perfekt umschmeicheln. Der lange beige Mantel verbirgt ihre zarte Figur, die ich noch deutlich unter meinen Händen spüre ...

Honiggoldenes, mit tauendem Schnee gesprenkeltes Haar ist zu einem schlampigen, dennoch gewollt wirkenden Knoten geschwungen, einzelne, widerwillige Strähnen umschmeichelt ihr herzförmiges Gesicht, welches auch ungeschminkt so unfassbar schön anzusehen ist. Ihre wundervollen grauen Augen sind auf ihr Smartphone gerichtet. Die Stupsnase zuckt leicht, ihre vollen Lippen bewegen sich, während sie liest.

Dann wandert ihr Blick nach oben, das strahlende Eisgrau schmilzt, als ihre Augen auf meine treffen. Ein strahlendes Lächeln erhellt ihre Züge.

»Du nervst mich ganz und gar nicht. Ich vermisse dich auch. Ganz freiwillig sogar. Vielleicht auch ein bisschen unfreiwillig. Ich schätze, wir sehen uns heute.«

Ohne, dass ich mir über mein Tun bewusst bin, stehe ich auf, mache einige Schritte auf sie zu. Ihr Gesicht passt so perfekt in meine Hände, ihre Augen leuchten erwartungsvoll. Alle Gedanken beiseite schiebend lege ich meine Lippen auf ihre, atme unendlich erleichtert auf, als das seltsame Gefühl in meinem Inneren endlich einer wohltuenden Wärme weicht, ein aufgeregtes Kribbeln all meine Gliedmaßen befällt.

Ehe ich nicht mehr an mich halten kann, löse

ich mich wieder. Ihre Wangen haben sich rot gefärbt.

»Hi«, raune ich. Sie lächelt. »Hi«, erwidert sie. Ich schlucke hörbar, meine Kehle ist so eng in ihrer Gegenwart.

»Hätte ich gewusst, dass du bereits hier bist, hätte ich mich nicht so per SMS offenbart und blamiert.«

Sie legt den Kopf schräg, ihr Lächeln wirft Grübchen auf ihre Wangen. »Ich bin froh, dass du geschrieben hast. Du hast dich nicht blamiert, mich vielmehr von der Verlegenheit befreit, dich so sehr zu vermissen, dass es an Wahnsinn grenzt.«

Ich schmunzle. »Du weißt aus erster Hand, dass ich eine Vorliebe für wahnsinnige Frauen habe.«

Nun schürzt sie die Lippen und mir wird klar, dass dies mit Sicherheit kein besonders kluger Spruch meiner vielleicht-Freundin gegenüber ist.

»Scheiße, sorry. Ich meine ...«

»Du hast ziemliches Glück, dass ich ein Faible für großmäulige Männer habe, denen das Herz auf der Zunge liegt«; unterbricht sie mich mit feinem Tadel.

Ich ziehe die Schultern hoch. »Trage ich mein Herz auf der Zunge?«

Sie mustert mich. »Vielleicht nicht.«

Ich schlucke erneut, fasse meinen Mut zusammen, der mir mit einem Mal abhandengekommen scheint. »Zumindest habe ich eine unfassbare Vorliebe für dich.«

Das Lächeln kehrt auf ihre Lippen zurück.

»Vielleicht lieber doch.«

Die große Uhr in der Mitte der Halle summt. Es ist ein Uhr, meine Pause vorbei. Bedauernd hebe ich die Schultern.

»Ich muss nun los. Der Countdown läuft – noch heute und morgen, dann bin ich frei.«

Sie greift nach meiner Hand, streicht über meine Finger.

»Sehen wir uns heute Abend?« Ich meine, Sehnsucht in ihrer Stimme vibrieren zu hören. Ich erkenne das, weil meine eigene Stimme ihre Tonlage perfekt widerspiegelt.

»Ich werde da sein, Liebes.«

Ich bin frei.

Kaum zu glauben, dass ich es geschafft habe, diese unwirkliche Zeit zu überstehen, doch so ist es – Marcus hat mir meine Dokumente unterschrieben und ausgehändigt, abgewinkt, als ich ihn daran erinnern will, dass ich morgen noch zu erscheinen habe.

»Sie werden morgen Ihren Dienst am Waisenhaus verrichten und den Hilfskräften dort unter die Arme greifen. Ich habe bereits für den morgigen Tag auf Ihren Papieren unterschrieben. Ich vertraue auf Sie und ihre Schwärmerei für die resolute Frau vom

Waisenhaus, dass Sie morgen dort auftauchen und mich nicht in ein schlechtes Licht rücken.«

Während ich noch nach Worten ringe, steht er bereits auf und streckt mir seine dürre Hand entgegen.

»Es war mir beinahe eine Freude, Mr. Winters. Schön, dass Sie schlussendlich doch noch die Kurve bekommen haben.«

Ich erhebe mich ebenfalls und ergreife seine Hand, schüttle sie mit festem Griff.

»Wenn sich jemand bedanken muss, dann ich – danke, dass Sie mich nicht aufgegeben, mir vertraut haben, obgleich ich Ihnen keinen Anlass dafür gegeben habe. Ich stehe in Ihrer Schuld.«

Er winkt ab.

»Sehen Sie es als weiteres Weihnachtsgeschenk, als Wunder, wie auch immer Sie wollen. Und nun hinaus mit Ihnen, ich möchte den Laden für heute dicht machen.«

Kurz darauf stehe ich vor dem Mitarbeitereingang, sehe mit einem gewissen Bedauern auf die Tür. Was für eigenartige drei Wochen hinter mir liegen.

Langsam mache ich mich auf den Weg, die Papiere fest an mich gedrückt.

Und dann stehe ich wieder vor ihrer Tür. Der Weg ist wie in Trance an mir vorbeigeflogen, habe ich gebummelt, bin ich gerannt? Ich vermag es nicht zu sagen.

Eigentlich ist es auch vollkommen egal. Was zählt ist, dass ich hier bin. Und als ich in ihre Augen sehe, wird mir auf einer tiefen Ebene bewusst, dass ich wirklich ‚hier' bin. Angekommen bin.

Ich öffne den Mund um sie zu begrüßen, doch ihre Lippen verschließen die meinen, ehe auch nur ein Wort daraus hervordringen kann.

Meine Hände gleiten über ihre Seiten, pressen sie fester an mich, sie ist so nah, doch nicht nah genug, ich brauche mehr, *mehr*.

Ich finde ihren Hintern, der sich perfekt in meine Hände schmiegt, hebe sie hoch auf meine Hüften, ohne den Kuss auch nur für einen Moment zu unterbrechen. Ihre Hände zerwühlen mein Haar, reißen daran, drücken mein Gesicht zeitgleich näher an ihres, lassen mich keinen Zentimeter zurückweichen.

Ich will ohnehin nicht.

Mit einem beiläufigen Tritt schließe ich die Tür, dann trage ich sie vorsichtig die wenigen Stufen nach oben.

Auch die Wohnungstür fällt unsanft ins Schloss, meine Hände dagegen stellen Brandy sanft auf den Boden, ich löse mich, lasse uns beide zu Atem kommen.

»Guten Abend«, murmle ich gegen ihre Stirn, sie kichert atemlos. »Verzeih, ich habe dich unterbrochen.«

Ich schmunzle. »Mit deinen Lippen auf

meinem Körper darfst du mich jederzeit unterbrechen.« Ich lege meine Hände auf ihre Schultern, bringe sie auf eine Armlänge Entfernung. Ihr Haar ist herrlich unordentlich, ihre Lippen geschwollen, ihre Augen glänzen. Ihre Wangen sind gerötet. Und ihr Lächeln, Gott sei mein Zeuge, für dieses Lächeln würde ich durch die Hölle gehen.

Ich bin so verliebt in sie. Mehr noch, ich befürchte fast, ich liebe sie bereits mit mehr von meinem Herzen, als ich jemals wieder hergeben wollte.

Ein seltsamer Druck liegt auf meinem Kopf, meinen Augen, ein eigenartiges Kribbeln in der Nase. Fast so, als wäre ich kurz davor, in Tränen auszubrechen. Das fehlt gerade noch ...

Um mich abzulenken, ziehe ich das zerknitterte Papier aus meiner Hosentasche, halte es mit zitternden Fingern nach oben.

»Ich habe es geschafft. Ich bin frei.«

Sie braucht einen Moment, um zu verstehen. Dann grinst sie breit.

»Ich gratuliere dir herzlich, Gabriel. Ich bin stolz auf dich, du hast es echt durchgezogen ... Soll heißen, du erfüllst keine Weihnachtswünsche mehr?«

Ich schnaube durch die Nase, erwidere ihr Grinsen. Irgendwas an meinem Lächeln bringt sie dazu, noch mehr zu erröten, sich auf die Lippe zu beißen.

»Für ein braves Mädchen mache ich gern eine

Ausnahme. Was für Wünsche hast du denn?«

Ihre Augen weiten sich, ihr Atem stockt. Ich kann förmlich fühlen, wie es in ihr brodelt ... weshalb mich ihre nächsten Worte überraschen.

»Ich wünsche mir, dass wir heute keinen Sex haben.«

Irritiert mustere ich sie, lege den Kopf schräg, warte darauf, dass sie ihren eigenartigen Wunsch erläutert.

Sie weicht meinem Blick aus, starrt auf ihre Hand, spreizt die Finger.

»Ich liebe Weihnachten. Ich liebe alles daran, die Möglichkeiten, die Sehnsüchte, das Erfüllen von kleinen und großen Wünschen. Ich weiß, es hat einen kirchlichen Hintergrund und wurde sehr verunstaltet, der Materialismus hat auch hier Einzug gehalten und das eigentliche Konzept verzerrt, schon klar. Dennoch liebe ich die Stimmung, den Frohsinn, der angesichts dieses Festes unter den Menschen herrscht. Für dieses eine Mal im Jahr scheinen alle in ihrem Sinnen und Wünschen vereint.«

Sie hebt den Blick, ihr Lächeln ist von Trauer getrübt.

»Meine Eltern haben sich früh getrennt. Ich habe meinen Dad sehr geliebt, mich aber entschlossen, bei meiner Mutter zu bleiben. Zu dem Zeitpunkt war sie noch keine verbitterte Alkoholikerin, die mich schikanierte, doch das ist nicht der Punkt. Meinen Vater sah ich nicht oft, da er ans andere Ende des Landes zog. An

Weihnachten jedoch ... an Weihnachten rafften sich die beiden zusammen und veranstalteten mir zuliebe ein Familienfest. Nur wir drei und ich stand im Mittelpunkt. Sie vergaßen all ihre Streitigkeiten, all den Hass, die Wut, welche sie das restliche Jahr über in sich trugen und ermöglichten mir den schönsten Tag. Wenn mein Vater abreiste freute ich mich bereits auf das nächste Weihnachten.«

Ihr Blick ist auf mich gerichtet, doch sie sieht mich nicht, scheint ganz woanders.

»Als mein Vater überraschend starb ist meine Welt aus den Fugen geraten. Ich hatte ihn zu diesem Zeitpunkt seit einem halben Jahr nicht mehr gesehen ... alles, was bleibt, sind meine Erinnerungen an diese strahlenden Feste mit ihm. Ich habe mir geschworen, Weihnachten immer in Ehren zu halten. Es ist eine magische Zeit, in der Wunder geschehen, selbst wenn dieses Wunder nur ist, dass ein zerstrittenes Paar für ihre kleine Tochter eine heile Welt mimt, nur für einen einzigen Tag im Jahr.«

Ihr Blick klärt sich, umschließt mich, füllt sich mit Zuneigung, Wärme.

»Du bist mein Weihnachtswunder, Gabriel. Und, ich weiß nicht, das klingt sicherlich seltsam, aber ich möchte dich als mein Geschenk an Weihnachten auspacken.«

Sie hält inne, schlägt sich die Hände vors Gesicht. »Mein Gott, das klingt unfassbar durchgeknallt, bitte entschuldige.«

Ich trete auf sie zu, nehme sanft ihre Hände von ihren schönen Augen und lächle.

»Ich habe dich als reflektierten, intelligenten Menschen kennengelernt. Wenn du daran glaubst, dann kann es nicht durchgeknallt sein.«

Sie zögert einen Moment, dann verliert sich ihr verlegener Gesichtsausdruck, wird zu einem frechen Grinsen.

»Zudem hast du erwähnt, du hättest eine Vorliebe für verrückte Frauen, also, hier bin ich.«

Mit einem Augenverdrehen ziehe ich sie an mich und küsse sie, bevor noch mehr liebenswerter Unsinn aus ihrem hübschen Mund kommt.

Ich glaube nicht an Weihnachtswunder, aber wenn sie so vor mir steht und mich mit ihren funkelnden Augen ansieht, dann glaube ich zumindest, dass eine Möglichkeit darauf besteht.

Das Weihnachtswunder

Mein Hirn schwimmt in einem See aus Hormonen und Lust, dann und wann schwappt ein wenig davon heraus, geradewegs in meinen Mund, will als anzüglicher Spruch meinen Körper verlassen.

Vierundzwanzigster Dezember

Brandy

Gabriel sitzt mir gegenüber und nippt an seinem Kaffee, ehe er den Kopf schüttelt und ein wenig Milch nachkippt. Das tut er bereits zum dritten Mal, er scheint pedantisch darauf bedacht, das perfekte Mischungsverhältnis zu erreichen.

Ich dagegen bin bei Tasse Nummer drei, da ich das Zeug wie Wasser hinunterkippe. Hinter mir liegt eine weitere halb durchwachte Nacht, da ich mit Gabriel in einem Bett nur schwer in den Schlaf finde. Wie auch, malt sich mein Kopf doch nahezu ununterbrochen aus, was er alles mit mir anstellen könnte, in der Dunkelheit meines Schlafzimmers ... oder jetzt, hier, in der Helligkeit meiner Küche ...

Hastig verstecke ich mein errötendes Gesicht hinter meiner Tasse und kippe das pechschwarze Getränk mit Todesverachtung hinunter.

Dass Gabriel auch direkt nach dem Aufstehen einem griechischen Gott gleicht, macht die Sache nicht um einen einzigen Deut einfacher. Der Dreitagebart schmeichelt seinem markanten Gesicht, seine Lippen beschimpfen mich stumm, wann immer ich sie nicht mit den meinen bedecke, absolut küssenswert recken sie sich mir entgegen. Seine Haare sind ein heilloses, unfassbar anziehendes Chaos auf seinem Kopf und seine Augen, verflucht, seine Augen ziehen mir ohne jede Anstrengung bereits jetzt meine Klamotten aus ...

Ich wende den Blick ab, stiere fieberhaft in eine andere Richtung, versuche meine kreischende Libido unter Kontrolle zu bringen. Mein Hirn schwimmt in einem See aus Hormonen und Lust, dann und wann schwappt ein wenig davon heraus, geradewegs in meinen Mund, will als anzüglicher Spruch meinen Körper verlassen.

Energisch schlucke ich die Zweideutigkeit hinunter und entscheide mich für eine tiefgründige Eindeutigkeit.

»Du weißt nun, warum ich Weihnachten so liebe. Verrätst du mir im Gegenzug, warum du dieses Fest so sehr hasst?«

Gütiger Gott, ist das wirklich meine Stimme? Sie klingt, als würde man eine Badeente misshandeln. Ich starre zur Decke und flehe, dass ihm dies nicht auffällt, oder wenn doch, er es gnädiger Weise ignoriert und nicht darauf eingeht.

Mir ist klar, wenn ich gezwungen bin, ihm mein eigenartiges Verhalten zu erläutern, läuft der See aus und macht meine guten Vorsätze zunichte. Meine Pheromone überschwemmen bereits jetzt den gesamten Raum.

Tatsächlich scheint er vollkommen auf seinen Kaffee fokussiert, während er nachdenklich den Kiefer hin und her bewegt.

»Möchtest du, dass ich darauf chronologisch oder alphabetisch antworte?«

Ich starre ihn einfach nur an, denn gerade fährt er sich mit der rechten Hand durch das Haar und sein Bizeps spannt sich an, was mir ein trockenes Schlucken entlockt, wohingegen andere Teile meines Körpers alles andere als trocken sind.

Diese verdammten Hormone, als wäre ich keinen Tag älter als sechzehn und nicht mehr als ein notgeiler Teenager ...

Als ich nicht antworte, zuckt er mit den Schultern und beginnt zu erzählen.

»Als ich ein Kind war wurde dieses Fest nicht mit großer Inbrunst gefeiert. Es wurde zwar ein Baum gekauft und geschmückt und einige lieblose Kleinigkeiten verteilt, doch mehr, weil es von der durchschnittlichen amerikanischen Familie so verlangt wurde, nicht, weil jemand von uns dieser Tradition einen besonderen emotionalen Wert beigemessen hätte. Meine Haltung dieser Zeit gegenüber kann also als durchaus neutral betrachtet werden. Bis ich **sie** kennenlernte.«

Ich sehe ihn unverwandt an, kann meinen Blick nicht von ihm lösen.

»Sie? Du meinst Melanie, diese eisige Hexe?«

Er nickt schmunzelnd.

»Eben jene. In ihrer Familie herrschte eine Art toxische Beziehung zu diesem Fest. Alle heuchelten Fröhlichkeit, scherzten, priesen sich selbst. Ihr Bruder litt unter schweren Depressionen, doch zur Weihnachtszeit hatte er das breiteste falsche Grinsen, das du jemals gesehen hast. Er brachte sich vor drei Jahren nach dem Weihnachtsfest um. Ihre Schwester hat vor sechs Jahren geheiratet. Henry ist ein großartiger Kerl, doch er verdient sehr schlecht. Charlotte dagegen will gar nicht arbeiten, sondern Hausfrau sein, was dazu führt, dass die beiden ständig Geldsorgen haben – insbesondere, weil Charlotte zu Weihnachten allen teure Geschenke kauft, um sich so Anerkennung und Wertschätzung zu erkaufen. Sie richtet ihre Ehe zugrunde für – ja, für was? Für Materialismus, für käufliche Liebe. Für Anerkennung aus den völlig falschen Gründen.«

Er schüttelt den Kopf, sein Blick ist hart.

»Ein jeder heuchelt zu Weihnachten. Sie heucheln perfektes Familienglück, denn Melanie bestand darauf, uns vor ihren Eltern als das perfekte, liebende Paar zu preisen. Sie heucheln Reichtum und Wohlstand, verschulden sich das gesamte restliche Jahr für eine Stunde anerkennende Blicke. Sie heucheln Liebe, obwohl sie sich innerlich immer weiter voneinander entfernen.«

Er sieht mich an, sein Blick brennt sich mir in die Seele.

»Weihnachten ist für mich ausschließlich mit Habgier, Neid und Lügen verbunden. Zumindest war es das, bis ich dich kennenlernte.«

Nun erhellt ein Lächeln seine düsteren Züge.

»Du bist gut, Brandy. Du gibst freizügig, bist offenherzig und ehrlich, verbindest Weihnachten mit Wundern und Liebe. Du bist dabei so überzeugend, dass selbst ich zu glauben beginne, dass dort mehr sein kann, als Wut und Unehrlichkeit.«

Ich komme nicht umhin, leise zu lächeln.

»Wenn ich es nicht besser wüsste, würde ich sagen, das grenzt an ein Wunder. Meinst du nicht auch?«

Er verdreht halbherzig die Augen, sieht dann über meinen Kopf hinweg auf die Uhr.

»Nun, was wirklich an ein Wunder grenzen würde, wäre, wenn wir tatsächlich noch pünktlich erscheinen. Es ist bereits zehn Uhr, wir wollten uns um halb elf am Waisenhaus treffen.«

Ich übergehe seinen Sarkasmus und springe

fluchend auf.

Wir kommen nur fünf Minuten zu spät. Lauren steht bereits dick angezogen vor dem Haus und betrachtet etwas ratlos die Schar von Menschen, die sich vor ihr eingefunden hat.

Auch ich stocke angesichts der Menge. Monatelang habe ich einen Kampf gegen die Stadtverwaltung ausgefochten und nun stehen dort, dank Gabriels Engagement und seines Kontaktes, rund zwanzig Männer und Frauen, bereit, das heruntergekommene Haus angemessen für die Kinder aufzubereiten.

Mir treten Tränen in die Augen, Gabriel greift fürsorglich und mit besorgtem Blick nach meiner Schulter, als ich leicht wanke.

»Alles in Ordnung, Liebes?«, flüstert er mir ins Ohr, stützt mich, wischt mir eine Träne von der Wange.

»Sieh doch Gabriel«, flüstere ich heiser und deute mit bebender Hand auf die Menschen. »Wenn das kein Wunder ist, was dann?«

Immer mehr Tränen strömen aus meinen Augen, ich verberge mein Gesicht an seiner Schulter. Beruhigend streichelt er meinen Rücken, während ich meiner fassungslosen Erleichterung Raum gebe.

Zwanzig Menschen, die freiwillig kommen, um familienlosen Kindern ein würdiges Zuhause zu bereiten.

Ich brauche einige Minuten, um mich zu fassen. Als ich mir gerade die letzten Tränen wegwische, entdeckt die vollkommen überforderte Lauren mich.

»Gott sei Dank, du bist da! Oh, und du hast Santa mitgebracht, wundervoll. Habe ich noch einen Wunsch frei?«

Gabriel grinst schief und verschränkt die Arme vor der Brust.

»Das kommt darauf an, warst du artig?«

Lauren erwidert sein Grinsen ohne zu zögern.

»Ich bin immer so artig, wie ich sein kann. Gut, in letzter Zeit habe ich ziemlich viel Zeit über den Bildern von krummen Penissen verbracht, aber ansonsten bin ich ein tadellos frommer Mensch.«

Ich verdrehe die Augen, Gabriel grinst, Lauren fährt sich schmunzelnd durchs Haar.

»Das scheint mir angemessen. Was wünscht du dir denn?«

»Bitte, übernimm du das Organisatorische. Ich kann das nicht. Ich kann gut mit kleinen Kindern, mit großen Menschen nicht so. Kannst du die Aufgaben verteilen und ihnen sagen, wann sie was tun sollen?«

Laurens Blick ist so bittend, dass Gabriel nicht lange zögert.

»Dein Wunsch ist mir Befehl.«

Es ist kurz vor Mitternacht, als wir uns von Lauren verabschieden. Ich habe es mir nicht nehmen lassen, die Kinder ins Bett zu bringen, ihnen zu erklären, sie müssten nun schlafen, damit Santa auch wirklich käme und ihnen ihre Geschenke bringt.

Anschließend habe ich mit Lauren alles vorbereitet, um einen reibungslosen Ablauf am Morgen zu gewährleisten. Gabriel und ich wollen im Laufe des Tages dazustoßen, wenn wir uns von den Strapazen des Tages erholt haben.

Und was für Anstrengungen das waren ... Vor dem Tor drehe ich mich noch einmal um, lasse meinen Blick voller Stolz über die Fassade des Hauses gleiten. Dann umfasse ich Gabriels Hand und deute auf das Haus.

»Sieh hin, Gabriel. Das hast du möglich gemacht. Das ist das Weihnachtswunder für die Kinder.«

Gemeinsam stehen wir in der Dunkelheit, es beginnt zu schneien. Durch die dicht fallenden Flocken strahlt die Fassade des Waisenhauses in neuen, bunten Farben. Die brüchigen Ziegel des Daches sind ausgetauscht, marode Bretter neu vernagelt. Die Terrasse ist gestrichen, mit weißem Lack behandelt, damit die Witterung das Holz nicht innerhalb kürzester Zeit wieder ausbleicht.

Die Apfelbäume im Garten sind zurückgeschnitten, ein Beet für Gemüse neu angelegt, ein kleiner Holzschuppen für Outdoor-Spielzeug errichtet.

Kurzum, es ist ein gänzlich anderes Haus. Ein Zuhause. Ein Zuhause für die Kinder.

Wir laufen durch den Schnee zu meiner Wohnung. Schweigend, denn es gibt keine Worte.

Wir treten durch die Tür meines Zuhauses, als die Uhr zwölf schlägt.

Es ist Weihnachten.

Wenn das Ende der Anfang ist

Ich bin noch keine dreißig Jahre alt und doch weiß ich, dass das, was Brandy und mich verbindet, eines jener Dinge ist, welche man nur ein einziges Mal während einer gesamten Existenz erleben darf.

Fünfundzwanzigster Dezember

Gabriel

Wir stehen im Flur ihrer Wohnung, einander gegenüber, sehen uns schweigend an. Sie blinzelt, wendet sich ab. Langsam zieht sie sich den Mantel aus, lässt ihn zu Boden sinken, ehe sie sich bückt, den Reißverschluss ihrer Stiefel öffnet.

Ihre Augen glänzen beinahe fiebrig, als sie sich wieder aufrichtet.

»Möchtest du duschen gehen? Es war harte Arbeit, ein langer Tag.« Ihre Stimme ist mit einem Mal so heiser, als hätte sie die gesamte Zeit geschrien.

Ich nicke langsam, entledige mich ebenfalls meiner Jacke und meiner Schuhe, räume sie ordentlich zur Seite.

»Das klingt großartig. Möchtest du zuerst?« Sie schüttelt den Kopf, schlingt die Arme um ihren Oberkörper, als sei ihr kalt.

»Nein, das geht schon klar, geh du zuerst. Ich werde so lange etwas Ordnung schaffen.« Sie verzieht einen Mundwinkel zu einem halben Lächeln.

»Wir wollen ja nicht, dass Santa einen Blick in meine unordentliche Wohnung wirft und annimmt, ich sei ein unartiges Mädchen, das kein Geschenk verdient.«

Ich beiße mir auf die Lippe, lege den Kopf schräg. »Zufällig habe ich recht gute Beziehungen zum Weihnachtsmann. Ich könnte ein gutes Wort für dich einlegen, wenn du möchtest.«

Sie starrt auf meinen Mund, ihre Lippen sind geöffnet, ich höre ihren Atem leise keuchend entweichen.

»Oh, das wäre großartig ... und nun ab unter die Dusche mit dir, ich lege dir Handtücher bereit.« Ihre Worte werden durch ein leichtes Achselzuckend begleitet. »Obwohl ich auch nichts dagegen hätte, dich hier unbekleidet durch die Wohnung schlendern zu sehen ...«

Sie scheint sich erst jetzt ihrer Worte bewusst zu werden, denn sie schlägt rasch eine Hand vor ihren Mund und errötet.

Ich grinse breit. »Das ist aber ein verflucht unartiger Gedanke, Brandy.«

Sie dreht sich so hastig um, dass ihr honigfarbenes Haar durch die Luft wirbelt. »Geh duschen, Gabriel!«

Dann verschwindet sie im Schlafzimmer.

Leise lächelnd schüttle ich den Kopf, fahre mir durch die Haare, nehme im gleichen Moment den leichten Geruch nach Schweiß wahr, der von mir ausgeht.

Das spricht definitiv für eine Dusche ...

Ich schlendere ins Bad, ziehe mir das T-Shirt über den Kopf und öffne gerade den Gürtel meiner Jeans, als Brandy die Tür öffnet.

»Hier sind zwei Handtücher, das Blaue ist das Größere, je nachdem, was du bevorzugst ...« Erst jetzt sieht sie von der Wäsche zwischen ihren Händen auf, starrt mich an.

Ich bin der Letzte, der sich viel aus Äußerlichkeiten macht, doch dass ich gemeinhin für gutaussehend gehalten werde, ist auch mir bewusst. Diese Wirkung scheint auch auf Brandy Eindruck zu machen wie angewurzelt steht sie da, ich fühle ihren Blick von meinem Gesicht an abwärts wandern, über meine definierte Brust, meine Arme entlang, denen man das jahrelange Fitnesstraining durchaus noch ansieht, über meinen flachen Bauch, der sich zur Hüfte hin verjüngt.

Ich fühle ihre Augen auf Höhe meiner Boxershorts stoppen, deren Rand vorwitzig aus der geöffneten Jeans hervorlugt.

Feuer flammt in ihren grauen Augen auf,

lässt sie ein wenig dunkler und strahlender zugleich wirken.

Fuck, macht mich dieses offensichtliche Verlangen in ihrem Blick scharf.

»Ich hoffe, dir gefällt, was du siehst?«, raune ich, meine Stimme belegt, meine eigene Lust ausdrückend.

»Du ... das ist doch nicht dein Ernst? Du bist doch Verleger, warum zur Hölle hast du einen Körper wie ein Footballspieler? Scheiße, sind das diese V Muskeln?! Die, die direkt auf den Schwanz zeigen? Heilige Scheiße, welcher Mensch sieht denn **so** aus?«, quillt es aus ihrem Mund, während ihre Augen weiterhin auf meine Körpermitte gerichtet sind.

Ich schmunzle in mich hinein. »Das werte ich als ein Ja.« Langsam mache ich drei Schritte auf sie zu, die Schnalle des Gürtels kollidiert dabei mit meinem Oberschenkel, erzeugt ein klirrendes Geräusch in der angespannten Stille zwischen uns.

Behutsam nehme ich die Handtücher aus ihrem Griff. Ihre Augen sind mittlerweile auf mein Gesicht gerichtet, ihr Atem geht stoßartig, trifft meine bloße Brust, jagt mir einen Schauder über den Rücken.

»Möchtest du mir dabei zusehen?«, raune ich leise, streiche ihr mit der freien Hand eine Strähne aus der Stirn. Ihr Blick droht mich zu verbrennen. Scheiße, wie gern würde ich sie nun an mich reißen, hier und jetzt ...

»Geh duschen, Gabriel«, wiederholt sie langsam, heiser. Dann reckt sie sich, stellt sich auf die Zehenspitzen, bis ihre Lippen dicht vor den meinen sind. Mein Herz droht meine Brust zu sprengen, mit jedem heftigen Atemzug kollidiert meine Brust mit der ihren.

»Du stinkst.«

Sie tritt zurück, zwinkert mir zu und verlässt das Badezimmer, zieht die Tür hinter sich zu.

Lässt mich mit meiner spannenden Erektion alleine stehen.

Ich lasse meinen Atem zischend entweichen, fahre mir wieder durchs Haar, schüttle lächelnd den Kopf.

Das verspricht eine interessante Nacht zu werden ...

Ich rubble meine Haare notdürftig trocken und sehe in den Spiegel. Mein Gesichtsausdruck wirkt seltsam gehetzt, fast etwas nervös ... Nervös, weil ich nun den Weihnachtswunsch der Frau erfüllen darf, für die mein Herz schlägt. Habe ich Angst zu versagen?

Hastig schiebe ich diesen Gedanken weit von mir, betrachte stattdessen die beiden Handtücher vor mir. Mit einem breiten Grinsen greife ich nach dem kleineren und schlinge es mir um die Hüften. Es geht gerade bis zur Mitte meines Oberschenkels. Perfekt.

Lautlos trete ich aus dem Bad.

Gedämpftes Licht flutet die Wohnung, etliche Kerzen brennen, verströmen sanftes Licht und einen angenehmen Geruch nach Zimt. Aus der Küche dringt leise Musik, ich identifiziere es schnell als ‚Baby it's cold outside'. Gerade als ich durch den Rahmen treten will erscheint Brandy in meinem Sichtfeld. Sie macht mich im schummrigen Zwielicht schnell aus, bleibt stehen. Wieder wandert ihr Blick über mich.

»Na, sauber?«, bemüht sie sich um die Fortsetzung ihres Witzes.

Ich trete näher, stemme beide Hände gegen den oberen Rand des Türrahmens, lehne mich in den Raum.

Mir ist bewusst, dass durch diese Bewegung das Handtuch hochgerutscht ist. Sofort schnellt ihr Blick nach unten.

»Ich stehe dir zur Verfügung, diese Frage mit eigener Nase ... und Zunge ... zu beantworten«, gebe ich zurück.

Sie reagiert kaum auf meine Anspielung, stellt sich mit wenigen Schritten direkt vor mich, legt ihre Hand an meine Wange.

»Ich gehe nun Duschen. Du wartest im Bett auf mich.«

Ich hebe die Augenbrauen. »Ist das ein Befehl, Ma'am?«

Sie lächelt nicht. »Das ist Teil eins meines Weihnachtswunsches, den du mir doch erfüllen wolltest.«

Ich lehne mich ihr mehr entgegen, streife mit dem Nasenrücken über ihr Ohr.

»Wie viele Teile hat dein Wunsch denn?«

Ihre Lippen tanzen über meine Wange, kräuseln sich zu einem Lächeln. »Etliche.«

Ich liege in ihrem Bett, wie versprochen auf sie wartend. Zeit scheint keine Bedeutung mehr zu haben, ich kann nicht sagen, ob ich hier erst seit wenigen Minuten an die Wand starre oder bereits seit Stunden.

Was ich mit absoluter Sicherheit weiß, ist, dass jede einzelne meiner Zellen bis zum Zerreißen gespannt ist.

Noch nie ist mir eine Begebenheit wie diese untergekommen. Noch nie habe ich mich derart angespannt, zittrig, fieberhaft gefühlt, wie in diesem Moment. Man kann fast glauben, ich sei wieder siebzehn und in freudiger Erwartung meines ersten Males.

Und gewissermaßen fühlt es sich genauso an. Denn dieses Mal ist etwas Besonderes. Etwas bisher nie Dagewesenes. Diese Verbindung zwischen ihr und mir, die wir beide bisher tunlichst vermieden haben in Worte zu fassen. Ich bin noch keine dreißig Jahre alt und doch weiß ich, dass das, was Brandy und mich verbindet, eines jener Dinge ist, welche man nur ein einziges Mal während einer gesamten

Existenz erleben darf.

Gefühle kommen und gehen.

Das hier, das hier ist geschaffen um zu bleiben.

Hätte mir jemand vor drei Wochen erzählt, wohin mich diese dumme Sozialarbeit führen würde, ich hätte ihm lachend eine Bratpfanne ins Gesicht geschmettert.

Allgemein erscheint mir mein gesamtes Dasein vor Brandy wie ein gänzlich anderes Leben, ein komplett anderes Ich.

Scheiße.

Ich liebe sie. Ich liebe sie mit allem, was ich geben kann, und noch mehr.

Ich schlucke trocken, meine Augen hingegen scheinen in viel zu viel Flüssigkeit zu schwimmen. Im ersten Impuls will ich sie fast wütend wegwischen, diese dummen, unnützen Tränen, die sich für einen gestandenen Mann nicht gehören. Doch ich lasse sie gewähren.

Sie sind kein Zeichen von Schwäche.

Sie zeugen davon, wie sehr ich in den letzten Wochen gereift, über mich hinausgewachsen bin. Dank Brandy konnte ich meine alte, viel zu enge, immer zornige Haut abstreifen und mich entfalten. Mein Herz ist so weit, frei, dennoch prall gefüllt mit einer gesamten Palette an Emotionen, die ich bisher nie verspüren durfte.

Eine Diele knarzt, lenkt meine Aufmerksamkeit auf die Tür.

Da ist sie.

Mein Herz setzt für einen Moment aus, mein Atem stockt.

Sie ist unfassbar schön.

Wasser perlt ihr aus dem noch feuchten Haar, rinnt über ihre zarte Haut, über die makellos geschwungenen Schlüsselbeine, über ihr einladendes Dekolleté, versickert in dem Handtuch, welches sie sich umgebunden hat.

Sie zuckt mit den Schultern, verzieht die vollen Lippen zu einem schüchternen Lächeln.

»Ich dachte, ich passe mein Outfit dem deinen an.«

Regungslos liege ich da, kann keinen Muskel bewegen. Nur mein Blick, der folgt ihr, wie sie sich mit einer ganz eigenen Eleganz durch das Zimmer auf das Bett zubewegt.

Die Matratze bewegt sich unter ihrem Gewicht, als sie neben mich rutscht. Ich lege mich auf die Seite, stütze meinen Oberkörper auf einem Arm auf.

Mein Atem geht schwer, ich versuche an mich zu halten, doch ihre bloße Anwesenheit macht es mir unmöglich, auch nur einen klaren Gedanken zu fassen.

Ihre Augen schimmern silbern in dem flackernden Zwielicht der Kerzen. Die leisen Töne aus dem Lautsprecher in der Küche dringen bis ins Schlafzimmer. ‚Shut up and Listen' erklingt, absolut unpassend zur Weihnachtszeit, unfassbar angemessen angesichts der Spannung, die zwischen uns herrscht.

Sie bettet ihren Kopf auf dem Kissen, sieht mich mit ihren unfassbar tiefen Augen an. Ihre Stupsnase erzittert unter ihrem tiefen Einatmen. Ich meine feine Sommersprossen erkennen zu können – weshalb sind mir diese zuvor noch nie aufgefallen?

Sie leckt sich über die Lippen, zweifellos ohne Hintergedanken, einfach aus dem Bedürfnis heraus, sie zu befeuchten, dennoch fährt mir der Anblick direkt in den Schwanz, lässt ihn erwartungsvoll pochen.

»Wie ich sehe hast du brav auf mich gewartet«, raunt sie leise, hebt ihre Hand und streicht über mein Haar, legt sie an meine Wange.

Ohne etwas zu erwidern lege ich meine Hand auf die ihre.

Ihre Augen weiten sich ein wenig, ihre Atmung wird unregelmäßig.

Ich brauche keine weitere Einladung.

Ich umfasse ihre Finger mit den meinen, drücke unsere Hände neben ihr ins Kissen, bin über ihr, ehe sie realisiert, was geschieht. Ich schiebe mich über sie, spreize ihre Beine mit meiner Hüfte, zeitgleich senke ich meinen Kopf, bis meine Lippen nur noch Millimeter von ihrem Mund entfernt sind.

Ihre Lider flattern. Ohne ein Wort hebt sie ihren Kopf, schließt die Distanz zwischen uns, küsst mich.

Und ich schmelze. Werde zu Wachs.

Ich stöhne in ihren Mund, meine Zunge fährt zwischen ihre Lippen, plündert ihre Mundhöhle, kostet ihren lieblichen Geschmack, trinkt ihr Keuchen, es steigt mir zu Kopf, wie der exquisiteste Wein der gesamten Welt.

Sie schenkt mir keinen Zentimeter. Ihr Kuss ist fordernd, leidenschaftlich, ihr Feuer raubt mir den Atem. Sie zeigt mir, was Verlangen bedeutet.

Ihre Hände fahren in mein Haar, sie zieht daran, dann wandert ihre Rechte über meinen Hals, taucht unter meinem Arm hindurch, ich halte erwartungsvoll still, ehe sich Nägel in meinem Rücken vergraben, mich noch enger in diese lustvolle Umarmung ziehen.

Als ich denke, dass sich die beinahe schmerzhafte Begierde nicht noch weiter steigern kann, schlingt sie ihre Beine um meine Hüfte, unwillkürlich bockt meine Hüfte, presst meinen Schwanz gegen das Handtuch, hinter dessen weichen Stoff ich ihre warme, lockende Körpermitte weiß.

Ich unterbreche den Kuss, muss atmen, entlasse ein langgezogenes Stöhnen aus meinem Mund. Ihre Hand ist noch immer in meinen Haaren, hebt meinen Kopf daran hoch, sinnlicher Schmerz mischt sich in meine Begierde.

»Da ist zu viel Stoff an uns«, keucht sie. Ihre Augen sind verhangen, auch mir fällt es schwer, sie richtig zu fokussieren.

Atemlos nickte ich, meine Finger lösen sich von ihren, finden den Knoten, der ihr Handtuch hält. Ich lockere den Stoff, kann meinen Blick nicht von dieser cremeweißen Haut lösen, die Zoll für Zoll unter dem Stoff zum Vorschein kommt.

Himmel, sie ist perfekt.

Meine Hand umschließt wie von selbst ihre rechte Brust, streichelt nahezu ungläubig die weiche Haut. Ich kann nicht widerstehen, ziehe eine der rosigen Brustwarzen in die heiße Höhle meines Mundes. Genießerisch schließe ich die Augen, ihr tiefes Stöhnen füllt meine Ohren, meinen Kopf, mein Innerstes, bringt meinen Schwanz zum Pulsieren.

Erfüllt mich mit einer kaum zu bändigenden Raserei.

Ich will mehr von diesem Stöhnen. Will ihr mehr dieser Lust entlocken, will sie hören, wieder und wieder, bis sie meinen Namen schreit.

Meine andere Hand findet den Knoten meines eigenen Handtuchs, löst ihn, schleudert den unnützen Stoff beiseite.

Ich keuche gegen ihre Haut, als die Hitze ihres Körpers auf meinen trifft, nackt, ungehemmt.

»Scheiße, Brandy«, ächzte ich, hebe den Kopf, sehe sie an. Ihre Augen sind geschlossen, ihr Gesicht ist wundervoll gerötet, das hitzige Rot zieht sich bis weit auf ihr Dekolleté.

Meine Hand entlässt ihre perfekte Brust, tänzelt liebkosend über ihre Haut, umkreist ihren Bauchnabel, fährt streichelnd über ihren Hüftknochen. Sie streckt ihr Becken nach vorne, verlangt nach mehr, ihr Atem geht zittrig. Ich halte auf ihrem Oberschenkel inne.

Stück für Stück lasse ich meinen Finger näher an ihre empfindsamste Stelle wandern, spüre schon auf die Entfernung die feuchte Hitze, die sich mir darbietet.

Beinahe ungläubig fahre ich über die unfassbar weiche Haut, ihr Stöhnen ist mein Stöhnen, als ich meinen Zeigefinger vorsichtig zwischen ihre Lippen wandern lasse.

»Gabriel, bitte«, keucht sie, ihre Schultern zittern, ihre Hände sind in das Laken unter ihr gekrallt.

»Bitte was, Brandy?«, erwidere ich, ein heiseres Wispern unter ihrem leisen Stöhnen.

»Ich brauche dich«, haucht sie, starrt mich aus feuchten Augen so bittend an, dass ich beinahe sofort nachgebe.

Noch nicht, Liebes ...

»Ich bin da, mein Wunder«, antworte ich, meine Stimme nicht mehr als ein knurrender Laut.

»Ich brauche mehr. Ich brauche dich – in mir«, lautet ihre so erlösende Antwort. Mehr muss ich nicht wissen.

Ich positioniere meine Hand neben ihrem Kopf, verlagere mein Gewicht auf diesen Arm.

Meine andere Hand führt meine zuckende Härte an ihre feuchte Mitte.

Ein letztes Mal zwinge ich mich inne zu halten, obgleich alles in mir rebelliert.

»Ich habe kein Kondom ...«

Ihre Lippen beben. »Keine Bedenken. Bitte.«

Ich beuge mich ihrem Willen, bin ohnehin viel zu verloren, um jetzt noch umzukehren.

Mein Schwanz drängt sich an ihre empfindsamste Stelle, findet auch ohne helfende Hand sein Ziel. Stück für Stück schiebe ich mich in sie, bin dem Himmel so nah wie nie, alles in mir zittert, bebt.

Sie spreizt die Beine weiter, um mich voll und ganz in sich aufzunehmen. Ich senke den Kopf, küsse sie, trinke jedes Stöhnen, welches von ihren Lippen perlt, während wir eins werden.

Mein Denken verabschiedet sich restlos, als ich zur Gänze in ihr bin, sie dehne, mich an ihrer lustvollen Nässe ergötze. Mein Körper reagiert auf sie, agiert ihren Wünschen zum Gefallen. Ich ziehe mich zurück, fülle sie erneut aus, wieder und wieder, langsam zunächst, dann immer schneller, jeder Stoß absolute Vollendung, jedes Keuchen von ihr Musik in meinen Ohren.

Ich liebe sie.

Ich denke es, dann sage ich es, stöhne es zwischen zwei Stößen, weine beinahe, als sie meine Worte ohne zu zögern erwidert.

Ich werde schneller, treibe sie an, vor mir her, auf eine Klippe zu. Als wir den höchsten Punkt erreichen, stoße ich sie hinunter, folge ihr direkt, halte sie, als die Wellen der Lust über uns zusammenschlagen, uns unter ihrer Last begraben.

»Ich habe noch einen Wunsch für ein Geschenk.« Ihre Stimme gleicht einem zufriedenen Schnurren.

Wir sind heillos ineinander verschlungen, ich vermag nicht zu sagen, wo ich anfange und sie aufhört, wir sind eins, ein Körper, eine Seele, ein Herzschlag.

»Alles was du willst, Liebes«, erwidere ich ohne zu zögern. Und mir ist es ernst mit jeder Silbe. Ich werde alles daran setzen, dieser Frau jeden Wunsch zu erfüllen.

Sie ist mein Wunder.

Mein verdammtes Weihnachtswunder.

Sie dreht den Kopf um mich anzusehen. Ihr silberner Blick schneidet tief in meine Seele.

»Kein Morgen.«

Ich kneife die Augen ein wenig zusammen. »Wie meinst du das?«

Sie lächelt ein leichtes, umwerfendes Lächeln.

»Lass uns nie an morgen denken. Keine Zukunftspläne. Nur das hier uns jetzt. Ich will mich nicht in rosigen Visionen einer potenziellen Zukunft verlieren, ich will dich. Jetzt. Hier. In diesem Moment. Und in diesem. Scheiß auf morgen, auf nächstes Jahr. Ich liebe dich **jetzt**.«

Ich erwidere ihr Lächeln. Mein Herz ist weit. Mein Herz gehört ihr. Jetzt. Und morgen auch, doch das kann ich ihr morgen beweisen.

»Scheiß auf morgen. Ich liebe dich«, erwidere ich, küsse sie sanft und schiebe mich über sie, um unser Versprechen mit unseren Körpern zu besiegeln.

Ende

Bastelanleitung

Wie später noch erwähnt bin ich äußerst Grinch-ähnlich unterwegs und verabscheue Weihnachten. Auch Kinder mag ich nur in Maßen.

Irgendwie ist es aber passiert, dass ich selber zwei Kinder habe, die Weihnachten ganz großartig finden. Da der Dezember oft mit Wetter aufwartet, welches nicht unbedingt zum draußen Schlendern einlädt und man die kleinen ~~Nervens~~ lieben Schätze auch nicht dauernd vor dem Fernseher parken möchte basteln wir ganz gerne. (Und im Frühjahr bin ich maximal beschäftigt damit, alles heimlich zu entsorgen hähähä).

Hier also eine kleine Anleitung, die euch gut eine Stunde beschäftigt und zudem was ganz Brauchbares erzeugt (es sei denn, man ist so ein Bastellegastheniker wie ich ._.)

»Weihnachtsglas«

Du brauchst: Ein sauberes Weckglas, Salz/Zucker, kleine Figürchen/Weihnachtsdekoration, eine kleine batteriebetriebene Lichterkette, eine Heißklebepistole und Tannenzweige/Zimtstangen/Christbaumkugeln

So geht's:

1. Den Boden des sauberen Glases bestreust du mit dem Zucker/ dem Salz, etwa 2 Zentimeter dick.
2. Baue mit den kleinen Figuren eine kleine, süße Weihnachtsszene nach und klebe das Ganze mit ordentlich Heißkleber fest (pass auf die Finger auf!)
3. Lege die kleine Lichterkette innen an den Rand des Glases.
4. Dekoriere den oberen Rand des Glases mit Zimtstangen, Tannenzweigen oder ähnlichem.

Voila, du hast Dekoration gezaubert, die entweder abends schick auf dem Esstisch aussieht oder aber auch toll verschenkt werden kann. Klopf dir auf die Schulter und genehmige dir einen Glühwein.

Noch eine Bastelidee, ganz simpel, für die allergrinchigsten Grinches? Oki, got you.

Orangenteelicht mit Nelken

Du brauchst: Eine Orange, etwas Zucker oder Salz, ein Teelicht, ganze getrocknete Nelken, ein Messer und einen Löffel. Wenn du maximal motiviert bist, dann noch Zimtstangen oder Tannenzweigchen.

So geht's:

1. Orange mit dem Messer oben aufschneiden, ganz so, als ob du einen Deckel abmachst.
2. Mit dem Löffel aushöhlen, das ganze innere Gedöns vorsichtig rausholen, die Schale sollte dabei intakt bleiben.
3. Den Boden der Orange etwa einen Zentimeter dick mit Zucker oder Salz bestreuen, damit ein gerader Untergrund entsteht.
4. Teelicht darauf platzieren.

5. Die ganzen Nelken steckst du kreuz und quer in die Schale, entweder total wild und ungeordnet oder aber schick zu einem Motiv angeordnet.

6. Für die ganz motivierten unter Euch: verziert das Orangenteelicht doch noch schön mit Zimtstangen oder Tannenzweigen (natürlich so, dass da nichts abfackeln kann (es sei denn, ihr seid gut versichert (nur Spaß, macht das bitte nicht!!!))).

Je mehr Glühwein du trinkst, desto schöner findest du deinen kreativen Erguss! Hoch die Tassen!

Rezept für geling-sichere Plätzchen

Basteln kann ich nicht so gut, backen dagegen liebe ich (also, nicht dass ich es so viel besser kann, aber zumindest mag ich es),

Kinder und ich haben eins gemeinsam: Die Liebe zu Keksen. Hier also ein Rezept für wunderbar leckere Kekse (Wenn du schnell genug bist kannst du auch alle alleine essen, ich verrate nichts!)

Zutaten:

- 250 g 630er Dinkelmehl
- 125 g Butter (kalt, in Stückchen, Margarine geht auch)
- 100 g Zucker (alternativ Agavendicksaft)
- 1 Päckchen Vanillezucker
- 1 Ei (oder 80 Gramm Apfelmark für die vegane Alternative)
- 1 TL Zimt
- Abrieb einer Bio-Orange
- Eine Prise Salz

So geht's:

1. Mehl, Zucker, Salz, Vanillezucker, Zimt und Abrieb in einer Schüssel mischen.
2. Die Butter in Stücke schneiden und hinzufügen, das Ei untermischen, alles zu einem glatten Teig verkneten. Eventuell muss eine kleine Menge Mehl untergemischt werden.
3. Den Teig für 30 Minuten im Kühlschrank ruhen lassen.
4. Den kalten Teig auf einer bemehlten Oberfläche etwa 0.5cm dick ausrollen und mit Ausstechformen ... naja, Ausstecherchen machen.
5. Bei 180 Grad Ober/Unterhitze um die 10 Minuten backen lassen (Werden schnell schwarz, schmecken dann nicht mehr so fein, ich rede aus Erfahrung.)
6. Gerne noch verzieren – Zuckerguss, Schoki, bunte Zuckerperlen, Zuckerschrift, deiner Fantasie sind keine Grenzen gesetzt.

Bon appetit!

Rezept für Zimtrollen-Plätzchen

Noch eins? Okay, eins noch.

Zutaten:

- 180 g 630er Dinkelmehl
- 60 g Butter (weich)
- 50 g Frischkäse
- 140 g Zucker (80 Gramm in den Teig, 80 Gramm zum draufstreuen)
- 1 Päckchen Vanillezucker
- 1 Eigelb
- 2 TL Zimt
- 2 EL flüssige Butter

So geht’s:

1. Frischkäse und Butter miteinander mischen. Eigelb mit vermengen.
2. Zucker, Vanillezucker und Mehl hinzugeben. Alles zu einem festen Teig verkneten.
3. Zwischen Frischhaltefolie zu einem rechteckigen Teig ausrollen. Eine Folie abziehen und mit der flüssigen Butter bestreichen.

4. Mit dem restlichen Zucker und Zimt bestreuen.
5. Mithilfe der Folie vorsichtig zu einer Rolle zusammenrollen.
6. 2 Stunden in den Kühlschrank (Oder für ungeduldige wie mich: 20 Minuten in die Tiefkühltruhe)
7. Die Rolle in 0,5 cm dicke Scheiben schneiden und bei 180 Grad Ober/Unterhitze etwa 10-14 Minuten backen.

Lass es dir schmecken!

Danksagung

Danke an dich, lieber Bücherdrache, dass du dir dieses Buch zu Leibe geführt hast.

Ich hoffe, es hat dir gefallen und es hat dir das eine oder andere Schmunzeln entlockt.

Ich bin ja ein bisschen wie Gabriel und hasse Weihnachten. Ich bin quasi ein kleiner Grinch, nur ohne grün und ohne andere mit meiner schlechten Laune zu belästigen – meistens zumindest.

Danke wie immer an meinen Mann (das ist die Nummer acht, mein Schatz), mein wundervolles Team aus Testlesern und Bloggern und meine Autorenkolleginnen, die ich über alles schätze und verehre.

Danke an meine liebe Ellen, Jana, Martina, Grace, Melanie, Bianka, und natürlich Ulli und Steffie <3

Und ein riesen Dank an Manu und Ela, ihr seid wundervoll!

Über die Autorin hier

Unter dem Pseudonym Madelaine Harder veröffentlich das 1995 in Baden-Württemberg geborene Dorfkind hier verschiedene Arten von Romanzen – und dann auch wann Horror und irgendwann auch Thriller. Kaum zu glauben, sie ist nämlich ein ziemlicher Schisser.

Geschrieben wurde hier schon immer, ebenso wie gelesen, seit 2023 traut sie sich damit auch an die Öffentlichkeit.

Wann immer Haushalt, Arbeit, Mann und Kinder fünf Minuten Zeit erübrigen finden Worte ihren Weg auf virtuelles oder richtiges Papier, sowohl im Kleinverlag, als auch begeistert im Self-publishing.

Um nichts zu verpassen folgt man am besten ihrem Autorenaccount bei Instagram unter @madelaine.harder.autorin.

Bisher veröffentlicht:

- Supposed to be Love
- Supposed to be Happiness
- Supposed to be Devotion (Trilogie, Darkish Romance)
- Fäden des Schicksals Band I (Urban Fantasy mit dem etwas anderen Vampir)

- Story.one Kurzgeschichten
- Das letzte Haus rechts (Horrornovelle)
- Santa auf Bewährung (RomCom)

Coming soon:

- Fäden des Schicksals Band II (High Fantasy, mit Elfen)
- Fäden des Schicksals Band III (Urban Fantasy, Werwölfe)
- Fäden des Schicksals Band IV (Urban Fantasy, Orks)
- Projekt Schaukel (High Fantasy)
- Projekt Doppelzüngig (Thriller
- Projekt Cottage (RomCom)

Wie du siehst lohnt sich folgen auf jeden Fall, hier geht's ganz schön wild ab!

Wir lesen uns.

Herzensempfehlungen

Wenn euch der geistige Erguss hier gefallen hat, dann schaut **unbedingt** bei diesen Damen und ihren grandiosen Werken rein!

@autorin.ellenconnor für Dystopie der ganz besonderen Art

@martina.kurfürst für packende Krimis und Romance

@grace.falter für Herzschmerzdrama

@K.Horton_autorin für geniale Urban Fantasy

@j.k.vogt_autorin für wundervolle mittelalterliche Romance

@adeline.stillman.autorin für fantastische Geschichten in allen Variationen.

Printed in France by Amazon
Brétigny-sur-Orge, FR

24424679R00173